고양이 서점 **북두당**

우쓰기 겐타로 지음 ∘ 이유라 옮김

고양이 서점 북두당

아홉 번 산 고양이와
잃어버린 이야기의 수호자

나무의마음

NEKO TO BATSU by UTSUGI Kentaro

Copyright © Kentaro Utsugi 2024

All rights reserved.

Original Japanese edition published in 2024 by SHINCHOSHA Publishing Co., Ltd., Tokyo

This Korean language edition is published by arrangement with SHINCHOSHA Publishing Co., Ltd., Tokyo in care of Tuttle-Mori Agency, Inc., Tokyo, through AMO AGENCY, Korea.

Korean translation copyright © 2025 by NAMU'S MIND Publishers

Jacket & Interior Illustration copyright © Hayashi Naoyuki 2024
Original Japanese edition designed by SHINCHOSHA Book Design Division

이 책의 한국어판 저작권은 Tuttle-Mori Agency와 AMO AGENCY를 통한
신초샤新潮社와의 독점계약으로 출판사 나무의마음에 있습니다.
저작권법에 의해 한국 내에서 보호받는 저작물이므로 무단전재와 무단 복제를 금합니다.

고양이에게는 아홉 번의 생이 있다.
그중 세 번은 노닐고,
그중 세 번은 방랑하며,
마지막 세 번은 인간과 함께한다.

— **오래된 서양 속담 중에서**

※ 일러두기

— 이 책은 2024 일본 판타지소설 대상 수상작 《묘와 벌猫と罰》을 단행본으로 만드는 과정에서 원작자가 가필과 수정을 거쳤습니다.

— 이 책의 한국어판 제목은 일본어판 《묘와 벌猫と罰》을 새롭게 해석해 변경한 것입니다.

— 이 책의 주인공 '쿠로黒'는 일본의 문호 나쓰메 소세키의 《나는 고양이로소이다》에 등장하는 검은 고양이의 환생입니다.

— 본문에서 괄호 ( ) 안의 설명은 옮긴이주입니다.

[1장] 기묘한 첫 만남	9
[2장] 수상한 초대	37
[3장] 기억의 냄새	79
[4장] 마녀와 책방지기 고양이	133
[5장] 기억을 읽는 책장	179
[6장] 마도카, 사라진 이야기	213
[7장] 축복과 저주	253
[8장] 나의 맹세	313
[9장] 해빙 : 이야기의 끝과 시작	339

[서평] 끝없이 되살아나는 이야기의 마법 ········ 377
히가시 마사오 (문학평론가 / 앤솔로지스트)

[1장]

기묘한 첫 만남

🐾

"고양이는 이름이 세 개는 있어야 해.
먼저 평소에 부를 이름이 있어야지.
하지만 고양이는 특별한 이름도 필요해.
말하자면 독특하고 품위 있는 이름.
그런 이름이 없으면 꼬리를 쳐들거나
콧수염을 뻗거나 자부심을 품지 못해.
오직 한 고양이만 가질 수 있는 이름.
그러고도 이름이 또 하나 있지.
그것은 네가 상상도 못 할 이름.
사람은 아무리 궁리해도 알 수 없어.
고양이 혼자만 알고 절대로 알려주지 않아."

—T. S. 엘리엇
《주머니쥐 할아버지가 들려주는 지혜로운 고양이 이야기》(시공주니어)

이렇다 할 이름도 없이 살아가던, 나라는 고양이를 어영부영 곁에 두었던 그 사내와의 관계는, 결국 이름 하나 받지 못한 채 끝나버렸다.

 지금 생각해도 참 별난 인간이었다고 생각한다. 고집 세고 신경질적인 염세주의자였지만, 그래도 여덟 번의 생을 이어온 긴 시간 가운데, 돌아보면 그와 함께한 날들이 가장 평온하고 행복했던 것만큼은 틀림없는 사실이다.

 그 사내와 함께 지낸 건 '세 번째' 생이었다. 아홉 개의 목숨 중 하나. 그중에서도 이 '세 번째'는 가장 특별한 기억으로 남아 있다.

 사실 '첫 번째'도 '두 번째'도 녹록지 않은 삶이었다. 살아남기 바빴고, 겨우 목숨을 부지하다가도 허망하게 끝났다. 그런 삶을 반복하다보니, 나는 끝내 '진명真名' 하나 얻지 못했다.

 진정한 이름. 인간들에겐 익숙하지 않은 개념이겠지만, 이 이름이 있느냐 없느냐에 따라 고양이의 영혼의 가치는 달라진다. 어쩌면 품격이라 불러도 좋을 것이다. 진명을 얻은 고양이는 선인의 지혜를 얻고, 군주의 위엄을 갖는다. 단 한 번뿐인 삶을 살아가는 다른 생명들과 우리 고양이들의 가장 결정적인 차이는 비로 이 진명에 있다.

물론 진명을 원치 않는다면 상관없다. 하지만 진명 없이 살아가는 고양이란 어리석고 무지몽매한 한낱 미물에 불과하다. 아무리 아홉 번의 삶을 반복해도 결국 짐승 신세를 벗어나지 못한 채 가련한 혼백으로 남게 된다.

하루라도 빨리 진명을 갖고 싶었다. 하지만 내 경우엔 그리 쉽게 풀리지 않았다. 그래서였을 것이다. '세 번째' 생을 얻었을 때, 나는 그 사내가 이름을 지어주기를 진심으로 바랐다.

하지만 그는 정말이지 무책임했다. 기껏 나를 집에 들여놓고도 뒷바라지는 몽땅 아내에게 떠넘겼고, 다른 가족들과 대화할 때도 괜히 짜증을 내거나 실없는 농담을 툭툭 던지기 일쑤였다.

그런 인간 곁에 머물다보니, '세 번째'에서도 나는 끝내 이름을 얻지 못한 채 생을 마감했다. 아무리 그래도 '네 번째'까지 이름이 없어서야, 그건 아무리 봐도 고양이로서 품격 있는 삶이라 할 수 없지 않은가.

──하는 수 없이 나는 그 사내의 이름을 빌려 스스로를 '긴노스케'라 부르기로 했다.

하지만 그 뒤로도 나는 그 이름을 단 한 번도 제대로 쓰지 못한 채 다음 생도, 또 그다음 생도 그저 헛되이 흘려보냈다.

그다음 생에도, 또 그다음 생에도.

그리고 '여덟 번째' 생에 이르러서야 겨우 깨달았다. 살아간다는 건 결국 허무한 일이라는 것을.

인간이라는 종족은 산다는 것을 괜히 복잡하게 생각한다. 배불리 먹고 실컷 자는 것만으로도 대부분의 동물은 충분히 만족스러워한다. 굶주림에 시달리거나 잡아먹힐 걱정 없이 살아갈 수만 있다면 그걸로 족하지 않은가.

그런데도 인간은 대개 돈이 필요하다느니, 살아가는 보람이 어쩌니 하며 쓸데없이 키를 재고, 자꾸만 뭔가를 더 바란다. 진심으로 고통받고 있는 인간이 그들 중 얼마나 될지 솔직히 의심스럽다.

그리하여 그들은 거창한 꿈을 입에 올리지만, 대부분은 결국 아무것도 이루지 못한 채 허망하게 죽어간다.

꿈 따위는 애초에 가지지 않는 편이 낫다.

재수 없게 불행을 마주쳤다면 그냥 체념하고 몸을 맡기면 된다. 그저 거기까지가 운명이었던 거다. 설령 바로 곁에 있던 소중한 존재가 죽는다 해도, 그게 나와 무슨 상관이람. ……그렇게 아무렇지 않게 생각할 수 있다면 체념이란 참으로 편리한 삶의 방식 아닌가.

그 사내도 그러다 마음이 병들었던 걸까?

가끔 생각해보지만, 역시 답은 나오지 않는다. 결국 고양이 주제에 인간의 속내를 알 수 있을 리가 없다. 인간이 고양이를 이해하지 못하는 것처럼 말이다.

지금 나는 '아홉 번째' 마지막 생을 살고 있다.

설령 아무리 비참한 최후를 맞이하게 되더라도, 이게 정말로 마지막이라는 사실만은 변하지 않는다. 하지만 나는 누구에게도 무엇에도 기대하지 않고, 그저 넘넘히 살아가기로 마음먹었다.

그런 나의 소심한 결심 따위는 알 리 없는 어미는 다른 형제들에게 그랬듯 내 몸을 정성껏 핥아주며 애정을 쏟았다.

장소는 신사의 툇마루 밑. 비가 내려서 묘하게 서늘한 날이었다. 몸이 젖진 않았지만, '여덟 번째' 생을 통해 쌓아온 지식과 감각들이 바로 떠오르지 않아, 나는 그 찬기에 본능적인 공포를 느끼고 몸을 떨었다.

그러자 어미는 마치 나를 달래기라도 하듯 내 몸을 계속 핥아주었고, 형과 누이들도 내 곁에 바짝 붙어 있었다. 조건 없이 주어진 이 온기와 다정함은 어느 생에 태어나든 변하지 않는다. 하지만 그것이 얼마나 쉽게 사라지는 것인지도 잘 알고 있었다. 그래서 나는 이들에게 응석 부리지 않고 그저 말없이 모든 걸 내맡긴 채 조용히 몸을 누였다. 빗방울이 흙과 나뭇잎을 두드리는 소리를 들으며, 그날은 금세 잠들었다.

어둡고 축축한 신사의 툇마루 밑이 우리 가족의 보금자리였다.

어미와 누이 둘 그리고 형 하나. 다들 오렌지빛 털에 갈색 줄무늬가 있거나 회색 털에 검은 줄무늬였지만, 나만은 온몸이 새까맸다. 발바닥까지 검은 내 모습을 본 어미는 그 일관된 빛깔에 감탄하며 말했다.

"새까맣고 참 예쁘구나."

큰누이도 비슷한 말을 했지만, 나로선 이미 전생에 수십 년을 함께해온 털빛이라 이제 와서 새삼스러울 것도 없었다. 무뚝뚝한 나를 보며 형은 "정말이지, 귀여운 구석이 하나도 없네" 하며 투덜대고는 자신의 털을 꼼꼼히 손질했다.

어미의 젖을 먹으면서 나는 서서히 기억을 되찾아갔다. 여덟 번이나 반복해온 지난 생의 기억들. 그 기억이 하나둘씩 떠오르고 마음속에 되새겨질수록 타인을 향한 내 경계심도 점점 커져만 갔다. 심지어 마음을 주어야 마땅할 어미와 형, 누이에 대해서조차도.

그런데도 그들은 나를 외면하지 않았다. 귀여운 구석이라곤 없는 나를 돌보고 챙겨주었다. 그 모습을 지켜보며 나는 문득 생각에 잠겼다.

부모는 자식에게 아낌없는 사랑을 쏟는다. 그 사랑은 보답을 바라지 않고 무조건적이며 변하지 않는 것이라 여겨진다. 그 사랑이 자식을 키우고 살아갈 힘이 되어 다음 세대로 이어진다. 헌신적인 행위이자 영원불변의 애정처럼 보인다. 하지만 그게 정말 사랑일까?

어처구니없는 소리다. 영원히 계속되는 사랑 따위, 존재할 리 없다. 부모니 형제니 하는 건 그저 붙여진 이름표일 뿐이고, 그 이름이 불러오는 감정이란 결국 의무감에서 비롯된 행동에 지나지 않는다.

지금까지 대부분의 생을 비참하게 보내온 나로선 진실된 사랑 같은 건 허공에 떠도는 꿈같은 이야기일 뿐이다. 쓸모없는 감정은 모두 잊고 무시하는 게 상책이다. 그게 살아가는 요령이다.

그런 점에서 보자면 우리 고양이들이 인간보다 훨씬 현

명하게 살아가고 있는 셈이다.

 ……그러니 이제 누구의 보살핌도 필요 없다.

 더 이상 나한테 신경 쓰지 마라.

 인간 따위, 이젠 지긋지긋하니까.

 내가 태어난 건 장마철이었다.

 정확한 위치는 알 수 없지만 어딘가 한적한 시골이었던 듯하다. 논밭이 줄지어 펼쳐진 산골짜기, 그 사이사이에 띄엄띄엄 자리한 민가들이 야트막한 언덕 위에서 내려다보였다. 낮에도 차가 다니는 일은 드물었고, 신사가 세워진 언덕의 숲속은 특히나 사람의 왕래가 없는 곳이었다. 울창하게 우거진 숲 사이로 쏟아지는 햇살은 기분 좋게 따스했고, 예전에 살았던 도쿄의 소란스러움이나 악취와는 거리가 멀었다. 그 대신 흙과 물 냄새가 가득한 풍요롭고 평온한 땅이었다.

 우리가 머물던 신사는 그런 살기 좋은 곳이었다. 다만 이따금 신사의 관리인으로 보이는 남자가 찾아와 머리 위에서 부스럭대며 시끄럽게 청소를 하곤 했다. 그 남자는 고양이를 포함해 동물이라면 죄다 싫어하는지, 어미 말로는 예전에 그 남자의 집 근처를 지나가다가 험악한 얼굴을 한 그에게 쫓겨난 적이 있었다고 한다. 그날 이후로 어미는 틈만 나면 나에게 신신당부했다.

"절대 그 남자 눈에 띄면 안 돼."

그 말을 들을 때마다 전생에 나를 괴롭혔던 한 남자의 얼굴이 어렴풋이 떠올랐다. 나는 몸서리를 치며 그 경고에 고분고분 따랐다.

위험한 곳, 절대 발을 들여선 안 되는 곳. 그런 장소들을 하나씩 익혀가며, 나는 가족과 함께 산속을 헤매고 먹이를 찾아다니며 낯선 땅을 점점 우리의 정원으로 바꾸어갔다.

그런 생활이 익숙해질 즈음, 6월의 끝자락이 찾아왔다. 햇살 아래를 걷는 것조차 성가시고, 땅은 발바닥이 데일 정도로 뜨거웠다. 자연스럽게 우리는 한낮엔 신사의 툇마루 밑에 숨어 있다가 저녁 무렵부터 밤 사이에 먹이를 찾아 움직였다.

슬슬 젖을 떼고 고형식을 먹어야 할 시기가 되었다. 어미와 형제들은 놀이 삼아 사냥하는 법을 하나씩 알려주었다.

하지만 내게는 여덟 번의 생을 거쳐온 기억과 경험이 있었기에, 새삼 배울 만한 것은 아무것도 없었다. 어미나 형제들이 몇 번째 생을 살고 있는지는 알 수 없었다. 우리 고양이들 사이에서는 그런 걸 굳이 말하거나 묻지 않기 때문이다. 다만 한 가지는 분명했다. 적어도 사냥 솜씨만큼은 내가 누이들이나 형보다 한 수 위였다.

그런데 새끼 고양이의 몸이란 건 아무래도 힘 조절이 잘 되지 않았다. 예전 성묘였을 때와는 감각이 달랐다. 힘을 조금만 빼도 어이없을 만큼 약해졌고, 반대로 제대로 힘을 주면 또 지나치게 세지기 일쑤였다. 기억과 몸의 움직임은 계속 어긋났고, 머리는 익숙한데 몸은 좀처럼 따라주지 않았다. 감각을 되찾기 위해서라도 내키지는 않았지만 놀아야만 했다. 그것도 아주 열심히.

누이들이 그 사실을 알고 있었는지는 잘 모르겠다. 그래도 이러쿵저러쿵 간섭하지는 않았다. 나는 어미의 꼬리가 파닥파닥 움직이는 걸 도저히 외면하지 못하고, 본능에 이끌려 앞발을 마구 휘두르며 의미 없는 시간을 흘려보냈다. 가끔 내가 너무 세게 때리거나 물기라도 하면, 어미는 앞발로 나를 살짝 건드리며 타일렀다.

매미를 쫓고, 들쥐를 사냥하고, 개울가에서 물을 마셨다. 사람 그림자가 다가오면 재빨리 몸을 숨겼고, 어쩔 수 없이 마을로 내려가야 할 땐 차를 조심했다.

그렇게 살아가는 데 필요한 일들이 겨우 몸에 익어갈 무렵이었다. 어느 날 저녁, 산책을 마치고 돌아온 큰누이가 들뜬 목소리로 외쳤다.

"있잖아, 밥 주는 곳을 찾았어!"

듣자하니 바로 이웃 마을 산기슭에 새로 이사 온 인간이 있다고 했다. 오랫동안 비어 있던 집을 손봐서 사람이 살 수 있게 만든 모양이었다. 근처 농로의 나무 그늘에서 낮잠을 자고 있는데, 낯선 얼굴의 인간이 다가와 먹이를 내밀었다는 것이다.

아마 도시에서 온 인간들일 것이다. 길고양이라는 존재를 신기하게 여기고, 이곳 농민이라면 누구나 알고 있을 상식, '고양이는 밭에 똥 싸고 생선을 훔쳐가는 좀도둑'이라는 인식이 아직 없는 인간들 말이다.

고생하지 않고도 밥을 먹을 수 있다니, 야생동물에게 이보다 간편하고 확실한 끼니 해결법이 또 있을까. 그 말에 어미도 형도 작은누이도 기뻐하며 말했다.

"내일은 그 집 근처로 가보자."

하지만 나는 당황해서 황급히 그들을 말렸다.

인간은 언젠가는 사라질 존재다. 지금은 길고양이에게 밥을 주는 인간들도 결국엔 등을 돌릴 것이다. 한때의 변덕에 동물을 귀엽다고 좋아하다가도, 조금만 귀찮아지면 아무렇지 않게 버린다. 그런 인간을 믿고 오늘의 끼니를 맡기는 건 위험하다고, 나는 단호하게 말했다.

하지만 누이들도 형도 심지어 어미까지도 내 말이 실감 나지 않는 눈치였다.

"이제 먹이를 못 구해서 배를 곯는 일도 없겠어."

그들은 너무도 단순하게 생각하고 있었고, 내 말을 조금도 이해하지 못했다.

그때 나는 비로소 깨달았다.

이들은 모두 '첫 번째'였던 것이다.

인간이 얼마나 쉽게 마음을 바꾸는 존재인지, 그런 호의가 얼마나 덧없고 오래가지 않는지를 전혀 알지 못했다. 믿을 수 없을 정도로 낙천적인 태도는 그들이 인간과 얽혀 살아본 시간이 나보다 훨씬 짧다는 명백한 증거였다.

둔하고 무지하며 어리석기까지 하다. 하지만 치밀어오르는 울분과 혐오를 그들에게 쏟아낸다고 해도 그들을 붙잡아둘 수 없다는 걸 나는 너무도 잘 알고 있었다.

결국 다음 날부터 가족들은 모두 먹이를 준다는 그 인간의 집 근처에서 한낮을 보내기 시작했다. 나는 끝까지 가족의 권유를 완강히 뿌리치고, 낮 동안엔 신사의 툇마루 밑에 틀어박혀 지냈다.

아, 또다. 또다시 이 모양이다.

믿을 수 있게 되자마자 어김없이 떠나간다. 이제는 체념하자, 더는 기대하지 말자고 몇 번이나 스스로 다짐했건만, 이번만은 다를 거라며 또다시 어리석은 희망을 품고 말았다. 이 '아홉 번째' 생에서도.

부모나 가족에게서 아무런 대가 없이 받았던 애정이 그런 헛된 마음을 남기는 걸까. 아니면 환생할 때마다 기억이 망각의 저편으로 밀려나버리기 때문일까. 슬프고 안타깝지만, 소용없는 일이었다.

나는 여전히 벌레나 참새를 사냥하며 살아갔다. 그에 반해 가족들은 먹이를 주는 인간의 집을 오가며 한가로운 나날을 반복했다.

……그러다 언제부턴가 다들 신사로 돌아오지 않았다.

늦여름 즈음이었다. 내 몸도 이제는 제법 자라서 혼자서도 충분히 먹이를 구할 수 있게 되었건만 가족은 누구 하나 돌아오지 않았다.

이유는 모른다. 하지만 인간과 너무 가까워졌다는 것, 그것이 원인이라는 사실만큼은 분명했다.

혹시 인간이 데려간 걸까? 그렇다면 나만 버려진 걸까?

자꾸 생각하면 할수록 쓸데없는 상념들만 꼬리를 물고 이어졌다. 그래서 나는 결심했다. 아직 여름인데도 이상하리만치 싸늘해진 툇마루 밑에서, 혼자 외롭게 잠드는 나날을 보내기로.

인간을 따라갈 생각도, 가족을 찾아 나설 생각도 없었다. 어차피 언젠가는 누구든 혼자가 된다. 기대는 곧 의존이 되고, 의존은 결국 패배로 이어진다. 믿는 순간 상처받는다. 그걸 잊는 날, 내 마음은 바닥까지 가라앉아 상처 입고 말 테니까. 그러니 잊지 말자. ……그렇게 나는 스스로를 타일렀다.

이 익숙한 고독을, 나는 잘 알고 있다.

무더운 여름이 한풀 꺾이고, 숲으로 불어오는 바람도 조금씩 선선해지기 시작한 무렵이었다.

몸집이 커진 뒤로는 신사 바로 뒤편 숲속 덤불에 숨어 잠드는 법을 익혔다. 하지만 비바람이 들이치는 툇마루 밑은 혼자 지내기엔 역시 너무나 추웠다.

신사 안으로 몰래 숨어들어 밤을 보내는 것도 불가능한 일은 아니었지만, 문제는 낮이었다. 동물을 몹시 싫어하는 관리인이 언제 들이닥칠지 알 수 없으니, 도무지 마음 놓고 쉴 수가 없었다.

게다가 이곳 생활에도 슬슬 싫증이 나기 시작했다.

가족의 온기도 없고 딱히 하는 일도 없는 무의미한 나날들. 무엇보다 나 혼자만 덩그러니 남겨진 이곳에서 하염없이 시간을 흘려보내야 한다는 사실이 아무래도 즐겁지 않았다. 게다가 산과 바다가 가까운 이 마을에는 머지않아 가을과 겨울이 다가올 것이고 참을 수 없을 만큼 추위가 몰아칠 것이다. 이 신사의 툇마루 밑에서 안락하게 지낼 수 있으리라는 기대는 애초에 무리였던 셈이다.

어쩌면 좋을지 고민하던 중, 문득 전생에서 도시의 인간들에게 몇 차례 신세를 졌던 기억이 떠올랐다. 수많은 인간이 모여 사는 그 커다란 마을은 겨울에도 비교적 따뜻했다. 물론 악취는 참기 힘들 정도였지만, 뜻밖의 추위에 얼어 죽는 것보다는 나았다.

나는 도시로 가기로 결심했다.

그렇다고 굳이 현 경계를 넘어 멀리까지 갈 필요는 없다. 무엇보다 지금보다 더 추운 곳으로 간다면 애초에 떠난 이유조차 없어질 테니까. 나는 미리 배를 든든히 채우고 한숨 푹 잔 뒤, 어두운 밤을 틈타 산을 내려가기로 했다. 어쨌든 남쪽으로 가야 한다. 자갈이 가득한 진창길을 나는 터벅터벅 걸어 내려갔다.

왼쪽이 반쯤 이지러진 반달이 떠 있는, 제법 밝은 밤이었다. 그래도 내 새까만 몸은 어둠 속에 충분히 녹아들었을 것이다. 성가신 짐승이나 인간에게 들키지 않고 산길과 농로를 무사히 빠져나가, 인간들이 모여 사는 마을까지 닿을 수 있을 것 같았다.

논에서는 벌레 우는 소리가 끊임없이 들려왔다. 합창처럼 울려 퍼지는 그 소리는 나처럼 감각이 예민한 고양이에게는 도무지 참기 힘들 만큼 거슬렸다. 개구리들까지 덩달아 울어대는 바람에 이곳은 숲속보다도 훨씬 더 시끄러웠다. 빨리 벗어나고 싶었지만, 논은 끝도 없이 이어져 있었다.

딱히 생각할 게 없었던 탓일까. 내 사고의 흐름은 자연스레 어느새 사라져버린 가족들에게로 향했다. 석 달도 채 되지 않았던 짧은 만남. 그런데도 지워지지 않고 내 마음 어딘가 깊은 곳에 남아 있다는 사실이 왠지 모르게 화가 났다.

—— 어디 가니?

그런 어미의 목소리가 들린 것 같았다.

깜짝 놀라 뒤를 돌아봤지만, 거기에는 내가 걸어온 비포장길과 줄지어 늘어선 논들만이 펼쳐져 있을 뿐이었다. 그 너머로는 불 켜진 집들이 점점이 흩어져 있었다. 원래도 드문드문 있던 집들은 이 밤엔 더욱 한적하고 쓸쓸해 보였다.

그 순간, 문득 '일곱 번째' 생의 기억이 불쑥 떠올랐다.

인간에게 지독히도 절망한 내가 다시 태어난 곳은 고양이들이 모여 사는 작은 섬이었다. '고양이 섬'이라는 이름으로 텔레비전에 소개된 이후, 인간들은 관광 삼아 섬을 찾았고, 그중에는 기르던 고양이를 일부러 버리러 오는 구제불능의 인간들도 있었다. 그곳은 결국 세상에 쓰다 버려진 존재들이 모여드는 하나의 쓰레기 더미 같은 섬이었다.

나는 '일곱 번째' 생을 그 섬에서 마감했다. 이미 인간을 믿지 않게 된 지 오래였고, 동족과도 무리를 이루지 못한 채 고독하고 쓸쓸한 삶을 살았다. 주변엔 고양이들이 얼마든지 있었지만, 나는 누구와도 가까워지려 하지 않았다. 지금 점점이 흩어진 마을의 불빛은 그 시절의 내 외로움을 놀라울 만큼 선명하게 떠오르게 했다.

자유롭게 산다는 건 어쩌면 그런 것이다. 지금 이 순간, 내가 홀로 도시를 향해 나아가고 있는 것처럼.

차가운 밤바람에 몸을 한번 떨고 나는 총총히 마을을 떠났다.

길고도 짧았던 밤이 지나고, 새벽이 밝았다. 하지만 아직 도시의 풍경은 보이지 않았다.

고양이의 걸음으로 산골짜기 마을과 마을 사이를 오간다는 건 생각보다 훨씬 고된 일이었다. 밤새도록 걸었지만 목적지는 여전히 아득했다. 서서히 더위가 스며드는 아침, 풀과 흙냄새가 뒤섞인 공기를 깊게 들이마시며 나는 끝도 없이 이어지는 시골길을 묵묵히 걸었다. 자욱한 안개 속, 축축한 공기가 온몸을 천천히 휘감았다.

그때 멀리서 희미하게 자동차 엔진 소리가 들려왔다.

나는 반사적으로 길을 벗어나 덤불 속으로 몸을 숨겼다. 그 속에서 내가 방금 걸어온 길을 가만히 바라보고 있는데, 덜덜거리며 진창길을 달려오는 고물 경트럭 한 대가 눈에 들어왔다. 차체는 온통 흙투성이였고, 짐칸에는 농기구며 채소가 어지럽게 실려 있었다. 경트럭은 조금 떨어진 곳에 멈춰 섰고, 운전석에서 내린 노인은 주위를 슬쩍 둘러보더니 아무도 없는 걸 확인하고는 그 자리에서 유유히 소변을 보기 시작했다. 길고양이도 아닌 주제에, 참으로 교양 없는 자다.

그 상스러운 노인의 얼굴은 낯이 익었다. 일주일에 몇 번씩 해 뜰 무렵에 경트럭을 몰고 도시의 역 근처에 있는 무인 판매소에 채소를 보충하러 가는 농부였다. 언제였더라. "나이 드니 볼일 보는 것도 시원치 않다니까"라며 그때도 역시 품위 없는 말을 가족에게 늘어놓던 장면을 큰누이와 함께 그자의 집 뒤편에서 본 적이 있다. 아마 그 집 앞마당에 널어둔 건어물을 훔치러 들어갔을 때일 것이다.

어쨌든 이 트럭 짐칸에 올라탈 수만 있다면 별다른 고생 없이 도시까지 갈 수 있을 것이다.

나는 소리 없이 경트럭 쪽으로 달려가 짐칸 위로 가볍게 몸을 날렸다. 흙냄새 나는 채소들 사이에 파묻히듯 몸을 둥글게 말고 농기구 그늘에 몸을 숨겼다.

이윽고 볼일을 보고 돌아온 노인이 다시 시동을 걸었다. 요란한 엔진 소리와 불규칙한 진동이 차체를 거칠게 흔들기 시작했고, 나도 채소와 농기구 사이에 섞여 도시를 향해 나아갔다. 경트럭 안은 꽤 요란하게 흔들렸지만 몸은 어느새 그 낯선 리듬에 익숙해졌는지, 아주 잠깐이었지만 나는 잠에 빠져들었다.

그리고 내가 선잠이 든 사이, 경트럭이 멈췄다.

눈을 뜨고 짐칸 밖을 슬며시 둘러보았다.

흙냄새도 나무 냄새도 나지 않았다. 벌레 우는 소리도 들리지 않았다. 짐칸 위로 드리워지던 산 그림자조차 자취를 감추고, 그 자리에는 어디서나 볼 수 있는 지극히 평범한 주택가 풍경이 펼쳐져 있었다. 확실히 숲보다는 따뜻했다. 그 대신 공기는 별로 맛이 없었다. 게다가 근처를 지나는 전동차의 쇠바퀴가 선로를 달리는 소리는 시끄럽기 짝이 없었다.

노인이 짐칸 문을 열고 채소 몇 가지를 꺼내는 모습을 농기구 그늘 밑에서 몰래 지켜보았다. 그 노인이 트럭을 등지고 무인 판매소 선반에 채소를 하나하나 진열하는 걸 확인한 뒤, 나는 조용히 짐칸에서 뛰어내렸다. 그리고 다시 종종걸음으로 길을 걷기 시작했다.

농촌만큼 빠르지는 않지만 도시도 아침부터 제법 분주했다. 벌써 수백 명이나 되는 인간들이 역을 빠져나와 각자의 일터로 향하고 있었다. 나는 그 인파를 피해 개찰구 반대편, 인적이 드물고 좁은 골목들이 복잡하게 얽혀 있는 쪽으로 방향을 틀었다.

담장 위를 사뿐사뿐 걸으며 선로와 역 승강장 그리고 그곳에 몰려드는 인간들을 곁눈질로 보던 나는 솔직히 기가 막혔다. 너나없이 고개를 푹 숙인 채 손에 든 책이나 신문, 휴대전화만 들여다보느라 나 같은 새끼 고양이 따위엔 아무도 눈길조차 주지 않았다. 모두가 자기 일에만 정신이 팔려, 마치 세상에 다른 것은 존재하지 않는다는 듯이 살아가고 있었다.

어쩌다 인간은 저렇게 스트레스만 쌓일 것 같은 밀집된 공간에서 우글우글 몰려다니는 걸 좋아하게 된 걸까. 하루 종일 그 속에서 노동이라는 걸 하고, 돈이라는 걸 벌어 하루하루 먹고 살아간다.

곱씹을수록 참 기묘한 존재들이다. 몇 번이고 환생을 거듭해도 이 생각만큼은 좀처럼 달라지지 않는다.

배가 고프면 스스로 먹이를 구하면 된다. 동물로 산다는 건 원래 그런 것이다. 그런데 인간들은 긍지니 존엄이니 하면서 허세를 부리고, 궁색한 변명으로 자기 자신을 속인다. 그걸 이상적인 삶이라 부르며 스스로를 설득하면서 꿈을 좇거나 노동에 매진한다. 그러다 결국엔 몸을 망가뜨리고, 끝내는 덧없이 죽어간다.

이쯤 되면 고양이야말로 훨씬 현명하다고 할 수 있다. 본능에 따라 움직이면서도 필요할 때는 지성과 이성으로 상황에 대처한다. '살아간다'는 원칙이 모든 판단의 바탕에 깔려 있으니, 시시한 자존심 따위가 끼어들 틈은 애초에 없다.

현실은 너무도 냉정해서 이상주의자에게 그리 호락호락하지 않다.

내 경험과 본능은 확실히 나에게 그렇게 경고하고 있었다.

그래, 나는 본능에 따를 것이다. 인간과 어쩔 수 없이 얽히는 것조차 생존을 위한 본능에 불과하다. 그들이 정해놓은 규칙을 굳이 내가 따라야 할 이유는 없다.

그리하여 나는 이미 햇볕이 쨍쨍 내리쬐기 시작한 주택가 골목을 오로지 내 직감과 다분히 고양이다운 변덕에 따라 걸었다. ……그렇다, 분명히 내 의지로 걷고 있었다.

그런데 이상하게도 어느 순간부터 몸이 어딘가에 이끌리듯 움직이기 시작했다.

목도 마르고 배도 고팠다. 하지만 참새나 벌레를 사냥해 배를 채워야겠다는 생각을 하기도 전에 내 다리가 먼저 반응했다. 내 의지와는 무관하게 총총총 길을 걷고, 모퉁이를 돌고, 비탈길을 오르고, 계단을 내려갔다. 오래전부터 알고 있던 길을 되짚기라도 하듯 나는 계속 걸었다. 마치 무언가에 이끌리듯이.

……그리고 마침내, 나는 어느 가게 앞에서 발걸음을 멈췄다.

요즘은 좀처럼 보기 드문, 개인이 운영하는 고서점이었다. 아까보다 조금 더 넓은 길가에 자리 잡은 그 가게는 세월의 흔적이 짙게 배어 있는 낡고 삐걱거리는 목조 건물을 하고 있었다. 주택가 한복판에 불쑥 나타난 고서점은 왼편과 맞은편이 모두 공터여서인지 그곳만 시간이 멈춘 듯, 시대에서 한발짝쯤 뒤처져 고립된 것처럼 보였다. 하지만 동시에 그 쇠락한 듯한 모습이 오히려 이 동네의 정취와 묘하게 어울리는 것 같기도 했다.

그 사내가 살던 시대에는 당연한 듯이 존재하던 고서점이었다. 책들이 어수선하게 선반에 꽂혀 있고 사람 하나가 겨우 지나갈 만한 좁은 통로만이 확보되어 있을 뿐인, 종이 냄새로 가득한 공간. 햇빛을 가리기 위한 차양과 쇼와昭和(서기 1926~1989년에 해당하는 시기의 일본 연호)풍 유리로 장식된, 잘 여닫히지 않는 미닫이문으로 된 입구만 비교적 새 것처럼 보였다. 아마도 예전에 그 부분만 새로 손봤다가, 지금은 다시 세월의 먼지를 뒤집어쓴 채 남아 있는 듯했다.

그 사내가 집에 돌아올 때면 이런 오래된 서점에서 풍기는 냄새가 자주 옷에 배어 있었다. 늘 심기가 불편한 얼굴로 재미없어 보이는 책을 지루하다는 듯 툭툭 넘기면서도, 이상할 만큼 몰두해 읽던 모습이 기억난다. 뭐, 가끔은 책 위에 침을 흘리며 곯아떨어지기도 했지만.

——그런 사내와 체격도 생김새도 전혀 닮지 않았건만,

어쩐지 묘하게 비슷한 분위기를 풍기는 기묘한 여자가 서점 앞에 서 있었다.

색이 바랜 청바지에 셔츠. 촌스러운 옷차림에 샌들을 대충 걸쳐 신고, 서점 옆 나무에서 떨어진 낙엽을 빗자루로 쓸고 있었다. 날카로운 눈매에 구부정한 자세, 적당히 긴 머리카락을 뒤로 묶은 모습. 나이는 대략 30대 중반쯤 되었을까. 줄이 달린 안경을 목에 걸고 있었는데, 그 줄 끝에는 술잔 모양의 펜던트가 달려 있었다. 참으로 이상한 차림새였다.

요즘 여자들은 시골 마을에서도 그것보단 더 꾸미고 다닌다고! 한마디 해주고 싶은 마음이 들었지만, 생각해보니 남의 외모에 내가 굳이 참견할 이유는 없었다. 별 볼 일 없고 붙임성도 없어 보이는 여자였다. 내가 신경 쓸 필요가 어디 있겠는가.

그럼에도 불구하고 어째서인지 나는 그 서점 앞에서, 그 여자 바로 곁에서 발걸음을 멈추고, 그녀를 물끄러미 올려다보고 있었다.

내 시선을 느꼈는지 여자가 고개를 돌려 나를 바라봤다. 날카롭게 노려보는 듯한 눈빛이었다. 하지만 이내 빗자루를 움직이던 손을 멈추고, 어딘가 은근하고도 의뭉스러운 미소를 지으며 말을 건넸다.

그 첫마디는 꽤나 기묘했다.

"생각보다 일찍 왔네."

뭐지, 이 인간은?

고양이를 좋아한다는 이유로 일방적으로 말을 걸어오는 인간은 많다. 자기 멋대로 굴면서 친절한 척하는 그런 억지 호의는 나로선 그저 귀찮고 성가실 뿐이었다.

하지만 이 여자의 말은 그런 부류와는 전혀 달랐다. 느긋하고 태연한 태도를 유지한 채 여자는 나를 향해 몸을 돌리며 다시 물었다.

"꼬맹이, 이름이 뭐지?"

제대로 된 인간이라면 좀처럼 하지 않을 질문이다. 고양이에게서 기대할 수 있는 대답이라곤 기껏해야 냐옹, 같은 울음소리 정도일 테니까. 안타깝게도 우리는 인간이 알아들을 수 있는 말을 할 수 없다. 그러니 대답할 수 있을 리가 없다.

그런데도 이 여자는 정면에 앉아 있는 나를 내려다보며 분명히 내 대답을 기다리고 있었다.

그건 그냥 툭 던져놓고 마는 일방적인 질문이 아니었다. 여자는 내 얼굴을 똑바로 응시한 채 미동 하나 없이 서 있었다. 분명히 내가 무언가 말해주기를 기다리고 있었다.

겨우 몸을 움직였다. 나는 황급히 발길을 돌려 이웃집 담장 위로 뛰어오른 뒤, 어둑한 집과 집 사이 그늘 속으로 숨어 들어 필사적으로 그 여자에게서 도망쳤다.

여자는 쫓아오지 않았다.

[2장]

수상한 초대

"겉으론 태평해 보이는 사람들도
마음속 깊은 곳을 두드려보면
어딘가 슬픈 소리가 난다."

— 나쓰메 소세키
《나는 고양이로소이다》

일말의 공포마저 느껴질 만큼 기묘했던 그 만남은 마치 애초부터 환상이었던 것처럼 빠르게 현실감을 잃어갔다. 여덟 번이나 생을 살아왔지만, 그런 여자는…… 아니, 그런 인간은 처음이었다. 정말로 꿈이었거나 환영이었는지도 모른다.

　비현실처럼 느껴졌던 그 경험은 곧 기억 속에서 희미해지려 하다가도, 그때마다 자꾸만 그 여자의 얼굴과 표정이 떠올라 머릿속을 떠나지 않았다.

　대체 그건 뭐였을까.

　혼란스러운 머리를 진정시키려 나는 인적 드문 주택가에서 텃밭으로 사용하는 헛간 옆 양지바른 자리를 골라 몸을 둥글게 말고 잠들었다. 검은 털은 이른 아침의 약한 햇볕만으로도 충분히 따뜻했고, 겉잠 속에서도 마음은 서서히 평정심을 되찾아갔다.

　하지만 태양이 머리 위까지 떠오르기도 전에 나의 평온한 시간은 방해받고 말았다.

"너였구나, 도망쳤다는 녀석이."

이번엔 또 뭐야.

나직한 암고양이의 목소리였다. 나는 무시하고 가만히 눈을 꼭 감은 채 그대로 자는 척했다. 방금 전까지의 평화로운 수면을 방해받아 내심 짜증이 났지만, 괜히 이상한 녀석과 엮였다간 더 피곤해질 게 뻔했다. 쓸데없는 시비에 응수할 만큼 나도 이제 어리지 않았다.

하지만 그 암고양이는 한 번 무시당했음에도 불구하고 집요하게 몇 번이고 나를 불렀다.

"듣고 있어? 어이, 이봐……. 일어나라고, 꼬맹이."

꼬맹이라는 호칭에 슬슬 신경이 곤두섰다. 신체적인 의미라는 건 잘 알지만, '아홉 번째' 생을 살고 있는 나와 대등하게 맞설 수 있는 녀석이 세상에 몇이나 있겠는가. 나는 웅크린 자세 그대로, 한쪽 눈을 슬쩍 떠서 나를 내려다보는 커다란 고양이를 바라보았다.

담갈색과 흰색이 섞인 녀석이었다. 앙칼진 눈초리를 하고서 여유로운 태도로 나를 내려다보고 있었다. 지금의 내 몸집보다 훨씬 큰 걸로 보아 다섯 살은 넘은 게 틀림없었다. 시비가 붙으면 손쉽게 나를 해치울 게 뻔했다.

하지만 내 입장에서 보자면 이 녀석이 더 애송이였다.

나는 다시 눈을 감고 휙 하고 등을 돌렸다. 상대도 조금 조바심이 나는지 말투가 점점 거칠어졌다.

"에리카를 봐서 넘어가긴 하겠지만, 연장자에 대한 예의조차 없는 그 태도는 빨리 고치는 게 좋을 거야. 불쾌하거든."

에리카가 누구인지도 모르고, 상대에게 예의를 갖춰야 한다는 가치관은 내다 버린 지 오래인 나에게 이 담갈색 고양이의 말은 와닿지 않았다. 나는 앞발의 털을 천천히 다듬으며 녀석의 말을 대충 흘려넘겼다.

그러자 담갈색 고양이는 아까보다 한결 누그러진 말투와 차분함을 조금 되찾은 목소리로…… 아니, 정확히는 어처구니가 없다는 듯이 말했다.

"뭐, 조만간 너도 북두당北斗堂에 오게 될 거야."

그 말을 끝으로 녀석은 총총히 자리를 떠났다.

대체 뭐야, 저 녀석.

먹이는 주로 벌레였다. 아그작아그작 씹히는 식감은 신사 뒤편 숲에서 먹던 것과 별반 다르지 않았다. 다만 그 수가 턱없이 부족했다. 앞으로 점점 추워질 계절을 생각하면 지방을 비축하는 일도 쉽지 않을 것 같았다.

마실 물도 문제였다. 시골 동네 같으면 조금만 걸으면 냇물이 흐르고 농업용수도 쉽게 찾을 수 있지만, 도시의 주택가에는 마실 수 있는 물이 흐르는 장소가 아예 없었다. 하는 수 없이 빗물이 고인 웅덩이를 핥거나 간신히 찾아낸 도랑에서 흐르는 조금 미심쩍은 물을 마시기도 했다. 그 물에서는 뭔가 묘하게 이상한 맛이 났다.

추위를 피해 도시로 나온 셈이었지만 막상 살아보니 이곳은 상상 이상으로 불편했다. 자연과 더불어 살아가는 시골과 달리, 도시는 인간의 편의를 위해 환경을 마음대로 바꾸어놓은 장소였다. 그런 곳에서 고양이가 살아가는 것은 생각보다 훨씬 혹독하고 고된 일이라는 걸 새삼 절감하게 되었다.

그렇다면 나는 지금까지 어떻게 겨울을 견뎌왔던 걸까. 기억을 더듬어보면 아무리 불평을 늘어놓더라도 결국 인간 옆에 머물면서, 그들이 가진 무언가를 슬쩍슬쩍 이용해 간신히 살아남았던 것 같다. 동시에 나의 죽음이 대부분 인간과 깊숙이 관련되었던 것도 사실이다. 참으로 유감스럽다. 그리고 무엇보다 몹시 분했다.

지상의 땅 대부분은 이미 오래전에 인간의 것이 되어버렸다. 그런 세상에서 살아남으려면 어느 정도는 인간에게 아양을 떨어야 하는 것도 부정할 수 없는 현실이다. 하지만 그 사실을 뻔히 알면서도 냐옹냐옹 울며 밥을 달라고 조르는 짓만은 사절이다. 차라리 인간이 버린 음식 쓰레기를 뒤져 허기를 달래는 편이 나았다. 그렇게 하면 '내 두 발로 먹이를 구했다'는 최소한의 존엄만큼은 지킬 수 있었으니까.

……그랬던 내가 또다시 그 고서점 근처로 걸음을 옮기고 있었다.

기묘한 그 여자의 분위기와 태도가 아직도 생생하게 기억났다. 허물없는 말투, 모든 걸 꿰뚫어보는 듯한 눈빛 그리고 나에게 관심을 보이면서도 바람에 흔들리는 버드나무처럼 종잡을 수 없는 모습까지도.

그런 여자의 모든 게 못마땅하고 도무지 신뢰가 가지 않는데도, 왜 자꾸만 발길이 그쪽으로 향하는 걸까.

정오를 조금 넘긴 무렵, 나는 서점 맞은편 공터에 방치된 폐차 밑에 숨어 그 고서점을 지켜보았다.

담갈색 고양이가 말했던 '북두당'은 바로 이 고서점의 이름이었다. 명조체 활자로 적힌 무채색 간판은 요란한 외관에도 불구하고, 녹슬고 색이 바랜 검은 글씨 탓에 마치 손님을 끌 의지 따윈 없는 듯 존재감을 지우고 있었다. 오히려 분필로 써서 서점 앞에 세워둔 검은 간판 쪽이 주변과 어울리지 않는 이질적인 분위기 덕분에 더 멋지고 눈길을 끌었다.

그걸 제외하면 딱히 특별할 것 없는 평범한 고서점이었다. 그 사내처럼 성미 까다로운 인간들이 좋아할 법한 빛바랜 책도 있고, 최근 10년 안에 출판된 것으로 보이는 책도 몇 권 눈에 띄었다. 서점 안은 책이 빽빽하게 꽂혀 있는, 전형적인 옛날식 고서점의 모습을 그대로 간직하고 있었다. 그리고 역시나 손님은 없었다.

있는 건 오직 고양이들뿐이었다.

서점 안팎으로 모두 네 마리가 있었다. 얼마 전 마주쳤던 담갈색과 흰색이 섞인 고양이, 흰색과 검은색, 살색이 어우러진 삼색 고양이, 오렌지빛 털에 갈색 줄무늬가 선명한 고양이 그리고 검은색과 흰색 무늬가 대칭을 이루는 고양이까지. 서점 앞 길바닥에 누워 한가롭게 뒹구는 녀석, 문 앞에 오도카니 앉아 가게를 지키는 척하는 녀석, 책 위에 올라가 몸을 둥글게 말고 잠든 녀석까지, 모두가 제멋대로 살아가고 있는 듯했다.

그 모습을 곁눈질로 지켜보고 있자니, 정말이지 어이가 없었다. 녀석들은 딱 내가 질색하는 방식으로 길러진 고양이들이었다. 인간이 주는 먹이를 아무렇지 않게 받아먹고, 하루 종일 나태하게 뒹굴며, 인간이 원하는 대로 삶의 방식을 바꾸고 따르며 비위를 맞추는 존재들. 그런데도 인간은 그런 녀석들을 아무 조건 없이 귀여워한다.

정말이지 구제 불능의 어리석은 자들뿐 아닌가.

눈앞에 놓인 먹이에나 만족하면서 꿋꿋이 살아간다는 게 무엇인지 까맣게 잊어버린 녀석들이다. 나를 버리고 떠난 어미와 형, 누이들처럼.

그때 그 주인 여자가 볼이 미어지게 만주를 입에 넣고 샌들을 걸쳐 신고 밖으로 나왔다. 품에는 물이 든 1리터짜리 페트병을 안고 있었고, 그걸 꺼내 검은 간판 옆에 놓인 그릇에 조심스레 물을 부었다. 고양이들 마시라고 준비한 물인 모양이었지만, 정작 누구 하나 거들떠보지도 않았다.

뭘 하는 거야. 저 여자, 바보 아냐?

무슨 꿍꿍이인지 파악하지 못한 채 멍하니 지켜보고 있는데, 여자가 서점 앞에 얌전히 앉아 있는 담갈색 고양이를 향해 자연스럽게 말을 건넸다.

"손님, 올 것 같아?"

담갈색 고양이는 여자를 흘낏 쳐다보더니 꼬리를 탁탁 흔들며 가만히 길을 살핀다. 마치 주변의 기류라도 읽어 여자의 질문에 대답이라도 하려는 것 같았다. 여자는 그런 반응에 별일 아니라는 듯 그대로 서점 안으로 들어갔다.

정말 알 수 없는 녀석들이다.

어이없다는 생각을 하며 나는 흙과 마른 풀, 녹슨 철 냄새가 뒤엉킨 폐차 밑에서 몸을 둥글게 말았다. 이상한 거리에서의 하루는 그렇게 저물었고, 나는 그대로 잠이 들었다.

꿈을 꾸었다. 아득히 먼 옛날……, '첫 번째 생'을 얻었을 때의 기억이었다.

내 삶은 태어난 순간부터 고난의 연속이었다.

인간들이 덴메이天明(서기1781~1789년에 해당하는 일본 에도 시대의 연호)라 부르던 연간의 일이었다. 그 무렵, 잇따른 악천후와 냉해가 이어지는가 싶다가도, 기이할 정도로 따뜻한 겨울이 지나 극심한 가뭄에 시달린 해가 있었다.

농부들은 소작료조차 낼 수 없게 되었다. 피죽조차 못 먹을 정도였다. 그런 참혹한 해에 어째서 어미는 나를 낳았던 걸까. 아니, 부모 사정에 불평한들 무슨 소용 있겠는가. 어미 역시 이제 와서 대답해줄 수도 없을 텐데. 그럼에도 불구하고 한바탕 악담이라도 퍼붓지 않고서는 견딜 수 없을 만큼 그해의 기근은 그야말로 절망적이었다.

풀과 물 냄새보다 흙 맛이 더 익숙했던 시절. 어미는 일찍 죽었고, 나와 형제들은 그 살을 먹으며 배를 채웠다. 하지만 가장 힘이 약했던 막내인 내게 돌아오는 몫은 얼마 되지 않았다.

그 무렵만 해도 길고양이인 우리를 귀여워하고 가끔 돌봐주던 인간들을 그리 미워하지는 않았다. 그들이 갈비뼈가 도드라질 만큼 야위고 퀭한 눈으로 길바닥에 쓰러지는 모습을 보면서 측은하다고 느낀 적도 있었다.

하지만 나는 목숨을 부지하는 것만으로도 버거워서 그 이상으로 그들을 안타까워할 여유 따윈 없었다. 오직 배고픔만이 전부였다.

하나둘 형제들이 죽어가고, 마침내 나 혼자 남게 된 어느 봄날이었다.

먹을 것이 완전히 끊기자 인간들은 우리와 다를 바 없는 짐승으로 전락했다. 서로를 잡아먹기 시작한 것이다. 그중에는 손질한 인육에 풀을 섞어 개고기로 팔아넘기는 뻔뻔한 자들도 있었다고 들었지만, 나로선 차라리 계속 서로를 잡아먹는 편이 더 나았다.

제대로 일어서지도, 몸을 가누지도 못한 채 골풀로 만든 돗자리 가장자리까지 씹어가며 허기를 달래던 그들이, 아직 움직일 기력이 남아 있던 내가 눈앞에 나타난 순간, 눈빛을 번뜩이며 활력을 되찾았다. 그러고는 광기 어린 표정으로 나를 쫓으며 외쳤다.

"고기가 걷고 있다!"

……이것이 공포가 아니고 무엇이란 말인가.

그때 먹을 것을 하나도 찾지 못하고 나를 지켜주던 형마저 없는 상태에서 무심코 인간들이 사는 마을까지 내려갔던 게 결정적 실수였다.

바짝 마른 흙길을 아직 사지가 멀쩡한 노인이 지팡이를 짚고 비틀거리며 걷고 있었다. 그 노인은 눈앞에 튀어나온 나를 보자 순식간에 기력을 되찾은 듯 달려들었고, 바닥에 떨어져 있던 돌을 움켜쥐고 단 한 방에 나를 내리쳐 죽였다.

지금도 생생히 기억한다. 그 시대를 살았을 때의 굶주림, 갈증 그리고 공포. 그 어느 쪽을 떠올려도 그 처참함은 차마 말로 다 할 수 없을 것이다.

고통스러웠던 그 시대를, 나는 결코 잊지 못한다.

그것이 고양이로 살았던 나의 첫 생이었다.

떠올리고 싶지 않았던 기억이 공포와 함께 되살아나면서 나는 꿈에서 깨어났다. 몸이 떨리고, 온몸의 털이 곤두설 만큼 당혹스러웠다. 새삼스럽게 그런 옛 시절을 떠올리다니. 지금도 물론 배를 주리고 있긴 하지만, 그때만큼은 아닌데.

 정말이지, 얼마나 평정심을 잃은 거야.

 나는 자조 섞인 한숨을 내쉬며 아직 잠이 덜 깬 눈으로 다시 북두당을 바라보았다.

 비가 내리고 있었다. 쏴아아, 쏴아아. 아스팔트 위로 떨어지는 빗방울이 폐차 밑에 누워 있는 내 몸을 적실 듯 튀어오르고 있었다. 한계치를 넘은 물웅덩이는 졸졸졸 이쪽으로 흘러들 것만 같았다. 몸이 젖는 건 질색이라 나는 작은 몸을 더 깊숙이 웅크렸다.

 북두당은 가게 앞 차양의 길이를 조절해 그럭저럭 비를 피하고 있었다. 검은 간판은 치워졌고 고양이들도 모두 실내로 피신한 듯했다. 호우 속에서 '영업 중'이라는 팻말만이 덜그럭거리며 흔들리고 있었다.

 비 내리는 고서점이라니, 그것도 참 고생스러운 일이겠

다. 내심 비웃으며 나는 다시 잠을 청하려 했다.

그런데 그때 서점 안에서 여자가 모습을 드러냈다. 나는 웅크린 채로 조금만 더 지켜보기로 했다.

여자는 처마 밑에 서서 기세 좋게 쏟아지는 빗줄기를 올려다보며 어째선지 감탄의 소리를 내질렀다. 한가한가? 나이에 걸맞지 않게 개구쟁이처럼 행동하는 모습이 괜히 더 못마땅했다.

그러다 문득 여자의 손에 들린 페트병이 눈에 들어왔다. 밖엔 고양이가 한 마리도 나와 있지 않은데도, 여자는 처마 밑으로 옮겨둔 물그릇에 조심스럽게 물을 채워 넣고 있었다.

그리고 고개를 들어 주위를 둘러본 뒤, 미소 띤 얼굴로 빗소리에 지지 않으려는 듯 소리쳤다.

"언제든지 와도 돼……!"

그 말을 남기고 여자는 다시 서점 안으로 사라졌다.

나는 그 말의 의미를 한참 곱씹었다.

그리고 그 뜻을 이해한 순간 말을 잃었다.

──그 여자는 나에게 말을 건 것이다.

내가 다시 이곳에 올 거라고 확신하고 미리 마실 물을 준비해둔 것이다.

아직 몸집도 작은 새끼 고양이인 내가 자신의 친절을 받아들일 거라고, 여자는 조금의 의심도 없이 믿고 있었다. 마치 아주 먼 옛날, 내가 아직 인간을 믿고 있던 그 시절처럼.

눈을 크게 뜬 채 나는 잠시 북두당을 지켜보았다. 비는 여전히 쉴 새 없이 쏟아지고 있었고, 어두컴컴한 서점 안쪽에서 여자는 카운터에 앉아 판매용 책 한 권을 손에 들고 탐독하고 있었다. 그 곁엔 그 모습을 지켜보듯 흰색과 검은색, 갈색이 섞인 삼색 고양이가 얌전히 자리를 지키고 있었다.

마치 여자에게 무슨 이야기라도 들려주는 것처럼.

나는 그 광경을 차 밑에서 그저 지켜보았다. 그 조화로운 풍경이 너무 낯설고 평온해 보여서 혼란스러웠다.

그 후로도 며칠간 북두당을 관찰하며 알게 된 사실이 있다.

우선, 겉보기와 달리 그저 한가하게 먼지만 쌓이는 고서점은 아니었다. 하루에 몇 명씩은 손님이 찾아와 무언가를 사 가곤 했다. 그중 자주 들락거리는 여자애 하나는 아무것도 사지 않는 것 같았는데, 대체 뭘 하러 오는 건지 알 수 없었다.

그리고 또 하나, 책이 제법 다양하게 팔려나가는데도 여자는 책을 새로 들여오지 않았다. 어떻게 재고가 떨어지지 않는 건지 도무지 이해할 수가 없었다. 무슨 특별한 기술이라도 부리는 건지 모르겠지만, 여자는 아침부터 밤까지 서점을 지키거나 개인적인 물건을 사러 잠깐 외출하는 게 전부였다.

도대체 뭐가 그리 재미있어서 저렇게 사는 건지, 정말이지 이해할 수 없었다.

하지만 고양이들에 둘러싸여 살아가는 그 모습은 바보 같을 만큼 행복해 보였다.

자세한 말까지는 들리지 않지만, 여자는 자주 고양이들과 '대화'를 나누는 듯했다. 고양이를 좋아하는 인간들이 흔히 하듯이 일방적으로 말을 거는 것이 아니라, 마치 대답이 돌아올 걸 전제로 한 말투였다.

"있지, 오늘 비 오려나?"

"너희 밥 다 떨어져가는데, 가끔은 다른 걸 먹고 싶진 않아?"

"응? 배고파? 그럼 나가서 벌레라도 잡아먹고 와."

"저거 좀 집어줄래? 그거, 오사라기 지로(고양이를 좋아하는 것으로 특히 유명한 일본의 근현대 소설가로, 대표작으로《구라마 텐구》가 있다. 다양한 문학 장르에서 수많은 저서를 남겼다.)

의……."

정말 어처구니가 없었다.

고양이들이 그 말을 진짜로 알아듣는지 아닌지는 모르겠다. 다만 여자의 말에 따라 움직이는 비율은 대략 반반쯤 되는 것 같았다.

보통 고양이가 인간의 말에 순순히 따를 확률이 열에 한 번도 채 되지 않으니, 그렇게 본다면 고양이치고는 그 여자에게 꽤나 순종적인 셈이었다. 이쯤 되면 고양이의 변덕이라는 말로 넘길 수 없을 정도로, 녀석들은 그 여자에게 마음을 열고 있었다.

여자는 어떤 사람일까. 그리고 고양이들을 끌어모으는 저 서점은 도대체 어떤 곳일까.

경계심은 서서히 호기심으로 바뀌어갔다. 인간과 다시는 엮이지 않겠다고 결심했던 마음도 조금씩 흔들리고 있었다.

그런 나 자신이 싫었다.

가을비가 이어지자 기온은 눈에 띄게 떨어졌다. 겨울을 대비해 털갈이를 시작했지만, 춥긴 마찬가지였다. 폐차 아래라고는 해도, 바람이 그대로 들이닥치는 야외에서 살기에는 점점 더 버거워지고 있었다. 숲속 신사의 툇마루 밑에 비하면 지금 있는 곳이 훨씬 따뜻할 테지만, 슬슬 한계가 다가왔다.

낮이면 북두당에서 멀찍이 떨어진 공원 벤치 위에서 몸을 웅크리고 잠드는 일이 잦아졌다. 가끔 나타나는 모자가 나를 쓰다듬는 정도는 참고 넘긴다. 그런 성가심만 빼면 이곳도 나름대로 쾌적했다. 물론 다가오는 겨울에 대한 불안감은 여전히 마음 한구석에 남아 있었지만.

어느 날, 그런 나에게 고양이 한 마리가 말을 걸어왔다.

"언제까지 고집부리고 있을 거야?"

또 암고양이의 목소리였다. 하지만 그 담갈색 고양이는 아니었다. 슬쩍 한쪽 눈을 뜨고 보니, 벤치 위에 삼색 고양이 한 마리가 자리를 차지하고서 나를 내려다보고 있었다. 북두당에 있던 그 고양이였다. 자세히 보니 앉아 있는 자세가 좀 이상했다. 아무래도 오른쪽 뒷다리가 불편한 듯했다. 언뜻 보기엔 꽤나 우스꽝스러운 자세였지만, 삼색 고양이는 그걸 전혀 부끄러워하는 기색 없이 여유로운 태도였다. 하지만 그 담갈색 고양이와는 달리 이 녀석의 목소리에는 어딘가 묘하게 다정한 배려 같은 게 느껴졌다.

어쨌든 내가 알 바 아니다. 계속 무시하고 다시 눈을 감고 자려고 하자, 삼색 고양이는 위협적인 울음소리와 함께 낮게 으르렁거렸다.

"새끼 고양이 주제에 귀여운 구석이라곤 눈곱만큼도 없구나."

이 녀석도 나를 어린애 취급하는 건가. 담갈색 고양이의 건방진 태도가 떠올라 나는 천천히 고개를 들고 오랜만에 입을 열었다.

"너도 그렇고 그 담갈색도 그렇고, 적당히 좀 해. 꼬맹이라느니 새끼 고양이라느니. 나는 '아홉 번째'라고."

"오호, 이제야 입이 트였나보지?"

꽤나 당찬 암고양이였다. 여장부 기질이 있다고 하면 듣기 좋겠지만, 나를 내려다보는 그 태도는 여전히 마음에 들지 않았다. 삼색 고양이는 계속해서 말했다.

"나는 '일곱 번째'지만, 너와 달리 그걸 내세울 생각은 없어. 그 마녀의 집에서 함께 지내다보면, 자신이 몇 번째 생을 사는지 같은 건 신경 쓰지 않게 되거든. 그런 건 사소한 문제가 돼."

"흥, 고양이로서의 자부심도 없는 건가. 시시한 녀석이군······."

그렇게 받아치고 나서야 문득 깨달았다.

방금 그 여자를 '마녀'라고 했나? 진심인가, 이 녀석.

그 말뜻을 곱씹느라 잠시 생각에 잠겨 있는 사이, 삼색 고양이는 느긋하게 몸을 일으켰다. 불편한 오른쪽 뒷다리를 살짝 감싸듯 움직이며 벤치에서 뛰어내려 천천히 덤불 쪽으로 걸어갔다. 그러다 모습을 감추기 직전 나를 돌아보며 기가 막힌다는 듯이 한마디 내뱉었다.

"강한 척도 좋지만, 어차피 '마지막'이라면 아늑한 곳에서 죽는 편이 낫지 않겠어? 그 마녀의 서점은 생각보다 괜찮거든."

나는 본능적으로 털을 곤두세우며 대꾸했다.

"마녀라느니 아늑한 곳이라느니, 대체 나한테 왜 이러는 거야? 구역질이 나오네."

"와보면 알 거야. 너처럼 삐딱한 녀석일수록 거기에 와야 한다고 생각해. 그 사람 앞에서 가식은 필요 없어. 그곳은 있는 그대로를 드러내도 괜찮은 곳이니까."

그 말을 끝으로 삼색 고양이는 덤불 속으로 사라졌다.

나는 약간 혼란스러웠다.

고양이란 본래 큰 무리를 이루지 않는 동물이다. 인간이 여럿을 키우는 경우라면 몰라도, 가족이 아닌 한 기본적으로 다른 고양이에게 무관심한 게 보통이다. 그런데 왜 북두당이라는 서점에 모여 사는 고양이 녀석들은 이토록 나를 신경 쓰는 걸까.

마치 함께 살아가는 것이 당연하다는 듯이.

알 수 없는 그 분위기와 그들의 태도가 도무지 이해가 가지 않아 당황스러웠다. 그날 나는 하루 종일 벤치에서 꼼짝도 하지 않은 채 해가 질 때까지 하염없이 생각에 잠겨 있었다.

그로부터 며칠이 지난 어느 날이었다. 단풍이 들어 떨어진 나뭇잎들이 차가운 가을바람에 휩쓸려 바스락 소리를 내며 흩날렸다. 바짝 마른 낙엽 몇 장이 폐차 밑에 누워 있는 내 몸을 스쳤다가 바람에 실려 다시 날려가는 날들이 계속되고 있었다.

그날 저녁부터 갑작스럽게 쏟아진 폭우는 한동안 지면을 바다처럼 뒤덮더니, 언제 그랬냐는 듯 순식간에 그쳤다. 축축해진 아스팔트와 젖은 낙엽이 뒤섞여 풍기는 묘한 냄새가 폐차 아래에서 뒹굴고 있는 내 코끝을 간질였다.

해가 지는 시각도 서점 앞 가로등에 불이 들어오는 시간도 점점 빨라졌다. 짙게 내려앉은 저녁 그림자가 집들의 벽을 덮어가고, 서쪽 지평선 너머로는 오렌지빛 하늘이 너울처럼 펼쳐져 있었다.

그런 황혼이 다가온 시간, 주위가 갑자기 소란스러워졌다. 주택가를 여기저기 뛰어다니는 인간들의 기척이 들렸다. 시끄럽다고 생각하면서도, 나는 애써 외면한 채 여느 때처럼 비가 그친 폐차 밑에서 다시 잠을 청하려 했다. 그때였다.

아직 젖어 있는 아스팔트의 웅덩이를 철벅이며 누군가 달려오는 소리가 가까워지더니 북두당 앞에서 멈췄다. 나는 귀만 쫑긋 그쪽으로 기울였을 뿐, 모른 척 눈을 감고 있었다. 하지만 곧 들려온 여자의 다급한 목소리에 짜증이 나서, 무슨 일인가 싶어 살며시 눈을 떴다.

"저, 저기요! 혹시 제 딸 여기 안 왔나요?"

앞치마 차림의 중년 여자가 공포와 물안이 뒤섞인 얼굴로 서점 앞에서 주인을 소리쳐 불렀다. 카운터에서 책을 읽고 있던 주인은 줄이 달린 동그란 안경을 벗어 가슴팍에 늘어뜨리고는 천천히 책에서 고개를 들었다.

"마도카 양 말씀이신가요? 오늘은 아직 안 왔어요. 무슨 일이라도?"

"아직 집에 안 와서요······. 혹시 짐작 가는 데는 없나요?"

"또 책을 읽는 중이라면 학교나 역 앞 도서관 같은 데 있지 않을까요?"

"연락해봤는데 없다고 하더라고요. 오늘따라 휴대폰도 놓고 가서, 어디 있는지 전혀 모르겠어요."

"아, 그럼 저도 같이 찾아볼게요. 경찰도 아직은 제대로 움직이지 않을 테고요."

"감사합니다. 그래 주시면 도움이 될 것 같아요……!"

연신 고개를 숙이며 고맙다는 말을 한 뒤, 여자는 왔던 길로 다시 돌아갔다.

그런데 도와주겠다던 서점 주인은 자리에서 일어나기는 커녕, 두 팔을 위로 쭉 뻗더니 스트레칭을 하기 시작했다. 그러다 짝짝 손뼉을 치면서 긴장감이라고는 하나도 느껴지지 않는 목소리로 말한다.

"모여라아~."

대체 뭘 하려는 건가 싶었는데, 놀랍게도 그 여자의 목소리에 반응하듯 서점 안에 있던 네 마리의 고양이가 줄줄이 그녀 앞에 모여드는 것이 아닌가. 나는 당황해서 눈을 동그랗게 뜨고 그 광경을 지켜봤다.

영차, 하고 일어난 서점 주인은 고양이들을 향해 간단히 지시를 내렸다.

"마도카가 아직 집에 돌아가지 않았대. 흩어져서 어서

찾아봐줘. 찾으면 나한테 알려주고."

"냐옹."

고양이들은 각자 한 번씩 소리 내어 울더니, 순식간에 서점을 빠져나가 사방으로 뿔뿔이 흩어졌다. 여자도 샌들을 걸쳐 신고 서점 문을 열어둔 채 마도카라는 소녀를 찾으러 가버렸다.

──나는 내가 지금 보고 있는 광경을 도무지 믿을 수 없었다.

저 여자는 고양이와 의사소통이 가능한 건가?

그리고 왜 녀석들은 아무렇지도 않게 그녀의 말을 따르는 거지?

고양이가 인간 말을 그렇게 쉽게 들어주다니, 그렇게 어리석은 일이 어디 있단 말인가. 나는 그 자리에서 꼼짝도 하지 않고 텅 빈 서점을 가만히 노려보았다.

의심, 당혹, 불신……, 내 안에 깊이 가라앉아 있던 전생의 여러 기억이 서서히 떠올랐다.

인간 따위를 믿을까 보냐.

머리를 흔들어 모든 생각을 지우고 다시 자려고 했다. 그 순간, 낯익은 기척이 느껴졌다. 지난번 그 삼색 고양이가 어느새 다시 눈앞에 와 있었다. 웅덩이에 발이 젖는 것도 개의치 않은 채 녀석은 폐차 밑 아래로 몸을 숙여 가만히 나를 쳐다봤다.

"너, 언제까지 그러고 있을 거야?"

또다시 그 말이다. 질린다는 말투다. 쓸데없는 참견이라고 쏘아붙이고 싶었지만, 왠지 그 말이 입 밖으로 나오지 않았다.

아무런 말 없이 있는 나를 향해 삼색 고양이는 "네가 뭘 하든 상관은 없지만" 하고 먼저 전제를 깔고 나서 조용히 말을 이었다.

"맨날 서점에 오는 초등학생 여자애 있잖아, 너도 알지? 그 아이가 아직 집에 돌아오지 않았대. 너도 좀 찾아봐줘."

"내가? 굳이 왜? 하, 선의를 강요하다니, 꼭 인간 같네."

무심코 그런 말이 입 밖으로 튀어나왔다.

마음대로 먹이나 던져주고 자기만족을 얻으려는 인간들과 본질적으로 다를 게 없었다. 자신의 욕구를 채우기 위한 행동은 내 입장에서 보자면 전부 거절해야 마땅했다. 그 제멋대로인 행동 때문에 나는 몇 번이나 목숨을 잃었던 것이다. 그런 자들이 어떻게 되든 내 알 바 아니다.

하지만 삼색 고양이는 그렇게 생각하지 않는 듯했다. 그뿐 아니라 내 말에 화가 난 건지 하악— 하고 위협하는 소리를 내며 폐차 틈 사이로 앞발을 쑥 뻗어 내 머리를 가격했다.

좁은 폐차 밑에서 나는 재빨리 몸을 일으켜, 눈앞의 암고양이에 맞서 으르렁거렸다. 하지만 고작 새끼 고양이의 몸집으로는 위협이 되기엔 턱없이 부족했다.

삼색 고양이는 그런 나를 한심하다는 듯 내려다보며 단호한 태도로 잘라 말했다.

"경계 태세를 갖추고, 거리를 두고, 뭐든 다 아는 척 잘난 체하기는. 자신만은 다르다고 생각하고 있는 너야말로 네가 경멸하는 인간들과 똑같아."

"헛소리 마. 놈들이 우리와 동등하다고? 이놈이나 저놈이나 어차피 위기가 닥치면 우리를 버리고 도망가는 것들이라고."

나는 그렇게 내뱉듯 말하고는 삼색 고양이와 거리를 두며 땅바닥에 몸을 눕혔다. 다시 눈을 감고 잠든 척하며 더는 시비를 이어갈 생각이 없다는 듯 등을 돌렸다. 그런 나를 향해 삼색 고양이는 이번엔 한결 차분한 목소리로 말을 건넸다.

"가엾게도. 널 소중히 여겨주는 인간을 만나지 못한 채 살아온 거구나. ……역시 너는 마녀랑 함께 살아야 해. 너

같은 녀석일수록 그 사람이 필요해."

"시끄러워. 얼빠진 네놈들의 동정 따윈 필요 없어."

"아, 그래? 그렇다면 마지막 남은 그 생명을 가지고 죽는 순간까지 고독하게 살아보시지. ……그건 그렇고 지금까지 여덟 번을 사는 동안 자식을 가져본 적은 있었어?"

갑작스러운 질문에 나는 지금까지 만났던 암고양이들과의 몇몇 기억을 떠올렸다. 하지만 떠오르는 건 그뿐이었다. 수컷은 기본적으로 새끼에 관심이 없다. 태어난 자식을 귀엽다고 느낀 적도 없고, 키우고 싶다고 생각한 적도 없었다. 순순히 그렇게 대답하자 삼색 고양이는 경멸하는 기색 없이 그저 담담하게 말했다.

"수고양이라면 그럴 수도 있지. 하지만 어미라는 건 말이야, 새끼가 한 마리만 안 보여도 아주아주 괴로워지는 법이거든."

무슨 말을 하고 싶은 거냐. 그렇게 쏘아붙이고 싶었지만, 자기 할 말만 하고서 삼색 고양이는 오른쪽 뒷다리를 절뚝이며 멀어져갔다.

마도카라는 아이를 찾으러 간 것이겠지.

나는 한심하다고 생각하며 간신히 조용해진 공터 구석에서 다시 잠을 청하려고 했다.

하지만 삼색 고양이가 했던 말이 이상하게 자꾸만 머릿속을 맴돌았다.

——가엾게도.

——너 같은 녀석일수록 그 사람이 필요해.

대체 뭐야. 하나 같이 다들 왜 그러는 거야.

그 사내는 나에게 지나친 간섭 같은 건 하지 않았다. 나를 방임하고, 내가 원하는 대로 살게 해줬다. 있는 그대로의 나를 인정해주었다…….

그런데 그 고서점에 사는 고양이들은 아무렇지 않게 내 영역으로 넘어와 나를 흔들려 했다.

누군가에게 다가가는 게 그렇게 중요한 일인가.

——아주아주 괴로워지는 법이거든.

가슴 아팠던 적이 없었다면 그건 거짓말이다. 고통스러운 기억쯤 셀 수 없이 많았다. 그래서 더는 그런 아픔을 겪고 싶지 않아서 처음부터 추억 같은 건 만들지 않겠다고, 모든 이들을 다 피하고 있었는데.

마음이 다시금 심란해지는 것을 느끼며 나는 잠시 머뭇거리다 공터를 나섰다.

아무래도 기분이 언짢아 견딜 수 없었다. 머릿속을 맴도는 삼색 고양이의 목소리를 떨쳐내듯, 그 녀석들에게 본때를 보여주리라 마음먹으며 발걸음을 옮겼다.

그 꼬맹이가 어떻게 되든 솔직히 내 알 바는 아니다. 하지만 못 찾기라도 하면 북두당 주변은 뒤숭숭해질 것이다. 그러면 몇 안 되는 내 은신처에서 마음 편히 머물지 못하게 될 테지.

젠장. 나는 담장 위로 가볍게 몸을 날려 거리로 향했다.

북두당을 거점 삼아 서점에 눌러앉아 사는 그 고양이들보다 내 발이 훨씬 넓다. 이 마을에 온 지는 얼마 되지 않았지만, 먹이를 찾아 돌아다닌 거리도 꽤 된다.

게다가 요 며칠은 그 사내와 지냈던 날들이 자꾸 떠올라 종이 냄새가 풍기는 곳을 자주 돌아다녔다. 도서관이나 학교 근처를 산책하는 일도 가끔 있었다.

차나 자전거에 치이지 않도록 담장을 타고 지붕을 넘으며 나는 종종걸음으로 초등학교 근처까지 갔다. 하지만 정문이 닫힌 학교 안은 적막했다. 사람의 기척은 없었고, 아직 남아 있는 교원이 있는지 건물 곳곳에 불빛이 켜져 있었을 뿐이다.

잠시 지켜보니 교내 여기저기에서 불이 켜졌다가 꺼지기를 반복하고 있었다. 아마도 마도카라는 아이를 찾아 학교 전체를 돌고 있는 모양이었다.

만약 이곳에서 아이가 발견된다면 내가 여기 머물 이유는 없다. 그렇지 않다면 다른 곳을 찾아야겠지. 그렇게 판단한 나는 발길을 돌렸다.

마도카라는 소녀는 북두당에 자주 드나들었다. 초등학교 1학년 때부터 고서점에 드나드는 걸 보면 어지간한 독서광이 틀림없었다. 동네 도서관 말고도 산더미처럼 책이 가득한 장소를 발견한 덕에 입학하고 반년 만에 책벌레가 된 거겠지.

게다가 오늘은 하교 시각에 갑작스레 소나기가 쏟아졌다. 친구와 함께 귀가하지 않고, 집으로 돌아가는 도중에 비를 만났다고 한다면……, 어린아이가 새빨리 몸을 피힐 수 있는 장소는 정해져 있다.

그리고 초등학교에서 역 앞의 시립도서관까지는 그리 멀지 않은 거리다. 그 아이가 통학로를 따라 곧장 집으로 향하지 않았다면, 북두당과는 반대편에 있는 도서관에 들렀을 가능성이 있다. 하필 도중에 비를 맞았다면 더욱 그렇다.

나는 우아하게 꼬리를 흔들며 집 뒤편과 오솔길, 도랑을 따라 어스름이 내려앉는 거리를 유유히 걸었다. 학교에서

도서관으로 이어지는 길을 담장에서 담장으로, 그늘에서 그늘로 옮겨다니며 차를 피해 조심스럽게 길을 건너고, 고양이에게는 제법 먼 거리를 걸어 도서관이 있는 쪽으로 향했다. 그러다 옆길로 살짝 빠져 강변에 있는 목적지로 방향을 틀었다.

시간은 꽤 걸렸지만, 해가 완전히 지기 전 공원에 도착할 수 있었다.

초등학교에서 한참 떨어져 있어 이웃 초등학교 구역에 들어갈 만한 위치였다. 땅은 억수같이 쏟아진 비로 질척거려 걷기에는 최악이었고, 모래밭도 그네도 이 상태라면 놀기엔 무리였다.

하지만 미끄럼틀은 예외다. 입체 미로가 딸린 커다란 목제 미끄럼틀은 특히 인기가 많아, 휴일이면 아이들이 모여 꺄아꺄아 시끄럽게 떠들곤 한다. 어둑해진 이 시간까지 놀고 있는 아이는 없었지만, 주변 가로등의 하얀 불빛 덕분에 비가 그치기를 기다리며 겸사겸사 책을 읽기엔 더없이 좋은 장소일 것이다.

그리고 내 예상은 적중했다. 그 아이가 거기에 있었다.

미끄럼틀 순서를 기다리는 층 바로 아래, 어둑한 그늘 속에서 아이는 아동용 문고 소설에 푹 빠져 있었다. 어깨까지 내려온 머리카락이 옆얼굴을 살짝 가리고 있었지만, 가까운 곳에 가로등이 있어 책을 읽는 데엔 별다른 불편함이 없어 보였다. 해는 거의 저물었고, 공원 전체가 어둠에 잠겨가고 있었지만, 그 어둠은 소녀에게 아무런 문제가 되지 않는 듯했다.

북두당의 고양이들 행동반경으로는 이 장소까지는 알 수 없었을 것이다. 이 여자애를 찾아낼 수 있는 건 오직 나뿐이다. 그렇게 생각하니 괜히 으쓱해져서 나도 모르게 조금 의기양양해졌다. 나를 깔보던 그 늙은 고양이도 이번만큼은 뼈저리게 깨닫게 되겠지.

나는 소녀에게 유유히 다가가 "냐아" 하고 가냘프게 울었다. 하지만 그 아이는 이토록 사랑스러운 외모를 한 나에게 눈길 한 번 주지 않고 책에만 몰두하고 있었다. 살짝 초조해진 나는 아까보다 조금 더 큰 소리로, 조금 더 길게 다시 한번 울었다. 그제야 마침내 소녀가 천천히 얼굴을 들었다.

포동포동한 뺨에 커다란 눈, 남색 원피스 위에 카디건을 걸친 예쁘장한 여자애였다. 놀란 듯이 두 눈을 동그랗게 뜨더니, 이내 미소를 지으며 나를 향해 손을 내밀었다.

어림없지, 그렇게 쉽게 쓰다듬게 둘 내가 아니야. 나는 몸을 날렵하게 피하며 가로등 불빛이 스포트라이트처럼 비추는 곳으로 나왔다. 소녀의 얼굴에는 아쉽다는 표정이 떠올랐다. 그러다 문득 주위가 어두워졌다는 걸 깨달았는지 놀란 듯 두리번거렸다. 그러고는 허겁지겁 책가방에 책을 집어넣고 미끄럼틀 아래에서 벌떡 일어나 달려나갔다.

어이, 기다려. 네가 먼저 가버리면 이게 내 공인 걸 아무도 모르잖아. 고양이가 얼마나 고생했는지도 모르고, 정말이지.

나는 얼른 마도카의 뒤를 따라 달렸다. 금세 따라잡고 나서는 보조를 맞춰 나란히 걸었다. 새까만 내 몸은 밤길에서 잘 보이지 않을 터였다. 바보 같다고 생각하면서도 나는 가끔씩 뒤돌아 "냐옹" 하고 울어주었다. 마도카는 신기한 듯 나를 바라보면서도 순순히 따라왔다. 좋아, 좋아.

하지만 이 소녀, 아무리 내가 제대로 된 길을 가고 있다고 해도 이렇게 아무 의심 없이 따라와도 되는 걸까. 의심이라는 걸 모르는 건가. 순진한 녀석 같으니라고.

얼마쯤 걸었을까. 익숙한 주택가가 시야에 들어왔다. 지금쯤이면 발걸음도 한결 가벼워졌을 법했지만 소녀의 걸음은 오히려 점점 느려지더니 나와의 거리도 멀어지기 시작했다. 이윽고 소녀는 걸음을 멈추었다. 주택가에 켜진 가로등 불빛 아래 서서, 눈물을 뚝뚝 흘리며 더러운 소매로 닦았다. 그 단순한 동작조차 버거운지, 소녀는 그 자리에서 한 걸음도 움직이려고 하지 않았다.

도대체 집에 가고 싶은 거냐, 가기 싫은 거냐. 확실히 좀 해라. 답답한 녀석 같으니.

어이가 없어진 나는 발길을 돌려 자판기 앞에 멈춰선 소녀가 있는 곳까지 되돌아갔다. 하얀 조명 아래 선 소녀는 흐느껴 울며 중얼거렸다.

"엄마가 화났으면 어떡하지."

대답이 돌아오지 않을 걸 알면서도 나를 향해 떨리는 목소리로 묻는다.

내가 어떻게 알아. 화가 났으면 혼나겠지. 그래도 무사히 돌아온 것만으로도 다행이라 여기는 부모라면 눈물 한 바가지로 끝날 테고. 어느 쪽이든 이 정도 일로 네 인생이 송두리째 달라질 리는 없으니까, 괜히 울면 울수록 너만 손해야.

그렇게 말할 수도 없고, 설령 말이 통한다 해도 일일이 설명해주는 것도 귀찮았다. 대신 얼른 가자는 뜻으로 불만스럽게 또 한 번 "냐옹" 하고 울었다. 소녀는 코를 훌쩍이며 작게 고개를 끄덕였다.

"응, 알겠어. ······엄마한테 미안하다고 할게."

뭘 안다는 건데, 바보 같은 녀석. 나는 아무 말도 안 했거든.

역시 애들은 귀찮기만 하다. 손은 많이 가고, 제멋대로 행동하며, 상대의 입장은 전혀 헤아리려 하지 않는다. 그 제멋대로인 행동 때문에 나는 몇 번이나 상처를 입고 피해를 당했다. 애들과는 엮이지 않는 게 제일인데.

하지만 어째서인지 이 소녀만은 외면할 수 없었다.

아직도 훌쩍이고 있는 마도카를 보며 나는 그 이유를 곰곰이 생각해보았다. 그리고 잠시 후, 비로소 대답이 될 만한 한 가지를 찾아냈다.

어스름한 가로등 불빛 아래서 책에 몰두해 있던 그 모습. 문학인지 뭔지에 온통 마음을 빼앗긴 채 그 외의 모든 걸 내던져도 좋다는 듯한 그 태도. 정신없이 글자를 좇으며 누군가가 만들어낸 상상의 세계 속에서 꿈을 꾸고 동경을 품는 그 뜨거운 눈빛.

그 모습은 어쩔 수 없이 나를 집으로 들였던 그 신경질적인 사내의 모습을 떠올리게 했다. 욕지거리와 불평을 쏟아내면서도 문학으로 이름을 떨친 그 사내의 모습을.

뭐, 지금 눈앞에 있는 소녀는 그 사내와는 전혀 닮지 않았다. 아무리 봐도 이 아이는 생면부지의 검은 새끼 고양이가 이끄는 대로 무조건 믿고 따라올 정도로 세상 물정을 모르는 녀석이었다.

——마치 부모를 세상의 전부인 줄 알고 그 뒤를 필사적으로 좇는 새끼 고양이처럼.

삼색 고양이의 말이 다시 머릿속에서 메아리칠 것 같아, 나는 머리를 부르르 흔들어 그 잔상을 떨쳐냈다. 그리고 다시 인도를 걷기 시작했다. 소녀도 뒤따라 걸음을 옮기며, 이제는 완전히 어두워진 밤길을 천천히 함께 나아갔다.

늦은 시간 탓인지 우리와 마주치는 어른은 거의 없었다. 설령 있어도 검은 고양이 뒤를 졸졸 따라 걷는 소녀를 신기한 눈으로 바라볼 뿐, 걸음을 멈추는 사람은 없었다.

아아, 지금 이 아이를 지켜줄 수 있는 존재는 세상에서 오직 나뿐이다.

그렇게 생각하자 왠지 모르게 가슴이 따뜻해졌다.

날은 이미 완전히 저물었다. 소녀는 집이 가까워질수록 자연스럽게 나보다 앞서 걸었고, 마침내 대문이 보이는 길어귀에 접어들었다. 단독주택 1층에서 흘러나오는 불빛과 함께 가족들의 당황한 목소리가 희미하게 들려왔다.

이제부터는 더 이상 안내할 필요가 없었다. 지금까지 내 옆에 꼭 붙어 걷던 소녀는 언제 그랬냐는 듯 나를 잊고 현관문을 향해 달려갔다.

드디어 임무 완료다. 나는 발길을 돌려 이웃집 담장 위로 뛰어오른 뒤 소녀의 모습을 지켜보았다. 그 아이는 씩씩하게 현관문을 열고 "다녀왔습니다—!" 하고 큰소리로 외쳤다. 그리고 문이 닫혔다.

그 뒤로 집 안에서 어떤 대화가 오갔는지는 알 수 없다. 닫힌 단독주택의 현관문은 굳게 닫혀 있었고, 설령 잔소리나 말다툼이 벌어졌더라도 그 자세한 내용까지 내가 알 수는 없으니까.

어쨌든 그 부분은 알 바 아니다. 이제 평온이 찾아올 것이다. 내가 바라는 건 그것뿐. 오늘도 찬바람이 스며드는 폐차 밑에서 조용히 잠들 수 있을 것이다.

그런 생각을 하면서 나는 세 번째 이웃집의 정원으로 뛰어들어, 공터까지 가는 가장 빠른 지름길을 가로지르려 했다. 바로 그때였다.

"찾아줬구나."

깜짝 놀라서 소리가 난 쪽을 돌아보았다. 에어컨 실외기 위에 그 삼색 고양이가 드러누워 있었다.

"부모님도 좋아하시겠네."

아무 일 없었다는 듯한 그 표정이 마음에 들지 않았다.

나는 괜히 심술이 나서 들으라는 듯 일부러 큰 소리로 말을 내뱉었다.

"그래. 태평하게 하루하루를 보내는 얼간이 같은 너희들과는 달라. 그 애를 찾아낸 건 다름 아닌 나야. 너희들한테는 애초에 무리였겠지만."

분하지? 그런 마음을 담아 일부러 무시하듯 말했고, 목소리도 최대한 음습하게 들리도록 목소리를 깔았다. 삼색 고양이가 분해서 얼굴을 일그러뜨리는 모습을 꼭 보고 싶었으니까.

그런데.

삼색 고양이는 지금껏 들어본 어떤 말보다도 다정한 목소리로, 부드러운 미소를 띠며 말했다.

"그러게, 고마워."

그 순간 가슴 깊숙이 패배감이 번져갔다.

나는 대체 뭘 하고 싶었던 걸까.

고작 보잘것없는 자존심 하나 지키겠다고 치졸하고 꼴사납게 누군가를 깎아내리려고 태세를 갖추고, 상대를 우습게 여기고 있었다. 심지어 그 애를 이용하면서까지.

어느새 나는 내가 싫어하는 종류의 인간이 되어 있었다. 눈앞의 삼색 고양이가 지적한 대로.

귀와 꼬리가 힘없이 축 처지는 걸 느꼈다. 그 순간 깨달았다. 나는 이 암고양이에게 완전히 패배하고 말았다는 것을. 게다가 이 녀석은 애초에 그걸 승부라고 생각한 적도 없었을 것이다.

그런 내 속마음을 꿰뚫어보고 있었을 녀석은, 그러나 그 모습을 보고 좋아하는 기색도 없이 다리를 절룩거리면서 실외기 위에서 훌쩍 뛰어내려 나에게 말을 건넸다.

"우열이나 이해득실 따위는 생각할 필요 없어. 북두당에 오면 말이지……. 자, 어떻게 할래?"

"나는……."

"바로 친해지지 않아도 돼. 루루도…… 아, 그때 널 혼냈던 담갈색 고양이 말이야. 그 녀석도 성미가 까다로운 편이거든. 그런 고양이도 함께 지낼 수 있는 곳이니까 우선은 얼굴만이라도 내밀어보도록 해."

그렇게 말하고 삼색 고양이는 가벼운 걸음으로 정원을 가로질러 갔다. 나는 내가 무엇을 하고 싶은지 알지 못했다. 하지만 생각보다 먼저 다리가 움직였다.

삼색 고양이는 단 한 번도 뒤를 돌아보지 않았다. 내가 따라오리라는 걸 의심조차 하지 않는 듯. 마치 새끼 고양이를 데리고 걷는 어미 고양이처럼.

북두당의 셔터는 내려가 있었다. 삼색 고양이는 그걸 개의치 않고 공터 쪽으로 빙 돌아 건물 뒤편으로 향했다. 삐걱거리는 부엌문에는 고양이용 출입구가 나 있었다. 녀석은 아무 설명도 없이 그 문을 통해 냉큼 들어가버렸다. 나는 잠시 망설이다가 쭈뼛쭈뼛 그 문을 따라 들어갔다.

문 건너편 바닥에는 젖은 수건이 깔려 있었다. 아마 더러워진 발을 닦으라는 의미겠지만 나는 개의치 않고 그대로 밟고 지나갔다.

우리가 들어선 곳은 다이닝 키친이었다. 서양식과 일본식이 뒤섞인 쇼와 시대 문화주택 특유의 방 배치와 넓이였다. 중앙에는 테이블과 의자가 놓여 있었는데, 의자는 하나뿐이었다. 찬장과 전기 조리기구들은 가지런하게 정돈되어 있었지만, 세탁물과 앞치마 그리고 어째서인지 세 개나 되는 탁상시계 때문에 전체적으로 어수선한 인상을 주었다.

부엌 바닥에는 이미 세 마리의 고양이가 옹기종기 모여 접시에 담긴 딱딱한 사료를 정신없이 먹고 있었다. 식사에 정신이 팔려 아무도 우리 쪽엔 눈길조차 주지 않았다.

그때 테이블에서 밥을 먹고 있던 여자가 우리를 알아차

리고 말을 걸었다.

"어머, 어서 와."

여자는 식사 예절 따위는 아랑곳하지 않고 왼손에 문고본 책을 든 채 밥을 먹고 있었다. 그런데도 책만큼은 꼼꼼하고 정성스럽게 다루는 성격인지, 책갈피를 조심스레 끼운 뒤에야 자리에서 일어섰다.

"잠깐만 기다려."

우리에게 양해를 구한 여자는 선반에서 고양이용 접시를 두 개 꺼내, 숟가락으로 딱딱한 사료를 두 번씩 떠 각각 담았다.

세 마리 고양이들과는 조금 떨어진 곳에 그 두 개의 접시를 나란히 놓았다. 삼색 고양이는 그중 하나로 곧장 다가가 익숙한 듯 잽싸게 먹기 시작했다.

하지만 나는 다시금 여자를 경계하지 않을 수 없었다.

——왜 이 여자는 내 몫의 식기까지 준비해둔 거지?

"어떻게……?"

나도 모르게 그 말이 새어나왔다. 거의 혼잣말에 가까웠지만, 인간 여자는 그 말을 놓치지 않고 대답했다.

"온다는 걸 알고 있었으니까."

그 대답에 놀란 나는 또다시 몸을 떨었다. 그러고보니

담갈색 고양이가 이 여자를 마녀라 불렀던 게 떠올랐다. 하지만 설마 진짜로 고양이 말을……?

마녀는 내 속을 들여다보기라도 하듯, 히죽히죽 웃으며 말을 이었다.

"여기서 마음대로 지내도 돼. 하고 싶은 걸 하면서 말이야. 그러다 마음이 내키면, 당장이 아니어도 괜찮으니까 너에 대해 이야기해줬으면 좋겠어. 널 뭐라고 부르면 좋을지, 그리고 네게 진명을 지어준 사람과 어떤 삶을 살았는지, 그런 이야기들 말이야……."

[3장]

기억의 냄새

🐾

"비참한 삶으로부터 벗어날 수 있는 두 가지 피난처가 있다.
하나는 음악이고, 다른 하나는 고양이다."

—알베르트 슈바이처

북두당의 주인이자 '마녀'라 불리는 여자는 기타호시北星 에리카라고 했다.

　겉으로는 타인에게 무관심한 듯했지만, 항상 주위를 세심하게 살폈다. 누군가 말을 걸면 스스럼없이 가볍게 대꾸했는데, 그 태도는 마치 버드나무처럼 유연했다. 몇 안 되는 손님들은 대체로 그녀에게 좋은 인상을 가지고 있는 듯했지만, 솔직히 나는 그런 평가가 어디서 나오는지 도무지 알 수가 없었다.

　손님을 상대할 때는 다소 옷매무새도 정돈하고 화장도 옅게 하는 것 같았지만 날카로운 눈매만큼은 여전했다. 안경 도수가 맞지 않는 것은 아닐까. 그 상태로 잘도 손님을 상대하고 있구나 싶었다.

　하지만 어딘지 모르게 다른 사람을 끌어당기는 묘한 분위기가 감도는 것은 확실했다. 수수께끼 같은 그 알 수 없는 분위기는 결코 거짓이나 속임수가 아니었다.

　어떻게 그런 일이 가능한지는 알 수 없지만, 기타호시는 고양이와 의사소통이 가능했다.

그게 타고난 재능인지, 아니면 어떤 기묘한 힘이 작용한 결과인지는 알지 못하고, 나한테 가르쳐준 적도 없다. 다만 확실한 것은 우리들 고양이나 인간이 각각 동족과 말할 때처럼 큰 불편 없이 서로 대화가 가능하다는 것 그리고 이건 독심술 같은 게 아니기 때문에 반드시 직접 입으로 말해야만 통한다는 것이다.

그렇다고 해서 이 여자를 쉽게 믿을 생각은 없었다. 실제로 처음 2주 동안, 나는 그녀에게 철저히 마음을 닫은 채 경계를 늦추지 않았다.

그뿐만 아니라 함께 지내는 고양이들과도 최대한 거리를 뒀다. 기타호시가 나를 쓰다듬으려 하면 그 손길을 피하고, 먼저 살던 고양이들이 몸단장을 해주려고 다가오면 슬그머니 도망쳤다.

분명 그 녀석들이 보기에 나는 무뚝뚝하기 짝이 없고 도무지 정이 가지 않는 기분 나쁜 고양이였을 것이다.

하지만 왜 그런지 녀석들은 그런 나를 결코 욕하지도 미워하지도 배척하지도 않았다. 그저 내가 북두당이라는 묘한 공간에 익숙해지기를 기다리고 있는 듯했다.

그쯤 되자 이상하게도, 마치 내가 괜한 고집을 부리고

있는 건 아닌가 하는 기분이 들기 시작했다. 절대 친해지고 있는 건 아니라고 스스로 되뇌면서도, 어느샌가 나는 서서히 고양이들을 피하지 않게 되었다.

또한 어미와 형, 누이들이 그랬듯, 나 역시 먹이를 주는 입장에 있는 이 여자에게도 조금씩 너그러워질 수밖에 없었다. 분하게도, 배가 부르고 밤바람이나 비에 젖지 않는 곳에서 마음 편히 잘 수만 있다면, 모난 마음도 서서히 둥글어지는 법이다.

그래도 나는 고양이로서 내 긍지만큼은 버리지 않고, 내가 하고 싶은 대로 살아가겠다며 더더욱 고집을 부렸다. 그런데도 식탁에 뛰어오르거나 화장실이 아닌 곳에 실례만 하지 않으면, 북두당의 어느 누구도 나에게 화를 내지 않았고, 꾸중을 듣는 일도 없었다. 물론 폭력 같은 것도 전혀 없었다.

지금까지 가혹한 여덟 번의 생을 거듭해온 나에게는 정말 낯설고도 신선한 일이었다. 그리하여 나는 북두당이라는 공간에서 아늑함이라는 감정을 느끼게 되었다.

결국 북두당에서 신세를 진 지 2주가 지났을 무렵에는 기타호시에게 먼저 밥을 달라고 요구하게 되었고, 10월이 끝나갈 무렵에는 일찌감치 꺼내놓은 탁상 난로나 전기난로 앞에서 다른 고양이들과 함께 모여 앉아 있게 되었다. 그렇게 나는 한심한 고양이가 되어버렸다.

그래도 결코 고분고분하게 굴지는 않았다. 누군가에게 아양을 떨거나 남을 도와주지도 않았다.

아아, 그렇다. 나는 지금 기타호시라는 여자를 이용하고 있는 것이다. 나라는 존재가 소중하고 그 여자가 고양이를 아끼니까 우리를 돌보고 있는 것이다. 그러니 나는 내 마음대로 행동할 수 있다. 그럴 자유는 당연한 권리로 내게 주어져야 했다.

그렇게 이곳에 눌러산 지 한 달이 지나자, 나는 응접실이나 서점 안에서 뒹굴거리며 무위도식하는 생활을 하게 되었다.

아아, 웃고 싶으면 웃어라. 아무리 강한 척해도 물은 결국 높은 곳에서 낮은 곳으로 흐르는 법이니까.

게다가 그 여자는 적어도 무책임하게 고양이를 버리지는 않을 것이다. 왠지 모르게 그런 근거 없는 확신이 들었다. 길고양이 가족에게 먹이를 주며 자기만족을 느끼는 인간들과는 분명 어딘가 달랐다.

기타호시가 우리 고양이들을 얼마나 애지중지하는지, 보고 있자면 눈물겨울 정도였다. 고양이를 좋아하는 인간들은 때때로 상식을 벗어나기도 한다는데, 그녀가 바로 그랬다. 자신의 밥보다 고양이 밥을 먼저 챙기고, 자신의 즐거움보다 고양이의 장난감이나 건강 관리를 가장 우선에 두었다. 우리가 의자나 방석 위에서 먼저 자고 있으면, 그녀는 말없이 거실 다다미 위에 앉아 밤을 보내고, 다음 날 아침이면 엉덩이가 배겨 아프다며 혼잣말을 중얼거리곤 했다.

어쨌든 자기 자신보다도 그 무엇보다도 고양이가 우선인 사람이었다. 고양이와 장난감을 가지고 놀아줄 때는 책을 읽는 시간과 밥 먹는 시간까지도 줄였고, 틈이 나면 우리 중 누군가에게 말을 걸어 세상 돌아가는 이야기에 귀를 기울였다.

그 모습은 마치 오래된 친구와 나누는 대화 같았다.

고양이들과 주고받는 한마디 한마디를 소중히 여기는 듯, 기타호시는 매번 신중하게 말을 골랐다.

그런 모습이 왠지 모르게 기억에 오래 남았다.

그렇게 한 달을 함께 지내다보니 동거하는 고양이들의 얼굴과 이름도 자연스럽게 기억하게 되었다. 처음에는 그럴 마음이 전혀 없었지만, 같이 생활하다보면 싫어도 저절로 외워지게 마련이다.

북두당에 사는 고양이들은 모두 네 마리였다.

담갈색과 흰색이 섞인 암컷 루루. 흰색과 검은색, 갈색이 섞인 암컷 키누. 오렌지빛 털에 갈색 줄무늬는 수컷 카아. 검은색과 흰색 무늬가 완벽하게 대칭을 이루는 수컷이 치비.

"설마 저 여자가 붙인 이름이냐?"

내가 묻자 고양이들은 일제히 고개를 저었다. 게다가 모두가 기타호시에게 자신의 진명을 알려주었다고 했다.

나는 귀를 의심했다. 진명은 곧 힘이다. 우리 고양이들이 더욱 현명하고 총명해지기 위해 끝까지 감추어야 하는 가장 소중한 것이다.

진명이 알려지면 우리의 힘은 약해지고, 생을 거듭하여 쌓은 영혼의 덕도 그 가치를 잃게 된다.

그걸 알면서도 이 녀석들은 진명을 기타호시에게 가르쳐주었다는 말인가? 그 정도로 그 여자를 믿는다는 뜻인가?

"저 여자의 어떤 점이 너희를 그렇게까지 끌어당기는 거지?"

"진명을 알려줘도 좋겠다고 생각하게 만드는 인품이지."

치비가 자랑스럽게 말했다. '꼬마'라는 뜻의 이름처럼 정신적으로 아직 어려 보였다. 아마 '세 번째'나 '네 번째' 정도일 것이다.

진명을 밝히는 일에 대해 내가 느끼는 만큼의 위기감은 없는 듯했다. 그렇게 못마땅하게 여기며 무시하는 내 태도를 보고 루루가 비웃으며 말했다.

"못 믿겠으면 그래도 돼. 우리도 마음대로 너를 '쿠로'라고 부르지, 뭐."

낯설지 않은 이름이었다. 무뚝뚝한 그 목소리에 기분이 상한 나는 전기난로 앞에서 몸을 둥글게 말고 투덜대듯 대꾸했다.

"뭐, 좋을 대로 해."

따뜻한 히터 열기에 기분이 풀린 나는 꾸벅꾸벅 졸다가 다시 꿈속으로 빠져들었다.

모두가 나를 '쿠로'라고 부르던 시절, 오래된 기억의 꿈이었다.

'두 번째' 태어난 건 인간들이 가에이嘉永(서기 1848~1855년에 해당하는 일본 연호)라 부르던 시대였다. 당시 바다를 건

너온 이방인 페리라는 자가 흑선黑船(에도 시대 말기에 서양 배를 부르던 이름)을 이끌고 일본 해안에 나타났고, 그 일로 온 나라가 들썩였다.

그 후 시간이 조금 지나자, 인간들은 점차 흑선과 낯선 문화의 위협에서 마음을 놓기 시작했고, 내가 머물던 역참 마을도 예전의 조용하고 평온한 일상을 되찾아갔다.

그 시대에도 나는 누군가의 집고양이가 되지 않았다. '첫 번째' 생에서 이성과 자제심을 잃은 인간에게 습격당해 잡아먹힌 공포가 여전히 뇌리 깊숙이 남아 있었기 때문이다.

그러나 온전히 길고양이로서 인간의 도움을 전혀 받지 않고 살아간다는 건 점점 더 어려워지고 있었다. 인간들이 점차 거주 범위를 넓히며 우리 짐승들이 자유로이 살아갈 수 있는 환경을 하나둘씩 잠식해갔던 것이다. 그런 놈들의 손을 빌리지 않으면 먹고살기 곤란한 시대가 되어버렸다니, 참으로 분했다.

어쩔 수 없이 나는 인간들의 발길이 잦고 서로에게 무관심한 이 역참 마을에서 집 없는 고양이로 떠돌며 살기로 결심했다.

굶주림에 시달리지 않는 인간들은 내다 팔 생선을 훔쳐

가지 않는 이상 대체로 친절하거나 혹은 지나치게 간섭하지 않았다.

주인이 없는 검은 새끼 고양이였던 나는 그 역참 마을에서 자연스럽게 '쿠로'라고 불리게 되었다. 지금의 북두당에서 그렇듯이.

이 이름을 진명으로 삼을 수도 있었지만, 나는 단 한 사람이라도 좋으니, 내가 진심으로 의지할 수 있는 인간을 원했다. 누군가를, 오직 그 한 사람을 믿고 싶었다.

그렇게까지 당하고도 무슨 소리냐고 할지 모른다. 하지만 그 시절의 나는 아직 순진하고 약했다. 어딘가 마음 한구석으로는 인간이 우리 고양이에게 계속 다정할 거라고, 그렇게 믿고 싶었는지도 모른다. 그래서 더욱 마음을 담아 부를 수 있는 진명을 원했다.

'두 번째' 생에서는 다행히 인간에게 끔찍한 일을 당하지 않고 살 수 있었다. 그렇다고 해서 누군가에게 특별한 사랑을 받은 것도 아니다.

없어지면 그뿐, 아무도 신경 쓰지 않았다. 걱정해주거나 지켜줄 주인도 없었다. 내가 사라지면 그저 또 다른 고양이에게 마음을 옮기면 그만이었다. 그런 생각만으로도 두려움과 고독이 엄습했다.

내가 죽으면 누군가 슬퍼해줄까?

노령에 접어들 무렵 서서히 그런 생각을 하게 되었다.

저 여관 주인은 어떨까? 포목점의 잔심부름꾼은? 선술집의 여주인은? 이 사람은? 저 사람은? 또 저 사람은?

아무리 떠올려봐도 내 죽음을 끝까지 지켜봐주고 진심으로 슬퍼해줄 인간의 모습은 떠오르지 않았다. 흘러들어 왔다가 떠나가는 여행자들로 가득한 이 역참 마을에서, 나 같은 떠돌이 고양이를 진심으로 사랑해주는 인간은 없었던 것이다.

어이, 이봐.

누군가 진심으로 나를 좋아해줄 녀석은 없을까.

달밤에 어느 집 지붕 위에서 "냐옹" 하고 울어보았지만, 대답해주는 인간은 아무도 없었다.

결국 외로움과 두려움 속에서 흔들리며 누구도 신뢰하지 못한 채 '두 번째' 생을 이어가던 나는, 어느 날 일본에 등장한 마차라고 하는 괴상한 물건에 치여 짧은 생을 마감했다.

그 갑작스러운 죽음은 나를 더더욱 외롭게 만들었고, 누군가와 함께 살고 싶은 마음을 더욱 간절하게 만들었다.

그래서 '세 번째' 생에서는 어떻게 해서든 누군가와 함께 살고 싶었다.

시간이 흘러도 진심으로 누군가와 마음을 터놓지 않은 채, 멀지도 가깝지도 않은 거리를 유지하면서 북두당에 눌러앉은 지도 어느새 3년이 지나 또다시 겨울이 다가왔다.

기타호시는 여전히 서점 안에 있는 책을 꺼내 닥치는 대로 읽으며 대책 없는 나날을 보내고 있었다. 도대체 이 여자가 어떻게 만족스러운 생계를 꾸려가면서도 다섯 마리나 되는 고양이를 거뜬히 돌보고 있는지, 나로서는 도무지 의문투성이였다.

3년.

이렇게 한마디로 압축해버릴 수 있는 건 그만큼 우리의 일상이 기복 없이 단조롭게 흘러왔기 때문이다. 특히 나는 기타호시와도 다른 고양이들과도 적극적으로 얽히고 싶지 않아서 식사할 때 빼고는 녀석들을 피해 생활하고 있었다. 녀석들의 대화에 끼지 않고 그저 게으르게 뒹굴고 낮잠이나 자며 하루하루를 흘려보낼 뿐이었다.

바꿔 말하면 지금까지 반복해왔던 수많은 삶과는 달리,

3년 동안 별다른 사건 없이 평온한 나날을 보내왔다고 할 수도 있겠다.

변화랄 것이 딱히 없다……. 그 점이 나에게는 오히려 무척 놀라웠다.

여전히 나는 인간을 완전히 믿지 않았고, 같은 고양이들에게도 서먹서먹하게 굴었다. 그럼에도 기타호시에게만큼은 아주 조금 거리를 좁혀보고 싶었다. 굶어죽을 걱정 없이, 겨울에도 따뜻하고 안정된 생활을 제공해준다는 점에서 나는 이 여자를 나름대로 꽤 높이 평가하고 있었으니까.

그래서 가끔은 기타호시에게 말을 걸었다.

"어이, 밥은 아직이냐?"

"탁상 난로 좀 켜라."

"라디오 시끄러우니까 꺼라."

……고작 이런 대단치도 않은 말뿐이었지만.

그러면 기타호시는 "가부장적이네" 하고 피식 웃을 뿐, 기본적으로는 내 요구를 들어주고 묻는 말에는 성실히 대답했다.

나 역시 내 입맛대로 요구할 때를 제외하면 기타호시 개인에게 특별한 관심을 보이지 않았고, 그녀의 사생활을 캐묻거나 침범하려고도 하지 않았다.

확실히 이건 키누의 말대로 인간과 고양이 사이에 필요한 적절한 거리감이었다.

그런데 딱 한 번, 나는 기타호시에게 사적인 질문을 하려고 한 적이 있었다.

북두당 내부는 서적 보존을 최우선으로 고려한 환경을 갖추고 있었다. 작은 창이 두 개 있을 뿐, 빛은 활짝 열린 서점 입구를 통해서만 들어왔다. 희미한 조명이 서점 안을 비추었고, 실내는 지나치게 건조하지 않도록 유지되고 있었다.

여름이면 하루 종일 뒷문을 열어 바람이 잘 통하게 했으니, 그야말로 책을 위한 집이라 할 만했다. 서점 주인의 사적인 감정이나 일방적인 취향이 드러나는 배치나 장식은 전혀 없었다.

단 하나. 서점의 북쪽 벽과 책장에는 똑같은 그림이 그려진 기묘한 족자가 하나씩 걸려 있었다. 반라의 노인 혹은 요괴 같은 인물이 그려진 수묵화였는데, 한 손에는 먹통을, 다른 한 손에는 붓을 들고 있었다. 옆에 그려진 매화나무의 먹빛 농담濃淡은 유난히 아름다웠다.

"어이, 저 그림은 뭐냐?"

카운터에서 잘 보이도록 걸린 그 그림이 마녀의 취향이

라면 꽤나 독특한 감각이다.

놀리려고 말을 꺼냈는데, 정작 당사자인 기타호시는 조금 즐거운 듯 빙긋 웃으며 안경줄에 달린 술잔 모양의 펜던트를 흔들며 물었다.

"궁금해?"

고개를 갸웃하며 되묻자, 어쩐지 부아가 치밀었다. 나는 대꾸도 하지도 않고 그냥 침묵한 채 다시 잠을 청하려 했다.

궁금하다고 말만 하면 기타호시는 기꺼이 그 의미를 설명해줄 것이다. 하지만 북두당에 처음 발을 들였을 때부터 줄곧 들어왔던 말이 있다.

"네가 살아온 수많은 전생 이야기를 들려줘."

그 약속을 나도 받아들여야 할 것만 같았다……. 그런 예감, 아니 거의 확신에 가까운 감각이 머릿속을 떠나지 않았다.

상대의 비밀과 과거를 알려면, 나 역시 내 과거와 비밀을 내놓아야 한다. 그것은 등가 교환의 조건으로서 지극히 타당했다. 이 북두당 전체에 그런 암묵적인 합의가 깔려 있는 듯한 기운이 느껴졌다. 혹시 이것도 마녀가 숨기고 있는 비밀 중 하나일까.

어쨌든 나는 나에 대해 말할 생각이 없다.

나와 그 사내의 이야기는 결코 누구에게도.

그래서 그날 이후로 그 그림에 대해는 더 이상 묻지 않았다.

손님은 하루에 몇 명쯤 온다. 처음 오는 이들도 있었지만, 며칠 간격으로 들르는 애서가 같은 사람도 있었다.

몇 안 되는 단골 중 하나가, 내가 3년 전에 집까지 바래다주었던 간자키 마도카라는 소녀였다. 나이는 이제 열 살이 되었다.

하지만 이 아이를 손님이라고 불러야 할지는 좀 애매했다. 기타호시는 이 아이가 꽤 마음에 들었던 모양인지, 책을 사는 것도 아닌데 자주 서점에 드나들게 했다. 그리고 서점 안에서는 장서를 마음껏 읽게 허락하고, 책을 사지도 않고 돌아가는 것을 그냥 눈감아주는 정도가 아니라, 심지어 따뜻한 눈으로 지켜보기까지 했다.

게다가 마도카는 고양이를 좋아했다. 서점에 오면 반드시 누군가를 쓰다듬으려 했다.

키누와 카아는 마도카의 손길이 기분 좋다며 적극적으로 몸을 비벼댔다. 루루는 거부하지는 않지만 그렇다고 특별히 달라붙지도 않고 가만히 손길을 받아들였다.

반면, 나와 치비는 마도카를 보면 재빨리 도망치는 쪽이었다. 인간이 마음대로 쓰다듬게 두는 건 도저히 참을 수 없는 일이다. 물론 치비가 도망치는 이유는 나와는 좀 달랐다.

"나를 만질 때만 유독 힘이 넘친단 말이야!"

이것이 녀석의 불만이었다.

아마 치비가 나 다음으로 몸집이 작아 인간들 눈에 특히 귀여워보였던 탓일 것이다.

어쨌든 나는 마도카가 불편했다. 싫다고까지 말할 정도는 아니라는 것은 인정한다. 하지만 그날과 마찬가지로 그 아이의 변덕스러운 모습은 자꾸만 그 사내를 떠올리게 했다. 그래서인지 아무래도 신경 쓰였다.

오늘도 마도카는 책을 꺼내 서점 한쪽의 둥근 의자에 앉아 독서에 몰두하다가, 해가 기울 무렵 선반에 책을 돌려놓고 인사한 뒤 돌아갔다.

일주일에 이틀이나 사흘은 늘 그런 식이었다. 서점 매출을 생각하면 단골이라 부르기는 어려웠다.

"언제까지 저 아이가 공짜 독서하는 걸 봐줄 셈이야?"

내가 이렇게 묻자, 기타호시는 아무렇지도 않게 시원스레 대답했다.

"용돈도 아직 한 달에 몇백 엔 정도고, 마음에 드는 책은 반드시 사는 아이니까, 억지로 쫓아낼 이유는 없지."

못마땅했지만, 서점 주인이 그렇게 공식적으로 인정한다면 내가 더 말할 수는 없다. 사람이 좋아도 정도가 있지 싶으면서도, 결국 나는 그 소녀를 손님이라는 명목으로 관찰하는 나날을 이어갔다.

그리고 또 한 명, 단골이 된 지 1년이 조금 넘은 남자가 있었다. 나이는 30대 중반쯤 되었을까. 이름은 기무라라고 했다.

그렇다. 이 남자는 굳이 기타호시에게 자신의 이름을 알렸다. 일주일에 한 번, 주말이면 어김없이 찾아와 책을 한 권 사고, 그 김에 기타호시와 잡담을 나눴다. 그가 기타호시에게 마음이 있다는 사실을 알아차린 건 한참이 지나서였다.

그자에게 책 읽는 취미가 있는지는 알 수 없다. 성실하고 언행이 부드러우며 분위기도 나쁘지 않은 차분한 사람처럼 보이긴 했다.

그러나 겉모습만 그럴싸한 인간을 수없이 봐온 나로서는, 그것만으로 기무라를 신뢰할 수는 없었다. 특히 여자에게 흑심을 품은 남자는 겉모습만 그럴듯하게 꾸미기 마련이니까. 요컨대 그는 전혀 믿을 수 없는 인간이었다.

실제로 그가 자신이 읽는 책에 대해 이야기하는 모습은 거의 본 적이 없다. 정말 책을 좋아해서 북두당을 찾는 건지 수상쩍기 짝이 없었다. 잡담 내용도 반은 일방적이고, 업무에 대한 불만이나 자기 자랑뿐이었다. 잘 보이고 싶어서 허세를 부리고 있거나 과장하는 것이 분명했다.

기타호시는 "그렇네요" 하며 사근사근하게 맞장구만 쳤다. 아무래도 그녀도 그의 거짓을 간파하고 있는 듯했다.

기무라는 끊임없이 기타호시에게 데이트를 신청하려들었지만, 정작 그녀는 흥미가 없는지 매번 그럴듯한 핑계를 대며 슬쩍 넘겼다. 단호하게 거절하면 좋을 텐데.

언젠가 그 점을 지적하며 비웃었더니 "고객이 한 명 줄어들잖아?" 하며 철저히 비즈니스적인 태도로 대답했다. 역시 인간이란 속을 알 수 없는 존재다.

그래서 이번엔 "차라리 그냥 사귀지 그래?" 하고 쓸데없는 참견이라는 이름의 심술을 부려본 적도 있다. 하지만 기타호시는 쓴웃음을 지을 뿐 아무 말도 하지 않았다. 그녀를 잘 아는 고양이들마저 어딘가 어색한 태도를 보였다.

뭐야, 나만 모르는 사정이라도 있는 건가.

아무것도 모른 채였다고는 해도, 아무래도 이번 일은 굶어 부스럼이었다. 조금 짓궂은 목소리로 기타호시는 냉정하게 선언했다.

"쿠로, 넌 다음 주에 병원에 갈 거야. 제대로 백신 맞아야지."

이런 젠장.

그러던 어느 한여름 밤의 일이었다.

하루는 냉감 시트 위에서 자고 있는데, 키누와 치비가 꾸물꾸물 다가와 기어이 나를 자리에서 밀어냈다. 결국 나는 잠자리에서 쫓겨나고 말았다.

욕이라도 퍼붓고 싶었지만, 배를 드러내놓고 평화롭게 잠든 두 녀석을 보고 있자니 의욕을 잃었다. 하는 수 없이 나는 작은 창을 열어둔 가게로 물러나기로 했다.

응접실 문턱을 넘어 카운터로 폴짝 뛰어오르자, 서점 안에 루루가 있었다. 녀석의 모습을 본 순간, 나는 깜짝 놀라 그대로 얼어붙고 말았다.

놀랍게도 루루가 뒷다리로 일어서서 서점 안을 어슬렁거리며 선반의 책을 훑어보고 있는 게 아닌가. 게다가 대학노트에 뭔가를 적고 있었다.

발톱과 발톱 사이에 펜을 끼운 채 기가 막히게 능숙한

솜씨로.

　내가 낸 희미한 소리를 들었는지, 루루가 몸을 돌려 나를 돌아보며 눈을 동그랗게 떴다. 우리는 잠시 동안 그렇게 굳어 있었다. 그러다 루루가 펜을 노트 위에 내려놓고 천천히 네 발로 돌아왔다.

　"흠, 봤구나."

　그 말에는 들켰다는 당혹감은 느껴지지 않았다. 그저 담담하게 사실을 확인하는 어투였다. 나는 잠시 망설이다가 물었다.

　"……너, 뭐 하는 녀석이야?"

　"뭐긴. 나는 나야. 루루일 뿐이라고. 꼬맹이."

　그렇게 말하며 루루는 다시 뒷다리로 일어서더니 잭더미 위에 올려둔 노트에 펜을 끼운 뒤 책장을 덮었다. 그리고 그 노트를 앞발로 안고, 두 뒷다리로 걸어 카운터까지 돌아왔다.

　너무나 인간 같은 그 모습에 머릿속은 여전히 혼란스러웠다. 노트를 카운터 위에 내려놓고 다시 네 발로 안방 쪽으로 향하는 루루를 멍하니 바라보고 있는데, 침착하기 그지없는 목소리가 들려왔다.

　"가끔은 얘기나 할까."

도무지 마음에 드는 상대는 아니었지만 그 순간만큼은 호기심이 이겼다. 나는 큰맘 먹고 카운터에서 내려와, 겨울이면 탁상 난로가 놓이는 다다미 여섯 장짜리 방으로 향했다.

중앙의 낮은 탁자 위에는 차갑게 식은 공기와 뿌연 유리창 너머로 쏟아지는 별빛이 내려앉아 있었다. 그 아래에서 우리 둘은 마주 앉았다.

조금 망설이다가 나는 다시 물었다.

"……너, 대체 정체가 뭐야?"

"루루라는 진명을 받은 고양이야. 고양이 요괴 같은 건 아니지만, 평범하게 '여섯 번째' 생을 사는 고양이들보다 조금 묘하다는 자각은 있지. 내가 두 발로 걷는 모습을 본 인간은 마녀 외엔 나에게 진명을 준 남자뿐이야."

"흐음?"

내가 고개를 갸웃거리자, 루루는 마치 무언가 떠올린 듯 후훗, 하고 작게 웃으며 말을 이었다.

"예전에 말이야, 내 주인이었던 남자랑 그 친구가 술에 취해 바보처럼 떠들며 춤추는 걸 본 적이 있었거든. 그 괴상한 춤이 생각이 나서 한밤중에 그걸 흉내 내본 적이 있어. 몇 번이고 말이야.

그런데 어느 날 밤, 주인에게 그 모습을 들켜버렸지 뭐야. 그 후론 부끄러워서 춤은 안 추게 됐어. 그래도 너무 재밌었어. 그래서 가끔 뒷다리로 일어서서 인간처럼 걷는 흉내를 내며 놀기도 했지. 아마 '두 번째' 생을 살 때였을 거야. 그 뒤론 다시는 춤출 일은 없을 거라고 생각했는데……, 에리카는 이미 알고 있었어. 아무래도 주인이 그걸 자신의 책에 기록했던 모양이야. 내가 그 남자 얘기를 꺼냈더니, 그 이름을 단번에 알아맞히더군. 그리고 내가 두 앞발을 쓸 수 있다는 걸 알고, 그녀가 일을 도와달라고 부탁했고……, 그렇게 해서 지금까지 오게 된 거야."

"책에 썼다고?"

내가 되묻자, 루루는 어딘가 씁쓸한 듯한 미소를 지으며 말했다.

"나에게 진명을 준 주인은 이케나미 쇼타로(일본을 대표하는 시대 소설, 역사 소설 작가. 대표작 《착란》을 비롯해 수많은 작품을 남겼다.)라는 작가였어."

덜컹, 하고 심장이 튀어올랐다.

이 녀석도 어딘가에서 작가와 함께 살았던 건가…….

나는 루루의 다음 말을 기다렸다. 녀석은 잠시 숨을 고른 뒤 기묘한 이야기를 꺼냈다.

"너는 아마 마녀가 이 북두당의 모든 불가사의를 쥐고 있다고 생각하겠지? 아니야. 정확히 말하자면 그녀도 이 서점이 가진 힘에 영향을 받는 것뿐이야. 진짜 이상한 건 마녀가 아니라 북두당 그 자체야."

나는 무심코 서점의 천장을 올려다보고 주위를 둘러보았다. 다다미 여섯 장짜리 방도 책으로 가득 찬 서점도 겉보기엔 전혀 기묘한 기운 같은 건 느껴지지 않았다. 루루는 말을 이었다.

"자세한 건 언젠가 에리카한테 직접 듣도록 해. 네가 자기 얘기를 하지 않으면서 마녀에 대해 알게 되는 건 공평하지 않으니까. 대신 그녀에게 걸려 있는 주술에 대해서만 말해주지."

그렇게 루루는 이야기를 시작했다.

"마녀는 우연히 고양이와 대화할 수 있는 능력을 갖게 된 건 아니야. 우리 같은 고양이와 관계를 맺을 수밖에 없는 별 아래에서 태어난 거지."

"무슨 말인지 모르겠어."

"다시 말해…… 이건 저주 같은 거야."

루루의 목소리는 조용했지만, 어딘가 가엾다는 빛을 띠

고 있었다.

"가장 사랑하는 걸 박탈당하고, 그럼에도 그 사랑하는 걸 곁에 두고 살아가야 해. 그것이 결코 내 것이 될 수 없다는 걸 자각하면서. 그게 바로 마녀에게 걸린, 그녀가 영원히 짊어져야 할 저주야. 꿈을 빼앗기고도 바로 곁에서 그 꿈의 잔영을 계속 지켜보며 살아가야 하지. 그것보다 더 괴로운 일이 있을까? ……마녀는 책과 함께 살아가야만 해."

무슨 말을 하는 건지 도무지 알 수 없었다. 나는 루루의 말을 이해하지 못한 채 그저 귀를 기울였다. 여름밤을 채우는 벌레 소리만이 귓가에 쉴 새 없이 울려퍼졌다.

"책과 함께, 그리고 그 작가와 함께 살아가야만 해. 그리고 그 저주 중 하나가 우리 고양이들과 함께 지내는 거지."

"좀 알아듣게 말해, 멍청아."

"참, 성미도 급하긴……. 좋아. 간단히 말하자면 그 마녀는 이야기를 짓는 사람의 인생을 알아야 하고, 그 무게를 짊어져야만 해."

이야기를 짓는 사람?

잠시 생각한 끝에 그것이 곧 작가를 뜻한다는 걸 알아차렸다.

"마녀는 예전에 살았던 이야기를 짓는 사람들의 인생을 알아야만 해. 고양이들의 눈을 통해 본 한 인간으로서의 이야기를 말이지. 나와 함께 살았던 그 작가는 고양이를 무척 좋아했어. 전쟁으로 집이 불탔을 때도 나만큼은 절대 포기하지 않고 끝까지 지켜줬지. 자기 자신보다 고양이를 더 소중히 여기는 사람이었어.

분명 내가 죽은 뒤에도 많은 고양이를 키웠을 테고, 그들 역시 소중히 여겼을 거야. 그리고 그 고양이들도 작가로서의 그를 지켜보았겠지. 아마 그 녀석들 중 몇몇은 나처럼 몇 번째 생을 이 북두당에서 보냈거나, 아니면 앞으로 보내게 될 거야. 그리고 그에 대한 이야기를 마녀에게 전하게 되겠지. 내가 그랬던 것처럼 말이야…… 그러니까 너 역시 언젠가는 얘기해야 해.

마녀는 너의 눈을 통해 본 작가의 이야기를 알아야만 해. 네가 진명을 밝히지 않으면 그 작가가 누군지도 알 수 없을 테니까. 그래서 너는 이 북두당에 오게 된 거야. 그리고 마녀와 함께, 우리와 함께 살아가야만 했던 거지. 그건 이미 정해져 있어."

그 말을 듣는 순간 분노가 치밀어올랐다. 나는 몸을 낮추고 으르렁거렸다.

"내 삶이 어딘가의 누군가에 의해 정해져 있기라도 하다는 거야?"

"직설적으로 말하자면 그렇지. 우리의 역할은 전생에서 함께했던 작가의 삶을 마녀에게 전해주는 거니까."

순간, 머릿속에 오래전 기억이 밀려왔다.

구부정한 등. 내가 오고 나서야 이야기라는 세계에 발을 들이고 펜을 잡은 사내. 신경질적이고 병약했던 사람. 하지만 내가 무릎 위에 올라앉으면 언제나 부드럽게 머리를 쓰다듬어주던 사내. 그리고 무엇보다 나를 조건 없이 받아들였던 사람…….

루루는 계속 말했다.

"……그것이 마녀의 갈증을 해소하는 감로인 동시에, 몸을 갈가리 찢는 고통스러운 독이 되기도 해. 그래도 우리는 기꺼이 그것을 바쳐야 해."

"웃기지 마!"

나도 모르게 소리가 튀어나왔다.

무언가가 모욕당한 기분이었다. 나 자신이 아니라 그보다 훨씬 더 소중한 무언가가 짓밟힌 느낌이었다.

그 사내와 함께 보낸 그 한 생은 누군가를 기쁘게 하거나 괴롭히기 위해 존재한 것이 아니다. 내 이름은 그 사내를 누군가의 구경거리로 만들기 위해 있는 게 아니다.

나는 짧게 으르렁거리고는 더 이상 루루의 말을 듣지 않았다. 탁자에서 뛰어내려 곧장 뒷문의 고양이용 출입문을 통해 밖으로 뛰쳐나왔다.

오늘 밤만큼은 저 녀석들로부터 멀리 떨어져 혼자 있고 싶었다.

"이야기는 아직 끝나지 않았어……."

멀리서 루루의 목소리가 들려왔다. 하지만 북두당을 떠나는 내 발걸음을 멈추게 할 수는 없었다.

다음 날, 나는 누구와도 말을 하지 않았다.

기타호시에게 밥을 달라고 조르지도 않았다. 그저 주어질 때까지 잠자코 기다렸다. 일부러 장난감 낚싯대를 흔들며 놀아주려는 기타호시의 손짓도 무시하고, 그녀에게서도 다른 고양이들에게서도 최대한 거리를 두었다.

루루에게 사정을 들은 듯한 카아와 키누가 가끔 말을 걸려고 했지만, 나는 그것을 무시하거나 슬그머니 자리를 피했다.

벗어날 수 없는 운명이라는 녀석에게 내 삶이 농락당하고 있다는 감각이 나를 짓눌렀다. 참을 수가 없었다.

대체 그런 법이 어디 있어.

필사적으로 부정하려 했지만, 그 생각은 머릿속을 떠나지 않았다.

마음 한구석에서는, 이렇게까지 순조로운 일생을 보내고 있다는 현실 자체가 의심스러웠다. 아무런 대가도 없이 누군가가 나에게 친절을 베풀 리가 없다.

친절에는 반드시 대가가 따른다. 나를 조건 없이 받아들여줄 인간을 그렇게 쉽게 만날 수 있을 리가 없다. 그렇기에 나와 그 사내와의 추억은 더욱 강하고 밝게 빛나는 것이다.

휘몰아치는 분노와 당혹감을 가라앉히기 위해 나는 역 근처까지 나와 시원한 장소를 찾았고, 낮 동안은 거기서 시간을 보내게 되었다.

주변을 관찰하다보니 의외로 인간들은 나를 신경 쓰지 않았다. 처음엔 단순히 무관심한 줄 알았지만 점차 알게 되었다. 그들은 자신의 일만으로도 벅차 주위를 살필 여유조차 없고 시야가 좁아져 있는 듯했다.

그렇게 마음의 여유가 없는 자들의 시야에 우리 고양이가 갑자기 불쑥 뛰어들면, 인간들은 그것을 방해물로 여기는 듯했다.

길고양이로 살아가던 시절, 나도 그랬다는 것을 새삼 깨달았다. 하루하루 어디서 먹이를 구할지, 어디에 가야 안전하게 잠들 수 있을지, 그런 것들을 생각하느라 누군가에게 마음을 쓰는 일은 없었다. 그저 살아남는 데 급급했을 뿐이다.

반면, 마음에 여유가 있어 보이는 인간들은 나에게 먼저 다가왔다. 가던 길을 멈추고 역으로 향하던 발길을 돌려 일부러 내게 다가와 쓰다듬으려 했다. 그런 이들은 결코 나를 해치려 하지 않았다.

이 북두당의 녀석들과 얽히는 것보다는 훨씬 나았다. 그렇게 마음을 정한 나는, 나에게 다가오는 인간들의 비위를 맞추지도 않았지만, 그렇다고 거칠게 굴거나 피하지도 않았다. 그저 몸을 내맡긴 채 가만히 있었다. 한참 나를 쓰다듬고 나면, 마치 무언가를 이루기라도 한 듯 만족스러운 표정으로 다시 제 갈 길을 갔다.

내가 이토록 복잡한 생각을 하고 있을 거라고는 그들은 꿈에도 생각하지 않을 것이다. 그건 어쩌면 당연한 일이지만, 문득 우습게 느껴지기도 했다.

마음의 여유를 잃은 인간이란 얼마나 딱한 존재인가. 반대로 마음의 여유가 있는 인간은 또 얼마나 손해를 보며 살아가는가.

어느 쪽이든 나로선 이해하기 어려웠다. 마음이 가난하면 돈과 시간에 쫓겨 쓸데없는 일은 피하고, 모든 행동에 의미와 대가를 요구하게 된다.

그러니 길가의 고양이가 시야에 들어올 리 없고, 고양이를 쓰다듬는 일에 의미를 부여하지 않는다. 대가 없는 행위는 그들에겐 사치일 뿐이니까. 이치에는 맞지만 그렇게 여유 없는 삶의 방식은 그 자체만으로도 우습고, 또 한편으로는 측은했다.

하지만 그보다 더 이해하기 어려운 건 우리 고양이를 귀여워해주려고 일부러 다가오는 인간들이다.

우리를 귀여워해본들 그들에게 돌아가는 이득은 아무것도 없다. 그뿐 아니라 자신의 시간을 허비하는 셈이니, 오히려 손해를 보는 것이다. 좋은 점이라고는 우리 고양이의 기분이 조금 나아질 수 있다는 정도. 하지만 그마저 때로는 귀찮게 느껴질 때도 있다.

결국 아무런 이득도 없는 행동을 하고, 만족스러운 얼굴로 돌아가는 녀석들은 손해를 보고 있다고 단언해도 틀리지 않을 것이다.

──그들은 대체 무엇을 구하고, 무엇을 얻고 있는 것일까.

돈에 구애받지 않는 인간의 마음은 알 수 없다. 차라리 돈으로 움직이는 쪽이 단순해서 훨씬 이해하기 쉽다.

참으로 신기했다.

그들은 마음속 어딘가에 틈을 만들어, 그 틈을 '여유'라고 부른다. 보상을 바라지 않는다는 그 마음의 여유를. 그렇다면 그들은 우리 고양이에게서 무엇을 바라고, 또 무엇을 얻고 있는 걸까.

아니면 손익 계산을 초월한 무언가가 고양이와 인간 사이에 존재하는 걸까.

──그 사내와 나의 관계는 어땠더라?

정말 이해관계만으로 맺어진 신뢰였을까.

'세 번째' 생을 살았던 그 시절, 나는 이번만큼은 어떻게 해서든 누군가와 함께 있고 싶다고 간절히 바랐다.

태어난 지 얼마 되지 않아 부모를 잃고, 나는 거리 이곳저곳을 떠돌았다.

그 무렵, 이방인의 문명은 이미 일본 전역을 완전히 잠식하고 있었지만, 인간들은 그것을 그대로 받아들이지 않았다. 오히려 자기들만의 방식으로 변형시켜, 독특한 형태로 자기 문화 속에 녹여내고 있었다. 서양과 일본의 문명과 문화가 뒤섞이고, 사람들의 생활이 급속한 변화를 맞이한 그런 시대였다.

하지만 나는 여전히 아무것도 변한 것 없는 한 마리 검은 고양이로 거리를 걷고 있었을 뿐, 문명의 개화도, 기술의 진보도 나에게는 아무런 관심거리가 되지 못했다.

그때 내 가슴을 가득 채우고 있던 것은, 내가 기꺼이 복종해도 좋다고 느낄 만큼 진심으로 신뢰할 수 있는 존재, 그런 누군가를 만나고 싶다는 간절한 갈망뿐이었다.

그러던 어느 날, 저녁 준비가 한창인 듯한 한 집을 발견하고, 나는 마치 자석에 이끌린 것처럼 그곳으로 뛰어들었다. 메이시明治(서기 1867~1912년에 해당하는 시기의 일본 연호) 시대의, 딱 지금 같은 초여름 무렵의 이야기다.

누군가에게 사랑받고 싶었다. 지금 생각해보면 애초에 노력의 방향 자체가 잘못되었던 것 같지만.

그 집에 뛰어든 나는 어떻게든 마음에 들기 위해 필사적이었다. 아무것도 모르는 아이처럼 천진난만하게 굴면 좋아해주지 않을까 싶어, 일부러 제멋대로 행동했다. 식구들의 다리에 달라붙고, 쌀뒤주 위에 올라가고, 아이들에게 장난을 거는 식으로…….

지금 와서 냉정하게 생각해보면, 그때의 나는 꽤나 제정신이 아니었던 것 같다. 여덟 번의 생 가운데서도 보기 드문 부끄러운 흑역사라 할 수 있다. 하지만 나는 내 모습을 돌이켜볼 여유가 없었다.

그만큼 누군가가 나를 받아들여주길 간절히 원했던 것이다.

그렇게 내가 그 집에 슬쩍 들어올 때마다 그 사내의 아내 교코는 어이없다는 표정으로 나를 끌어내곤 했다.

며칠 뒤 다시 침입해도 마찬가지였다. 몇 번이고, 몇 번이고 반복되는 그 예정된 듯한 실랑이가 어쩐지 나는 즐거웠다.

어느 날, 교코가 내 목덜미를 잡고 투덜거렸다.

"차라리 멀리 갖다 버릴까봐."

그 순간, 사내의 단호한 한마디가 나를 구했다.

"그렇게까지 자꾸 들어오는데, 그냥 두는 게 낫지 않겠나."

신경질적인 그 사내가 왜 갑자기 그런 변덕을 부렸는지, 지금도 알 수 없다.

사내는 원래 교사지만, 신경쇠약으로 일을 제대로 하지

못해 형편이 어려웠다는 사실을 나는 한참 뒤에야 알았다. 다시 말해, 그때 그가 나를 키울 만한 여유가 있었다고 보긴 힘들었다.

그럼에도 그는 나를 받아들였다. 내가 뒹굴거리다 그의 등짝에 올라타 잠을 자도 나를 밀쳐내기는커녕, 그 자세 그대로 신문을 읽을 만큼 너그러웠다.

……그렇게 아무 특별할 것 없는 나날이 시작되었다.

응접실 방석을 베고 하루 종일 뒹굴며 잠만 잘 때도 있었다. 그는 하녀나 아내가 뭐만 하면 금세 "멍청한 것!" 하고 호통치면서도, 뻔뻔한 나에게만큼은 한 번도 화를 낸 적이 없었다.

내가 그의 방석에서 자고 있으면 그저 아이의 방석을 낚아채 깔고 앉을 뿐이었다. 나는 그렇게 사내가 신문을 읽고, 책장을 넘기고, 문필책상 앞에 앉아 있는 모습을 가만히 바라보며 시간을 보냈다.

부엌에서 기가 막히게 맛있는 생선 냄새가 풍겨오면, 혹시 조금 얻어먹을 수 있을까 싶어 사내의 아내 뒤에 얌전히 앉아 기다린 적도 한두 번이 아니었다. 하지만 그 여자는 마음이 내킬 때만, 그것도 생선 자투리를 아주 조금만 던져주었다. 참으로 인색했다.

그에 비해 그 사내는 무심한 듯하면서도 의외로 다정한 구석이 있었다. 앞서 말한 것처럼 그의 등짝 위는 물론이고, 그가 책상다리를 하고 있을 때 그 사이에 파고들어가도 절대 내쫓지 않았다. 오직 펜을 들고 글을 쓰고 있을 때, 내가 옆에서 "냐옹" 하고 울면 "성가시다" 하고 나무라는 정도였다.

사소한 일이었지만, 그런 모든 것들이 나에게는 더없이 평온하게 느껴지는 나날이었다.

드디어 내가 있어도 되는 곳이 생겼구나, …… 그렇게 생각할 만큼.

사내의 집은 결코 넉넉하지 않았지만, 집안 분위기는 어딘가 느긋했다. 가끔 그가 신경질을 부리는 날도 있었지만, 나에게만큼은 매정하게 굴지 않았다. 그 덕분에 아내인 교코가 질투 어린 눈빛을 보낼 정도였다.

굳이 불만이 있다면, 그 사내가 나에게 이름을 붙여주지 않는 것이었는데……. 아무리 기다려도 그는 나에게 이름을 지어주지 않았다.

그렇게 반년쯤 지났을 무렵, 그는 심한 신경질을 부리며 방 안에 있는 물건들을 마구 집어 던지다, 결국 쓰러지고 말았다.

집안 식구들이 모두 걱정했지만, 이번 히스테리는 조금 도를 넘었다. 결국 아내 교코와 두 달간 별거하는 사태가 벌어졌다. 그 일은 그에게도 꽤나 충격이었던 것 같다.

그 뒤로는 화를 꾹 눌러참다가, 지병인 위통에 시달렸다. 그러다 욕지거리를 내뱉으면서 이불 속에서 멍하니 누워 있는 날이 잦아졌다.

뜻밖이라고 해야 할까. 그런 사내에게도 의외로 친구는 있었다. 그가 병상에 눕자, 데라다(물리학자이자 수필가, 하이쿠 시인인 데라다 도라히코를 말한다.)니, 하시구치(판화가이자 장정가인 하시구치 고요. 나쓰메 소세키의 《나는 고양이로소이다》의 장정으로 주목받았다.)니, 오쿠(나쓰메 소세키의 교사 시절 동료인 오쿠 다이치로를 말한다.)니 하는 이들이 집을 자주 찾아와 세상 돌아가는 이야기를 나누었다. 그리고 예외 없이 그들은 나를 귀엽다며 쓰다듬으려 했다. 나는 그럴 때마다 모조리 꽉 깨물어주었다.

그중에서도 그를 가장 걱정했던 사람은 다카하마(시인이자 소설가인 다카하마 교시. 나쓰메 소세키의 《나는 고양이로소이다》를 연재한 문예지 《호토토기스》의 발행인)라고 하는 다소 얼빠진 하이쿠(계절에 대한 어휘가 들어가며 5·7·5 형식으로 이루어진 일본의 짧은 정형시) 시인이었다.

그 역시 병약해서였을까, 다른 문병객들보다도 더 진지한 얼굴로 그에게 이렇게 말했다.

"신경쇠약 치료의 일환으로 소설을 한번 써보는 건 어떻겠습니까?"

나는 그 말의 뜻을 전혀 이해하지 못했다. 병을 고치는 일과 소설을 쓰는 일이 대체 무슨 상관이 있단 말인가. 살아가는 데 전혀 필요하지도 않은, 그저 인간들끼리나 심심풀이로 하는 행위에 대체 무슨 의미가 있다는 건가. 하물며 마음의 병을 치료한다니, 더더욱 이해할 수 없었다.

바보 같기는. 이 사내가 그런 제안을 받아들일 리가 없지······.

나는 그렇게 생각했다. 하지만 그의 생각은 달랐던 모양이다.

무슨 심경의 변화였는지, 그 해가 저물어갈 무렵부터 그는 펜을 들고 이야기라는 것을 쓰기 시작했다.

"나는 고양이로소이다. 아직 이름은 없다. 어디서 태어났는지는 도무지 짐작조차 가지 않는다."
(나쓰메 소세키의 소설《나는 고양이로소이다》의 첫 구절로 유명하다.)

그 기묘한 문장으로 시작한 원고는 차츰 채워져갔다. 이야기는 분명 나를 모델로 하고 있었다.

내가 본 건 첫 문장이 적힌 원고지 한 장뿐이었다. 곧 흥미를 잃은 나는 햇볕 잘 드는 마당에서 뒹굴거리며 낮잠을 잤고, 그걸로 끝이었다.

그러나 그 이야기, 사설 형식이 조금 섞인 듯한 그 독특한 작품은 꽤 인기를 얻은 모양이었다. 세간에서도 호평이 이어졌고, 사내는 본격적으로 작가의 길에 뛰어들기로 마음먹었다. 덕분에 신경질적인 그의 성질도 조금은 누그러진 듯했다.

연재는 계속되었고, 그 묘한 이야기는 사람들의 마음을 점점 사로잡았다.

그가 원고를 써내려가는 모습을 자주 바라보곤 했다. 그가 이야기를 풀어가는 모습은 지금도 선명히 기억난다.

어느 날, 원고를 다시 읽고 있던 사내 옆에 다가갔을 때였다. 그는 내 머리를 가볍게 쓰다듬더니 원고를 내밀며 말했다.

"읽어볼 테냐?"

툭 내뱉는 무뚝뚝한 말투였다. 그가 건넨 것은, 내가 예전에 첫 장만 보았던 바로 그 소설의 뒷이야기였다. 물론 나는 줄거리를 알 리 없었다.

대충 훑어본 바로는 허영으로 물든 세속을 관찰하는 검은 고양이의 기묘한 고찰이 이어지고 있었다.

하지만 주인공 고양이의 세세한 몸짓과 버릇만큼은 분명 나를 관찰해 옮겨적은 것이 틀림없었다.

나는 사내를 올려다보았다.

늘 무뚝뚝하던 얼굴이 그때만큼은 희미한 미소를 띠고 있었다.

"네 덕분이라고 조금은 감사해야겠지."

평소의 그답지 않게 약간 쑥스러운 기색이 담긴 목소리였다.

그가 아무리 입이 험하고, 사람을 대하는 데 서툴더라도, 그 한마디와 그 목소리만으로 나는 모든 것을 받아들일 수 있었다.

그 순간, 분명히 느낄 수 있었다. 그 사내의 마음속에 이전에 없던 여유가 조금쯤은 싹트고 있었다는 것을. 그래서 그는 나를 향해 미소를 지을 수 있었던 것이다. 좀 더 너그러웠더라면, 아내나 아이들 앞에서도 그런 얼굴을 보여주었으리라.

……그 즐거웠던 나날들을 나는 지금도 잊지 않고 있다.

그 후로 그 사내는 계속해서 작품을 발표했고, 마침내 '문호文豪'라 불릴 정도로 인간 사회에서 인정받는 작가가 되었다.

그가 점점 유명해질수록 나도 덩달아 우쭐해졌다. 솔직히 말해 내가 없었다면, 그는 아마 대중문학 따위엔 눈길도 주지 않고 춥고 배고픈 삶을 보내며 가족 모두를 길바닥에 내몰고 말았을지도 모른다. 그러니 그는 나에게 고마워해야 한다.

그런 사내의 명성을 듣고서인지, 아니면 작품의 모델이 된 나를 직접 보고 싶었던 건지, 그의 집에는 사람들이 계속 찾아오기 시작했다. 매주 목요일이면 문하생들과 제자들을 불러 담론을 나누는 자리가 열렸다.

정말이지, 시끄럽고 귀찮기 짝이 없는 일이었다. 사내는 입만 열면 "자넨 팔레올로고스(동로마 제국의 마지막 왕조이자 마지막 황제의 이름) 같은 놈이야.", "시키(나쓰메 소세키와 같은 시대의 문학가 마사오카 시키. 시키를 중심으로 문예지《호토토기스》가 창간되었다.) 같은 놈은 원래부터 더럽기 짝이 없지"라느니 하며 험담을 늘어놓았다.

심지어는 자기 입맛에 맞지 않는다는 이유로 등푸른 생선까지 비방할 정도였다.

그 영향 탓인지 문하생들 또한 덩달아 다른 사람이나 그들의 작품에 대해 가차없이 헐뜯었는데, 그 매도하는 솜씨가 참으로 놀라울 정도였다.

그런데 이 녀석이나 저 녀석이나, 어쩐지 다들 무척 즐거워보였다.

창작이란 게 그렇게 재미있는 걸까. 그것에 대해 이야기하는 게 그토록 행복한 일인가.

나로선 도무지 이해할 수 없었다. 하지만 그 사내가 작가로서 제 역할을 훌륭히 해내고 있었다는 점만큼은 인정하고 싶다.

인간치고는 꽤 훌륭한 인물이었으니, 내게 이름 하나쯤은 붙여줘도 좋았을 텐데.

그에겐 그럴 자격이 분명히 있었다.

하지만 사내는 그게 우스운 일이라고 생각한 듯, 내 이름을 짓는 데엔 전혀 관심을 두지 않았다. 그의 아내와 아이도, 집에 드나들던 사람들마저 '야', '고양이', '쿠로' 등 제멋대로 이름을 불렀을 뿐, 누구도 정식 이름은 지어주지 않았다.

사실 내가 주인으로 인정해도 좋다고 생각한 건 그 사내뿐이었다.

──그래서 나는 다른 누구도 아닌, 바로 그 사람에게 이름을 받고 싶었다.

이 짧은 일생 속에서, 그와 내가 조금이라도 이어져 있는 증거를 가지고 싶었다. 내가 그에게 진명을 간절히 원했다는 사실 자체가 그 이름이 진명일 자격이 있다는 명백한 증명이기도 했다.

나는 그 사람에게 진명을 받고 싶었다. 그러니까 적당히 지은 이름 따위는 싫었다.

그러나 끝내 그는 나에게 이름을 지어주지 않았다.

그게 변덕이었는지, 고집이었는지, 아니면 자유방임주의적인 성격의 산물인지, 이유는 끝내 알 수 없었다

그래서 나는 스스로 이름을 짓기로 했다. 그가 나를 잊어도 좋다. 내가 그를 잊지 않기 위해, 나는 그의 필명이 아닌 본명을 내 진명으로 삼기로 했다.

'긴노스케(나쓰메 소세키의 본명이 바로 나쓰메 긴노스케다.)' 라고.

"쿠로쨩?"

나를 가리키는 듯한 장난스런 이름을 부르는 소리가 들려왔다. 한쪽 눈을 슬쩍 떠서 그쪽을 보니 초등학교 모자를 쓰고 책가방을 멘 마도카가 서 있었다.

학교에서 돌아오는 길인 듯했다. 예전보다 훌쩍 자라서 평균보다 키가 살짝 큰 것 같았다. 복숭아빛 원피스 아래로 뻗은 가느다란 팔이 내게 다가왔다.

그만둬라, 덥다고.

입 밖으로 내고 싶었지만, 마침 이마 근처에 있던 벼룩을 긁어주길래 일단은 봐주기로 했다.

이 녀석, 집에 돌아가면 손은 제대로 씻으려나?

"여기서 뭐 해? 길 잃었어?"

나를 너랑 똑같이 취급하지 마.

아니, 생각해보니 그때 이 녀석도 길을 잃은 건 아니었지. 그렇다 해도 이 정도로 애 취급당하는 건 기분 나쁘다. 나는 몸을 일으켜 서늘해 보이는 가로수 옆 덤불 쪽으로 걸음을 옮기려 했다. 그쪽이 조금 더 시원해 보였기 때문이다.

하지만 내가 일어서자마자 마도카가 나를 가볍게 번쩍 안아들었다.

어이, 꼬마. 뭐 하는 거야. 덥다고, 숨막힌다고 했잖아.

"집에 데려다줄게!"

쓸데없는 참견이야, 바보. 내 마음대로 하게 내버려둬. 자기 멋대로인 녀석 같으니.

"냐아" 하고 울며 저항해봤지만, 왼손으로는 내 앞발 아래를 감싸고, 오른손으로는 내 엉덩이를 야무지게 끌어안은 그 애의 품에 안겨 있으니, 뭐, 편하긴 했다. 게다가 슬슬 저녁에 가까워져 집에 돌아가기엔 딱 좋은 시간이기도 했다.

조금 전까지 꿨던 꿈을 떠올리며 나는 마도카의 품에서 버둥대던 걸 멈추고 조용히 몸을 맡겼다.

그 후, 미도카는 종종 설음으로 언덕을 올라 고요한 주택가 골목 사이를 이리저리 지나, 북두당 앞에 도착했다. 그제야 겨우 숨을 가다듬고 나를 천천히 땅에 내려놓는다.

너, 집에 들어가기 전에 옷 잘 털어라. 벼룩 붙었을 거야, 아마.

나는 마도카를 뒤로하고 서점 안으로 들어갔다. 카아가 킥킥 웃으며 나를 맞았다.

"오, 데이트는 재밌었냐?"

"닥쳐."

"널 그렇게 귀여워하는데 좋잖아? 착한 애잖아."

"알아."

툭 내뱉듯 말하며 서점 안 적당한 책장 하나에 올라 몸을 둥글게 말았다. 카아는 이번엔 마도카에게 다가가 자기를 쓰다듬으라며 애교를 부리고 있었다.

"안녕하세요!"

마도카는 기타호시에게 인사를 한 뒤, 곧 마음껏 카아를 실컷 쓰다듬기 시작했다.

"어서 와."

기타호시는 안경을 벗으며 그 애를 맞이하더니, 책장 위로 피신하듯 올라간 나를 보며 "흐음?" 하고 히죽 웃었다. 불쾌한 여자다.

카아를 한참 쓰다듬은 마도카는 허리를 펴고 곧장 기타호시 쪽으로 다가갔다.

서점 안엔 다른 손님 하나 없었지만, 그래도 가게 안이어서 그런지 목소리를 조금 낮췄다. 그러곤 메고 있던 책가방에서 파일 하나를 꺼냈다.

"저, 저기…… 이거요!"

"오, 전에 약속했던 거구나?"

"네!"

미소를 지으며 기타호시는 파일을 받아들었다. 프린트 용지 열 장 남짓한 두께의 클리어파일로, 종이 한쪽에는 더블클립이 꽂혀 있었다.

마도카는 반짝이는 빛으로 기타호시를 바라보며, 약간의 불안과 기대가 섞인 목소리로 물었다.

"저……, 어때요?"

"미안. 차분히 제대로 읽고 나서 말해주고 싶어. 내일 다시 와줄래? 꼭 얘기해줄게."

그 말을 들은 마도카는 얼굴 환하게 빛나며, 기쁨을 감추지 못한 채 몇번이고 고개를 작게 끄덕였다. 저러다 목이 빠지는 건 아닐까 쓸데없는 걱정까지 할 만큼.

"꼭이에요!"

그렇게 말하고는 용돈이 들어 있는 캐릭터 지갑을 꺼내 200엔짜리 동화집 문고본 한 권을 고르고는 그대로 서점을 나섰다.

"그거, 뭐야?"

카아가 카운터 위로 폴짝 올라와서는 클리어파일을 가리키며 고개를 갸웃했다. 마녀는 그것을 애틋하다는 듯 손에 들고 대답했다.

"이건 말이지……, 소설이야. 저 아이가 썼대. 지난번에 내가 말했거든. 감상 들려주고 싶다고."

귀가 저절로 쫑긋했다.

그 꼬맹이가 소설을 썼다고?

"어머나."

키누가 다가왔다. 꼬리를 살랑거리며 호기심 가득한 눈으로 말했다.

"마녀님, 너무 궁금해요. 저도 읽어봐도 될까요?"

"내가 먼저 읽고 나서."

나는 그들 사이에 끼지 않고 조금 떨어진 곳에서 이 상황을 지켜보고 있었다. 루루도 마찬가지였다. 태연한 척하며 거리를 두고 있었지만, 사실은 신경 쓰이는 게 뻔히 보였다. 계속 이쪽을 힐끔힐끔 쳐다보고 있었으니까.

마녀는 조심스럽게 종이를 넘기며 이야기를 읽기 시작했다. 아마도 컴퓨터로 타이핑해서 출력했는지, 멀리서 보아도 글자들이 가지런히 정렬되어 있었다.

문장 끝은 대부분 '~입니다' '~합니다'로 끝나는 투라는 것은 간신히 알아볼 수 있었지만, 내 자리에서는 내용까지 보이지는 않았다.

하지만 초등학교 5학년이 쓴 이야기다. 대체 칭찬할 만한 데가 얼마나 있겠는가.

──그렇게 생각하던 찰나였다.

대여섯 장쯤 넘겼을까. 마녀의 눈에 서서히 눈물이 고이기 시작하더니, 떨리는 손길로 몇 장을 더 넘길 즈음에는 아예 눈물을 펑펑 쏟기 시작했다.

고작 어린아이가 쓴 이야기로 하나로 그렇게까지 감동을 받은 건가?

나는 당황해서 무심코 일어났다. 키누와 카아도 놀란 듯 기타호시에게 다가가 무슨 일이냐며 걱정했다.

"책벌레인 너를 그렇게 흔들 정도야?"

루루가 또각또각 걸어오며 묻는다.

기타호시는 "아니야"라고 말하며, 안경을 벗고 소매로 필사적으로 눈물을 닦으면서 고개를 저었다.

"그냥…… 있지. 이건 좀, 내 개인적인 문제라서…… 아아, 미안, 미안해. 나, 잠깐 쉬고 올게……."

마지막으로 "읽어도 돼"라는 말을 덧붙였지만, 쉰 목소리는 거의 들리지 않았다. 기타호시는 샌들을 벗고 들어가더니, 계단을 올라가 모습을 감췄다.

그 정도 반응을 보고 나니, 나도 그 꼬맹이가 뭘 썼길래 저 난리인가 궁금해졌다. 나는 최대한 소리를 죽이며 카운터 위로 뛰어올라, 옹기종기 모여든 다른 고양이들과 함께 프린트 용지를 확인했다.

"읽을 줄 알아?"

"아니, 못 읽어."

카아와 치비가 바보 같은 대화를 주고받는다. 말은 알아들어도 글자를 읽을 만큼 환생을 많이 반복하진 않은 모양이다.

루루와 키누가 소리내어 읽어주려 했지만, 발음은 서툴고 더듬거려 답답했다. 어차피 여덟 번도 못 산 미숙한 고양이들뿐이니, 그럴 만도 했다.

보다 못한 내가 나서기로 했다.

좋아, 진명을 가진 '아홉 번째'의 위엄을 보여주지.

"아이다 씨가 키우던 토끼는 그날 밤 도망쳐버렸습니다. 꿈의 세계로 도망친 토끼를 뒤쫓기 위해, 그는 앨리스라는 이름의 이웃 고양이에게 도움을 청합니다……"

나는 이야기를 계속 읽어 내려갔다. 줄거리는 평범했다. 《이상한 나라의 앨리스》를 변형해, 주인공 소녀가 꿈과 현실을 넘나들며 방황하다가 도망친 반려 토끼를 되찾는 이야기였다.

내용은 서투르지만, 초등학생치고는 어휘가 다양했고, 등장인물들도 생기 있게 움직였다.

하지만 그뿐이었다. 형편없다고까지 말할 정도는 아니었지만, 그렇다고 성인이 읽고 눈물을 쏟을 만큼 감동적인 스토리라고 하기도 어려웠다. 굳이 말하자면 그림책에 가까운 내용이었다. 다 큰 어른이 이걸 읽고 저렇게까지 울음을 터뜨릴 일인가.

나는 고개를 들고 네 마리 고양이들을 둘러봤다. 다들 고개를 갸웃했다.

"저 아이가 쓴 거야? 멋진 이야기네."

키누는 그렇게 말했지만, 그 이상의 감상평은 나오지 않았다. 다른 고양이들도 마찬가지였다.

이건 우리가 고양이라서 인간의 이야기에 공감하지 못하는 걸까? 아니면 기타호시의 감성이 이상해진 걸까? 도무지 알 수 없었다.

게다가 기타호시는 단순히 울고 있는 게 아니었다. 우리 고양이들의 예민한 귀에는 2층으로 올라간 그녀가 내는 모든 소리가 들렸다. 그건 희미하지만 분명히 오열하는 소리였다.

베개에 얼굴을 묻고 흐느껴 울고 있었다.

언제나 씩씩하게 웃던 마녀가, 지금은 아이처럼 꼴사납게.

나는 무슨 말을 해야 할지 몰라, 그저 멍하니 천장을 올려다보고 있었다.

[4장]

마녀와 책방지기 고양이

"누군가 고양이를 사랑한다고 말하면,
더 이상의 소개는 필요 없다.
그는 곧 나의 친구이자 동료다."

— 마크 트웨인

그 다음 날, 기타호시는 다시 서점을 찾은 마도카에게 감상을 전했다. 어디를 고치면 더 좋아질 수 있을지 같은 조언은 한마디도 하지 않고, 그저 좋았다고 느낀 부분만을 집어내어 칭찬을 아끼지 않았다.

마도카는 얼굴을 환하게 빛내며, 그날 이후로 2, 3주에 한 번씩 새 원고를 가져오기 시작했다. 겨울방학이 되자 그 빈도는 더 늘어났다. 그럼에도 기타호시는 여전히 조언 한마디 없이 오로지 칭찬만 계속 했다. 그리고 어떤 내용이든 간에 마도카의 글을 읽을 때마다 그녀는 어김없이 오열을 감추지 못했다. 마치 그 아이의 소설을 읽는 일이 고통스럽기라도 한 듯이.

문득, 예전에 루루가 내게 했던 말이 떠올랐다. 그녀는 북두당에서 저주에 걸려 있다고.

한 번은 내가 모른 척하는데도 아랑곳하지 않고 카아가 들이대며 말을 건 적이 있었다.

"마녀는 정말 감상만 말하더라. 내가 보기엔 '이렇게 써 보면 어때?' 싶은 부분이 있는데도 절대로 그런 말 안 하거든. 이유를 물어봤더니 아직 그때가 아니래. 이상하지 않아? 있지, 쿠로, 너 뭔가 아는 거 없어? 그 정도로 글자를 술술 읽는 걸 보면 웬만한 건 다 알 거 아니야. 그치? 좀 알려줘. 응? 응?"

정말이지, 너무 시끄럽다.

나는 끝내 아무 대꾸도 하지 않았다. 카아는 자기 할 말만 다 하고 나면 금세 기분이 바뀌어 어딘가로 사라져버리는 변덕스러운 성미였다. 그런 녀석을 꾹 참고 기다려주는 것도 이젠 지긋지긋하다. 물론 그 천진난만함이 북두당에서 모두에게 사랑받는 이유이긴 하다. 하지만 가끔은 좀 자제해줬으면 싶었다.

그렇게 해맑은 녀석이니 감상과 조언을 구분해서 상대에게 잘 전하는 건 어려울 것이다. 곰곰이 생각해보니, 그 녀석의 말이 마도카에게 전해지지 않아서 오히려 다행인 것 같기도 했다.

나는 카아가 품었던 그 의문……, 왜 마녀는 마도카가 쓴 소설에 대해 아무런 조언도 해주지 않는 것인가, 하는 물음에 대한 답을 알고 있었다.

"아직 그럴 때가 아니야."

기타호시가 말한 그게 바로 정답이다.

지금은 그저 무엇이든 상관없이 이야기를 떠올리고 써

보고 형태로 만들어내는 것이 즐거울 시기다. 자신이 원하는 대로 자신의 세계를 만들고, 연출하고, 결말을 짓는 일. 그 작업이 그 무엇보다도 재미있는 시기인 것이다.

거기에 어른이 부주의하게 개입해 이래라저래라, 여길 고쳐라 저긴 다시 쓰라고 간섭하기 시작하면 분명히 싫증을 느끼고 말 것이다. 그런 조언을 해도 되는 건 소녀가 스스로 더 잘 쓰고 싶다고, 더 많은 사람에게 자신의 이야기를 읽히고 싶다고 진심으로 바라게 되었을 때, 그리고 그 바람을 마녀에게 이야기했을 때다. 그전까지는 그냥 지켜보는 것이 옳다.

"아는 척하기는……" 하고 입을 삐죽이는 사람도 있을지 모른다. 하지만 이래뵈도 나는 '아홉 번째'를 살아가는 고양이다. 인간의 글자를 읽을 줄 아는 만큼 어리석지도 않다. 지금까지 여덟 번의 생을 살아오는 동안 이야기란 무엇인지, 또 그것을 어떻게 써내려가는지에 대해 평가할 수 있을 정도의 안목쯤은 익혀왔다.

굳이 글을 쓰겠다고 나설 생각은 없지만, 소녀에게 지금 필요한 것이 무엇인지 고민하고, 어느 선까지 개입할지를 분별할 지혜는 갖추고 있었다.

무엇보다도 나는, 그 사내가 기르던 고양이다. 잘난 체하며 이야기 쓰는 법을 논할 자격으로 이보다 더 확실한 근거가 있을까. 적어도 북두당의 다른 고양이들보다는 창작이라는 행위에 대한 조예가 깊은 셈이다.

하지만 그렇게 창작이라는 세계를 이해하면 할수록 인간이란 존재는 지독히 어리석게 느껴진다. 그저 먹고 자며 살아가기만 해도 충분할 텐데, 굳이 스스로를 괴롭게 만들고, 몸부림치며 심지어는 자신의 생명을 갉아먹기까지 한다. 정말이지 이해하기 힘든 생물이다.

그럼에도 불구하고 그런 고통을 견디며 창작을 향해 나아가는 인간들의 얼굴은 어쩐지 눈부시다. 그 사내가 그랬던 것처럼.

그런 가시밭길을 스스로 선택해 걷는 일이 과연 위대한 것인지는 나로선 알 수 없다. 하지만 그 길을 가겠다고 마음을 정했다면, 그때부터는 더 이상 내가 간섭할 일이 아니다.

어쨌든 고통 앞에는 반드시 기쁨이 있다. 이야기 짓는 즐거움에 흠뻑 빠져 있는 소녀는, 지금 그 자리에서 분명히 신나게 노는 중이다. 그거면 되지 않겠는가.

앞으로 나아갈지, 아니면 거기서 멈출지는 조금 더 시간이 흐른 뒤에야 알 수 있을 것이다. 그리고 그 답을 줄 수 있는 건 나도, 다른 고양이들도, 심지어 기타호시조차도 아니다.

그건 오직 마도카 스스로가 결정할 일이다.

봄이 찾아왔다. 올해는 유난히 벚꽃이 빨리 피어, 역으로 이어지는 거리를 흐드러지게 물들이고, 사람들은 머리며 어깨에 꽃잎을 하나씩 달고 이리저리 돌아다닌다. 나를 포함한 북두당의 고양이들도 공원에서 벚꽃잎을 몸에 붙인 채 기분 좋은 햇살 아래에서 낮잠을 즐기는 일이 잦아졌다.

그날도 그런 평화로운 하루였다.

"서점 좀 봐줘."

마녀는 그렇게 한마디를 남기고는 역 앞 약국으로 장을 보러 나갔다. 남들이 봤다면 제정신이 아니라고 생각했을 것이다. 실제로도 조금 이상하긴 하다. 고양이에게 서점을 맡기다니, 세상에 그런 상상을 누가 하겠는가.

하지만 여긴 북두당이다. 고양이가 계산을 할 순 없어도 도둑 한둘쯤은 충분히 감시할 수 있다.

서점을 지킨다……, 아니, 정확히 말하면 보통 낮에 서점 안에서 시간을 보내는 건 나와 루루와 카아 정도다. 키누와 치비는 어딘가로 나가버렸다. 아마 공원이나 근처 담장 위에서 햇볕을 쬐고 있을 것이다.

완연한 봄기운 속에 햇살을 받으며, 가게 밖에서 하나둘씩 흩날리는 벚꽃잎을 바라보고 있었다. 그때 한 남자가 찾아왔다. 기무라였다.

문이 열려 있으니, 마녀가 있을 거라고 생각한 모양이다. 오늘따라 묘하게 신경 쓴 듯한 정장 차림에, 제법 긴장한 기색이었다. 평일 오후인데, 이 시간에 이 남자가 여긴 무슨 일로 온 걸까.

"어라, 기타호시 씨는 안 계세요?"

대답을 기다리지 않는 질문을 던진 뒤, 기무라는 우리가 뒹굴고 있는 가운데로 나아왔다. 한숨을 쉬며 나에게 손을 뻗으려 하기에 으르렁거리며 거절해주었다. "그러지 마" 하고 카아가 나를 나무랐지만, 내 알 바 아니다. 나는 겉치레만 번드르르한 이 남자가 영 마음에 들지 않는다.

내 반응에 놀란 기무라는 코웃음을 치더니, 저항하지 않는 카아에게 손을 뻗어 목을 쓰다듬었다. 카아는 골골, 작은 소리를 내며 얌전히 있었다. 그러자 기무라는 혼잣말을 꺼냈다.

"있잖아, 나, 전근 가게 됐어. 홋카이도로."

에조(홋카이도의 옛 이름) 쪽인가. 고생 좀 하겠군. 물론 나랑은 전혀 상관없는 이야기지만. 그렇게 생각하며 눈을 감은 채 그의 목소리만 멍하니 듣고 있었다. 그런데 기무라의 목소리는 점점 힘을 잃어갔다.

"다음 달부터는 여기에 못 오게 될 거야. 기타호시 씨를 다시는 못 만나게 된다고 생각하니까, 지금 아니면 안 될 것 같아서……. 있잖아, 기타호시 씨가 나랑 같이 가줄까? 꼭 당장이 아니어도 괜찮아. 그냥, 그 사람이 내 옆에 있어 줬으면 좋겠어."

우리는 아무래도 상관없다는 건가. 말하는 걸로 보아하니 아무래도 상관없겠지.

나는 기무라라는 남자를 다시 내려다봤다.

이자는 겉으론 고양이를 좋아하는 척하지만 정작 우리를 전혀 걱정하지 않는다. 손길이나 행동 어디에도 애정이라 할 만한 게 전혀 느껴지지 않는다. 인간들 사이를 누비며 수없이 쓰다듬을 받아온 고양이의 감각을 얕보면 곤란하다.

이 남자는 기타호시에게 잘 보이기 위해, 아니면 그녀가 좋아할 만한 인간으로 보이기 위해 우리를 만지고 귀여워하는 척을 하는 것이다. 스스로는 잘 감추고 있다고 생각할지 몰라도, 나는 여덟 번을 살아온 고양이다. 그 정도쯤은 훤히 보인다. 카이는 착한 건지 멍청한 건지 모를 정도로 남을 잘 믿는 녀석이니 눈치채지 못하겠지만.

이 남자에게 기타호시 이외의 존재, 그러니까 우리 같은 고양이는 어떻게 되든 상관없는 것이다.

그래서 나는 이 남자가 싫다. 그런 나를 보고 카이는 어른스럽지 못하다며, 친절하게도 자신을 대신 마음껏 쓰다듬게 하고 있다.

반려동물은 주인의 사회적 지위를 드러내는 표상처럼 여겨진다. 요즘 기준으로 말하자면, 고양이 한 마리를 만족스럽게 키울 수 있는 시간적 여유, 병원비, 사료비, 보험료 그리고 그 외의 부수적인 모든 비용을 감당할 능력을 뜻한다. 인간은 그 시간과 돈을 우리 고양이를 위해 기꺼이 내어놓겠다고 결심해야 하고, 그 결심 위에서 우리를 기르는 것이다.

하지만 이 남자에겐 그런 각오가 없다. 그런 주제에 고양이 다섯 마리를 돌보고 있는 기타호시와 한 쌍이 되기를 바란다. 이자에게 우리 같은 고양이는 마녀와 가까워지기 위한 도구에 불과하다.

——나는 네가 싫다.

그렇게 말해주고 싶었지만 그 말을 전할 수 있는 존재는 내가 아니라 기타호시다. 나는 카아를 쓰다듬고 있는 기무라를 꺼림칙하게 바라보며, 마녀가 돌아오기를 애타게 기다렸다.

10분쯤 지났을까. 약국에서 돌아온 기타호시가 서점 앞에 모습을 드러냈다.

"으음?"

카운터 앞에서 카아를 쓰다듬는 기무라를 발견한 마녀는 붙임성 있는 접객용 미소를 지으며 그를 맞이했다.

"오늘은 어떤 책을 찾으러 오셨나요?"

그렇게 평소처럼 가벼운 인사말을 건넸지만, 기무라는 대답 대신 카아에게서 손을 떼고 기타호시를 바라보며 입을 열었다.

자신이 곧 홋카이도로 전근을 가게 된 일, 이제 이 서점에 예전처럼 쉽게 찾아올 수 없게 된 일, 기타호시를 좋아하고 있다는 마음, 당장은 무리겠지만 언젠가 자신의 곁으로 와주었으면 한다는 바람, 그때까지 몇 번이고 이 책방을 찾을 거라는 각오까지.

기무라는 단숨에 그렇게 말하며 고풍스러운 방식으로 교제를 신청했다.

하지만 고개를 숙인 기무라를 내려다보는 마녀의 얼굴엔 기쁨이라곤 전혀 없었다. 슬픈 건지, 어이없는 건지조차 알 수 없는 기묘한 표정을 짓고 있었다.

"미안해요. 그럴 마음은 없어요."

망설이지 않고 단호하게 대답했다.

"……네?"

절망과 당혹감이 뒤섞인 얼굴로 기무라는 고개를 들었다.

"전 이곳을 떠날 생각이 없어요. 여기에 있어야만 해요."

"아, 만약 서점을 계속하고 싶으시다면 새로 임대할 장소를 찾는 것도 도와드릴 수 있고, 고양이들을 돌보는 것도 제가……."

"그런 게 아니에요. 저는 이 서섬을 나갈 수 없어요. 여기가 제가 있어야 할 곳이에요. 고양이들과 함께 있는 이 장소가."

"그렇게 이 서점이 소중한가요? 그러면 계속하면 되죠. 부탁할게요, 저를 따라와주세요. 꼭 행복하게 해드릴게요."

"이 서점도, 고양이들도, 책도…… 무엇보다 제 자신이, 이곳 말고는 살아갈 수 없어요. 제발, 이해해주세요. 그리고 다시는 오지 말아주세요."

여기만이 내가 있어야 할 곳.

마녀는 분명 그렇게 말했다. 이 북두당만이 그녀와 우리 고양이들이 있어야 할 장소라고.

좀 더 깨끗하고, 넓고, 사람들이 더 많이 올 만한 장소가 있다면, 그 편이 훨씬 나을지도 모른다. 그런데도 기타호시는 왜 이 서점에 그렇게까지 집착하는 걸까.

나는 두 사람의 대화가 신경 쓰여 카운터 위에서 조용히 그들을 지켜보고 있었다. 그때 ······오싹, 하고 온몸의 털이 곤두서는 듯한 섬뜩한 기분이 들었다. 어딘가 날카롭고도 살벌한, 검은 칼날 같은 기운이었다.

깜짝 놀라 재빨리 주위를 둘러보았지만, 북두당의 고양이들 중 나를 바라보는 녀석은 없었다. 물론 다른 어떤 생명체가 나를 노려보고 있는 것도 아니었다. 다만 서가 한켠에 걸려 있는 그 족자, 먹통을 들고 있는 요괴 같은 노인의 수묵화가 마치 나를 뚫어지게 노려보고 있는 것처럼 느껴졌을 뿐이다.

시야 한쪽에서 기무라가 뒤돌아보는 모습이 보였다. 고개를 돌리자, 그 녀석도 북두당 안을 두리번거리며 시선을 불안하게 헤매고 있었다. 얼핏 보기에는 평정심을 가장한 듯했지만, 그의 얼굴에는 분명 당혹스러움과 두려움의 기색이 떠올라 있었다. 저 녀석도 이 북두당에 감도는, 말로 설명할 수 없는 무언가를 느낀 걸까.

"죄송해요."

마지막으로 기타호시는 깊이 고개를 숙인 뒤, 어딘가 곤란한 듯한 미소를 띠었다. 그리고 한 번도 뒤돌아보지 않고 서점 안으로 들어와 다다미방 안쪽으로 사라졌다.

기무라는 한동안 멍하니 그 자리에 서 있었다. 그러다 이내 혀를 차며 순간 증오가 스친 표정을 짓더니, 거친 발소리를 내며 역 쪽으로 떠났다.

그날 저녁, 마도카가 또 소설 원고를 들고 찾아왔다. 그 글을 읽은 마녀는 조금 울었다.

평소의 다름없는 저녁 식사와 한가로운 밤 시간이 끝난 뒤, 기타호시는 일찍 잠자리에 들었다. 불이 꺼진 어둠 속, 무료함을 느낀 나는 서점 안에 쌓아둔 책더미 위에서 몸을 말고 생각에 잠겨 있었다.

어김없이 두 다리로 돌아다니며 노트에 무슨 표식을 남기고 있던 루루가 나를 발견했다.

"너도 도와줄래?"

바보 같은 소리다. 농담이라는 건 알겠지만, 이 녀석은 똑같은 목소리에 늘 똑같은 말투라서, 농담인지 진담인지 매번 헷갈린다. 나는 대꾸 대신 다른 질문을 꺼냈다.

"오늘 낮에 마녀가 이 서점을 떠날 수 없다고 한 말, 그건 무슨 뜻이야?"

"전에 말했잖아. 저주라고. 책과 관계를 맺고, 책에 목숨을 바쳐야 하는 운명이야, 그 사람은."

"그 정도 설명으로 내가 납득할 수 있을 거라고 생각해?"

"그러니까 본인한테 직접 물어보라고 했잖아. 내가 말해봤자, 어차피 못 믿을 테니까."

"싫어. 절대 안 해. 그 대가로 내 이야기를 요구할 게 뻔하잖아."

"잘 알고 있네. 그런데 그게 뭐가 그리 불만이야? 얘기한다고 닳는 것도 아니잖아."

"그 사내와의 추억은 나만의 것이니까."

조금도 부끄러운 기색 없이 내가 그렇게 말하자, 의외였는지 루루는 "호오" 하고 감탄하는 소리를 냈다. 그러고는 킥킥 웃더니, 다시 책장을 둘러보다 바닥에 놓아둔 노트에 무언가 표시를 했다.

"뭐, 어때. 좋잖아!"

카운터 위에서 자고 있는 줄 알았던 카아가 어느새 깼는지, 내 쪽을 향해 비웃듯 말했다.

"넌 또 뭐야. 참견하지 말고 잠이나 자."

"아니거든. 방금 아주 좋은 꿈을 꿨단 말이야. 이렇게 기분 좋을 땐 얘기 좀 하게 해줘."

"꿈이라고?"

"뭐, 그건 지금 중요한 게 아니고. 중요한 건 말이지, 우린 마녀에게 정말 소중한 존재라는 거야. 그러니까 은혜 정도는 갚아도 되잖아?"

또 은혜 얘기다. 카아는 툭하면 은혜니 의리니 하는 소릴 꺼낸다. 북두당의 고양이들 중에서도 이 녀석이 기타호시에게 가장 헌신적이다. 루루를 따라 마녀와 저녁 반주까지 곁을 지킨 적도 있는 것 같은데, 참 별난 녀석이다. 나는 대꾸했다.

"멍청한 소리 마. 우리 고양이들이 영리해서 인간을 이용하는 거지, 갚아야 할 은혜 같은 건 없어. 이제 그만 좀 깨달으지 그래."

그러자 카아는 "잘도 그런 소리를 하네" 하고 고개를 들었다.

"쿠로. 넌 왜 그렇게 남을 믿지 못하는 거야? 너에게 이름을 지어준 주인과의 유대가 너무 강해서 그래? 아니면 전생에서 너무 많은 상처를 받아서 절망하게 된 건가?"

"얄팍하게 살아가는 너희 따위가 뭘 알겠어."

"그래, 확실히 너만큼 파란만장한 생을 살진 않았겠지. 하지만 네가 북두당에 온 지도 꽤 됐잖아. 이렇게 오래 같이 지내면서도 아직도 손익이나 우열 관계만 따지면서 우리나 마녀랑 같이 지내겠단 거야?"

나는 아무 대꾸도 하지 않았다. 루루는 마치 강 건너 불구경하듯 노트에 무언가를 계속 체크하고 있었다. 카아는 다시 입을 열었다.

"정이 깊어지면 소중히 여겨지게 돼. 소중히 여겨지면 다시 의리를 지키고 싶어지고. 인간과 반려관계란 그런 거야. 다정하게 군다고 손해 볼 건 없다고."

"순진한 소리 그만해."

"순진한 소리가 아니야. 이 서점에 발을 들인 순간, 우린 이미 평범한 고양이랑은 거리가 멀어진 거라고. 그런 곳에서 서로 도울 수 있는 관계를 쌓으면 더 살기 편해질 거야. 혼자서 외롭게 밥 먹는 것도 별로잖아."

"흥. 그건 나약한 인간들이나 할 법한 소리지."

"글쎄, 정말 나약한 건 과연 어느 쪽일까……. 아무튼 잘 생각해봐. 누군가를 위해 의리를 지키며 사는 것도 의외로 나쁘지 않아. 나는 오래전에 그런 의리를 한 번 지킨 적이 있어."

"의리?"

"그래. 꽤 기분 좋았어. 너한테도 추천할게."

카아는 그렇게 말하며 뭔가 깨달은 사람처럼 부드럽게 웃었다. 나는 고개만 살짝 들어 녀석의 눈을 똑바로 바라보았다.

"무슨 의리였는데?"

"흠⋯⋯. 그 얘길 하려면 나에게 진명을 지어준 주인 이야기를 먼저 해야겠군."

카아는 어딘가 아련한 눈빛으로 이야기를 시작했다.

"이름은 이나가키 다루호(추상적이고 탐미적 성향을 추구한 일본의 소설가)라고 했어. 근엄한 얼굴과는 어울리지 않게, 마치 소년 같은 사람이었지.

예술가 기질이 강해서 안타깝게도 그다지 잘 팔리는 작가는 아니었어. 보다 못한 스승이 내민 손길조차 뿌리치는 고집스러운 성격이었어. 그런데도 고양이에겐 한없이 다정했어. 원고지 위에서 자고 있으면 가만히 기다려주고 방석을 빼앗겨도 절대 방해꾼 취급은 하지 않았어. 내가 여름날 더위에 지쳐 있으면 하루 종일 곁을 지키며 보살펴주는 그런 사람이었지. 하지만 말이야, 그 사람은 평생 마음 속 어딘가에 죄책감을 품고 살았던 것 같아."

"죄책감?"

"어릴 적 새끼 고양이를 두 번 정도 죽인 적이 있었대. 고의였는지는 모르지만 저녁에 술을 마시다보면 그런 이야기를 흘리듯 중얼거렸어. 언젠가 기회가 된다면 꼭 속죄해야 한다고 말이야.

……그런데도 말이야, 나는 그 사람이 그렇게까지 괴로워해야 할 이유가 있다고는 생각하지 않았어. 한겨울, 고양이가 우물에 빠졌을 때도 아무 망설임 없이 뛰어들었을 정도였으니까. 그리고 나를 거둬들인 이후로는 정말이지 헌신적으로 보살펴줬어. 이런 말 하긴 그렇지만, 정말로 애지중지했지. 반찬도 항상 나한테 먼저 줬고, 가끔은 부인 몫까지 건네줄 때도 있었지. ……그 사람은 분명, 아주 오래전에 속죄를 끝냈을 거야. 그래서 난 그 사람이 바라는 건 뭐든 해주고 싶었고, 실제로 그렇게 했다고 생각해. 하지만 마지막 순간에 딱 하나 아쉬운 일이 생겨버렸어. 지금도 그게 마음에 걸려. 너도 다른 녀석들도 마녀랑 그렇게 이별하진 않았으면 좋겠어……."

카아가 이야기를 계속 이어가려던 바로 그때였다.

훅, 하고 코끝을 찌르는 냄새가 어딘가에서 퍼져왔다. 지독히도 달콤하고 유혹적이며 어딘가 몽롱한 향기였다.

마치 하늘에서 뚝 떨어진 듯 갑작스럽게 퍼진 그 향기에 나는 민감하게 반응했다. 몸을 일으켜 주위를 이리저리 살펴봤지만, 향의 근원은 알 수 없었다.

루루도 그 향을 감지한 듯 두 발로 걷던 걸음을 멈추고 제자리에서 빙글빙글 돌기 시작했다. 카아 역시 주위를 둘러보며 어딘가 불안한 표정을 지었다.

그 향기는 점점 내 머릿속 깊이 스며들어 도저히 평정심을 유지할 수 없게 만들었다. 방금 저녁을 먹었는데도, 묘하게 배가 고파졌다.

무언가 이상하다고 생각하면서도 우리는 마치 홀린 듯 그 향기를 따라 움직이기 시작했다. 그리고 곧 그 향기가 밖에서 스며들어오고 있다는 걸 깨달았다. 우리는 북두당의 뒷문을 열고 밖으로 나섰다. 그 순간 카아가 나직하게 중얼거렸다.

"뭐지, 이 냄새."

"모르겠어."

판단이 흐려졌다. 머릿속이 멍해져서 제대로 생각을 할 수가 없었다. 그런데도 본능이 우리 몸을 밀어 향기를 좇아 움직이게 했다.

밤길로 나서자, 향기는 더욱 선명해져 우리를 감쌌다.

결국 더는 참지 못하고 우리는 달리기 시작했다. 주변이 제대로 보이지도 않았다. 오직 향기만을 좇았다. 향이 더 짙게 퍼지는 쪽으로, 더 강렬한 방향으로.

그리고 마침내 냄새의 원천, 그 정수에 도달했다.

몸을 자제하기 힘들 정도로 기분이 들떴다. 제대로 몸을 제어하지 못하는 게 문제긴 했지만, 그런 혼란조차 금세 사라졌다. 그 냄새가 너무 달콤하고, 황홀하고, 감미로워서 도무지 견딜 수가 없다.

아아, 마녀는 어째서 지금껏 이런 걸 우리에게 주지 않았던 걸까.

"……너희들이 있으니까, 그 사람은."

남자의 목소리가 들렸다. 누구였더라.

아, 기무라다. 그 사실을 깨달았을 때는 이미 늦었다. 그는 손에 쥐고 있던 야구공 크기의 거즈 뭉치를 힘껏 움켜쥐었다. 빠직, 하고 견과류가 부서지는 듯한 소리가 났고, 동시에 그 짙고도 유혹적인 향기가 훨씬 더 강하게 퍼져 나왔다.

더 이상은 버틸 수 없었다. 아무 생각도 들지 않았다. 우리는 그저 본능에 따라 기무라의 손에 들린 그것을 빼앗으려 달려들었다. 발톱과 송곳니가 닿기 직전, 기무라는 그것을 땅바닥에 툭하고 흩뿌렸다.

우리는 그 냄새에 이끌려 달려들었다. 거즈 속에서 넘쳐나는 그것을 헤집고 정신없이 먹어치우려는 본능적인 충동은 도무지 억누를 수 없었다.

그렇게 한참을 취해 있던 중 문득 이 냄새의 정체를 떠올렸다. 이건 개다래였다. 아주 오래전에 단 한 번, 이 냄새를 맡은 적이 있었다. 그래, 그때도 이렇게 유인당했던 적이 있었다.

몇 번째 생의 기억이더라. 악덕 브리더Breeder(동식물의 번식을 전문적으로 다루며 품종 개발, 사육, 분양 등에 관여하는 직업)가 길고양이들을 모아 돈벌이에 이용하려 했던 그때였다······.'

기억이 수면 위로 떠오르는 순간, 나는 번뜩 정신을 차렸다. 차단되어 있던 빛과 소리, 감각들이 한꺼번에 쏟아져 들어왔다.

그와 동시에 들려온 건 카아의 처절한 비명이었다.

——기무라가 카아를 붙잡아, 그 가느다란 목을 서서히 그리고 무자비하게 조르고 있었다.

"짐승 주제에…… 전부 너희들 때문이야……!"

짜내듯 뱉어내는 분노의 목소리가 기무라의 입에서 터져나왔다.

카아는 온몸으로 저항하며, 앞발의 발톱으로 그의 손등과 손목을 몇 줄이고 긋고 있었다. 하지만 기무라는 힘을 늦추지 않았다. 작고 여린 고양이의 목을 어떻게 하면 끊어낼 수 있을지 손가락을 바꿔가며 힘을 주어, 마침내 카아를 죽이려 했다.

그때서야 내 몸이 겨우 움직이기 시작했다. 나는 온 힘을 다해 기무라의 손을 물었고, 그와 동시에 빠직, 하고 불쾌하기 짝이 없는 소리가 카아의 목에서 울렸다.

그 순간부터 내 기억은 군데군데 끊어졌다.

이번엔 기무라가 나와 루루에게 달려들었고, 아까 카아에게 그랬던 것처럼 우리 숨통을 끊어놓으려 했다. 겨우 정신을 되찾은 루루와 나는 간신히 그 손아귀를 피해가며, 몇 번이고 그의 팔과 얼굴에 날아올라 할퀴고, 물고, 상처를 입혔다.

내가 그의 귓불을 물어뜯고, 루루가 그의 목덜미를 발톱으로 깊이 그어내자, 기무라는 마침내 도망쳤다. 이제 두 번 다시는 북두당에 나타나지 않을 것이다.

……하지만 그게 무슨 소용이란 말인가.

카아는 더 이상 움직이지 않는데.

우리는 쓰러진 카아의 몸을 몇 번이고, 또 몇 번이고 핥았다. 혀끝으로 마지막 체온의 흔적을 되살려보려는 듯이. 하지만 카아는 미동조차 하지 않았다.

"냐아."

애타게 울며 녀석의 이름을 불러보았지만, 카아는 끝내 다시 움직이지 않았다.

그 신경질적인 사내와의 마지막 기억은 희미하다. 다만 병이 들어 시름시름 앓던 내가 그와의 이별을 몹시 슬퍼했다는 사실만은 또렷이 기억하고 있다.

임종이 가까워졌음을 직감한 나는, 초라하고 쇠약해진 모습을 그에게 보이는 것이 싫었다. 그래서 9월의 어느 날, 조용히 헛간 쪽으로 발걸음을 옮겼다. 나는 은근한 온기가 남아 있던 부뚜막 위에 몸을 뉘었다. 그리고 아무에게도 들키지 않고 조용히 숨을 거두었다.

내가 죽어가는 모습을 그 사내에게 보이는 건 괴로웠다.

영원한 잠에 빠진 내 얼굴을 바라볼 그의 표정을 너무도 선명하게 떠올릴 수 있었기에, 그것이 견딜 수 없을 만큼 고통스러웠다. 그래서 나는 누구의 눈에도 띄지 않는 곳에서 죽는 길을 택했다.

처음으로 누군가의 품 안에서 살아간 '세 번째' 생은 확실히 행복했다고 말할 수 있다.

그렇기에 너무도 자연스럽게 '네 번째' 생 또한 누군가의 집고양이로 살고 싶었다. 하지만 시대는 살벌했다. 공기마저 긴장감으로 가득 찬 거리를 떠돌며 나는 새로운 주인을 찾아 헤맸다.

그리고 마침내, 그 사내처럼 너무 가깝지도 너무 멀지도 않은 거리를 유지하면서도, 성미는 한결 온화한 남자의 집에 뛰어들어 신세를 지기로 했다.

그 남자의 이름은 료키치亮吉였다.

전생의 그 사내의 영향을 조금은 받았던 걸까. 하이쿠 시인을 자처하던 그가 나는 좋았다. 특별한 이유도 근거도 없이 그렇게 생각한 나는 그 집 처마 밑으로 뛰어들었고, 그렇게 이번에도 그 집에 머무는 데 성공했다.

하지만 다카하마 교수를 마음의 스승이라 떠벌이던 료키치는 불행히도 시인으로서도, 작가로서도 재능이 없었고, 덧붙여 어엿한 사내대장부라고 부르기에도 미숙한 인간이었다. 폐병을 앓아 당시 일본 남자라면 당연히 가는 군 복무조차 할 수 없었던 것이다.

미국이나 영국과 전쟁을 치르던 그 시절, 건강한 남자들이 전장으로 끌려가 나라를 위해 떳떳하게 죽어갔지만, 료키치는 여자나 아이, 노인들처럼…… 아니, 그들보다도 더 연약해 제대로 일조차 할 수 없는 인간으로 세상에서 소외된 채 살아가고 있었다.

그에겐 살아 있다는 게 고통스러운 일이었을 것이다. 그가 나를 기르기로 결심했던 것도 어쩌면 그 지독한 날들 속에서 자기 처지를 조금이나마 위로받고 싶었기 때문일지도 모른다. 처음 나를 데려와 다정하게 내 머리를 쓰다듬어주던 그 손길을 떠올릴 때면, 나는 그에게 연민을 느꼈다.

하지만 그런 개인적인 감상조차 허용되지 않던 시대였다. 총력전이라는 이름 아래 국가는 모든 것을 빼앗아갔다. 돈도 없고 먹을 것도 없고, 게다가 심각한 지병까지 안고 사는 인간에게는 고양이 한 마리 보듬을 마음의 여유조차 있을 리 없었다.

전황이 악화되고 사람들의 삶이 점점 황폐해질수록 나

의 존재는 료키치에게 더 이상 위안이 되지 못했다. 처음에는 따뜻하게 나를 맞아주던 그가 점점 나에게 화풀이를 하기 시작했다.

밥을 주지 않았다. 배가 고파 "냐아" 하고 울면 시끄럽다고 고함을 지르고 거친 손으로 마구 나를 때리기도 했다. 햇볕이 잘 드는 마당 한가운데서 졸고 있으면 "나 보란 듯이 일부러 그러는 거냐!"라며 성질을 부리면서 그릇이나 책을 내게 마구 집어던졌다.

어느 날, 무슨 이유에서인지 분노가 폭발한 그는 제정신이 아닌 얼굴로 일본도를 꺼내들더니 내 꼬리 끝을 잘라버렸다. 겁에 질려 장롱 위로 도망친 나를 올려다보며, 그제야 정신이 돌아온 그는 그 자리에 주저앉아 엉엉 울기 시작했다. 마치 어린아이처럼, 혹은 버려진 여인처럼.

"미안해, 미안해……."

그는 흐느끼며 몇 번이고 그렇게 중얼거렸고, 나는 그 순간만큼은 다시 한번 믿어보고 싶다고 생각했다. 그래서 나는 그 집에 남았고, 다시 함께 살아보기로 했다.

하지만 그로부터 일주일도 지나지 않아 료키치는 내 목을 조르려 했다. 기무라가 그랬던 것처럼.

……그럼에도, 나는 아직도 그를 불쌍한 인간이었다고

생각한다. 세상에게 외면당하고 자신에게 하이쿠 시인으로서의 재능이 없다는 현실을 뼈저리게 느끼면서도, 끝내 그 현실을 직시하지 못하고 도피만을 반복하던 그 남자를 나는 마음 깊은 곳에서 원망하고 미워할 수 없었다.

하지만 날마다 생명의 위협을 느끼는 상황이 이어지자, 더 이상은 견딜 수 없었다. 나는 마침내 한계에 다다랐고, 완전히 실의에 빠져 그 집을 뛰쳐나왔다.

료키치와 헤어진 지 사흘째 되던 날, 하늘 위로 B-29 편대가 날아들었고, 도쿄는 순식간에 불바다로 변했다.

나는 폭풍 같은 폭격과 화염에 휩싸인 채, 어디가 어딘지도 알 수 없는 도쿄의 불타버린 폐허 위에서 또다시 죽음을 맞이했다.

미동도 없는 카아 곁에서 우리는 그저 울부짖는 것밖에 할 수 없었다.

움직이지 못하게 된 몸은 너무도 무거웠고, 나와 루루 둘만으로 죽은 카아의 몸을 물고 끌고 북두당까지 데려가는 건 도저히 불가능했다.

루루가 기타호시를 데리러 북두당으로 달려갔다. 그들이 돌아올 때까지 나는 아직 미약하게나마 온기가 남아 있는 카아의 곁에 앉아 "냐아, 냐아" 하고 하염없이 울 뿐이었다.

문득 료키치가 떠올랐다. 그도 기무라처럼 마음이 약한 인간이었던 걸까? 어찌할 수 없는 현실에 대한 분노나 질투를 자기보다 더 약한 존재를 상처 입히는 방식으로밖에 달랠 줄 모르는 인간들.

본질은 놓치고 방황하며, 헛되고 무의미한 짓을 반복한다. 자신 안에 그려놓은 이상적인 자아만을 끊임없이 좇다가 현실이라는 벽에 부딪히면, 그 이상을 지키기 위해 도리어 현실을 부숴버리는 것이다.

아아, 이 얼마나 이기적인 인간들인가. 어쩌면 이렇게도 비열하고 어리석을까.

현실을 살아가는 몸을 지닌 이상, 어딘가에선 타협하고 어딘가에선 포기하고, 그저 적당히 흘려보내며 살아갈 수밖에 없는 법인데. 폭풍우처럼 마음속을 휘몰아치는 이 감정을 나는 도대체 어떻게 해야 할까.

이 분노를 어디에 쏟아야 할지도 모르겠다. 그저 멍한 분위기와 느긋한 말투로 우리를 당황하게 만들고, 기타호시를 언제나 웃게 해주던 카아의 모습만이 자꾸만 머릿속을 맴돌았다.

이제는 꿈쩍도 하지 않는 카아의 몸에 내 모습을 겹쳐 보며 어떻게든 마음을 진정시키려 애썼다. 행복하게 살아가는 것보다 비참하게 죽음을 맞는 쪽이 나에게는 더 익숙했으니까.

얼굴이 하얗게 질린 채 루루와 함께 달려온 기타호시는 움직이지 않는 카아 앞에 무릎을 꿇고 하염없이 눈물을 쏟았다. 카아의 몸을 조심스럽게 끌어안고 웅크린 채 소리 없이 오열했다.

"기무라가 한 짓이야. 그자는 다시는 이곳에 나타나지 않을 거야."

나와 루루는 이 모든 일이 그자의 소행임을 전했다. 기타호시는 아무 말도 하지 않았다.

이 일을 세상에 알릴 수는 없었다. 고양이의 말을 믿어줄 인간은 이 마녀 제외하고는 어디에도 없으니까. 기무라의 모습을 본 사람이 아무도 없다면, 그녀가 무슨 말을 해도 아무도 믿지 않을 것이다.

기타호시는 기무라와 거리를 두고 있었기에 그의 주소도, 연락처도 알지 못했다. 우리가 할 수 있는 건 죽은 고양이를 정중히 애도하는 것. 그저 그것뿐이었다.

분했다.

그래도 나는 나대로 곧 체념하고 말았다.

인간이란 원래 그런 존재라고, 지금껏 수많은 고난을 겪으며 그렇게 이해하게 된 것이다. 카아는 그저 운이 없었을 뿐이다. 그렇게라도 생각하지 않으면 견딜 수 없었다. 수없이 인간에게 실망하고, 비참한 죽음을 반복하면서 나는 그렇게 생각하게 되었다.

하지만 기타호시는 과연 그럴까. 그녀는 조용히 장례를 치르고, 정성스럽게 화장해 카아의 유골을 묘원에 안치했다. 카아의 불행은 그걸로 마무리되었다. 하지만 기무라에게 분노를 퍼붓지도 못한 채, 그저 베개를 적시는 것만으로 이 마녀는 정말 견딜 수 있을까.

"카아는 어디론가 훌쩍 떠나버렸어."

기타호시는 마도카에게 그렇게만 전했다. 그녀의 목소리는 조금 떨리고 있었지만, 소녀는 아직 그 떨림의 의미를 헤아리지 못하고 조금 풀이 죽은 얼굴을 했다. 그러나 곧 천진한 목소리로 물었다.

"곧 돌아오겠죠?"

"그러게……. 응, 다시 돌아올 거야."

"고양이를 찾습니다, 하고 전단지를 만들까요? 저도 도울게요."

씩씩하게 대답하는 마도카의 눈을 바라보는 기타호시의 입술 끝이 살짝 떨렸다. 하지만 그래도 미소를 지으며 의연하게 말했다.

"아니야, 괜찮아. 분명 금방 돌아올 거야. 똑똑한 아이니까……."

카아가 말했던 은혜를 갚는다, 상냥하게 대한다는 말을 떠올렸다.

이 어린아이가 더 이상 슬퍼하지 않도록 애써 강한 척하며 버티고 있는 이 여자를 조금이라도 위로해줄 수 있다면, 그 정도는 내가 해줘도 괜찮겠지.

그런 생각이 들었다.

마도카가 가져오는 소설은 처음엔 고작 열 장 남짓이었지만, 이제는 어느덧 원고지로 쉰 장 안팎으로 늘어났다. 문체는 점점 성숙해졌고, 표현도 한층 풍부해졌다.

오늘도 기타호시는 그 원고를 읽고 한바탕 눈물을 닦더니, 카운터 의자에 앉아 멍하니 서점 밖을 바라보고 있었다. 그 옆에서 나와 치비는 나란히 앉아 그녀가 내려놓은 마도카의 원고를 조용히 읽고 있었다.

그때였다. 기타호시가 불쑥 입을 열었다.

"스물일곱."

"응?"

"지금까지 나는 스물일곱 마리의 고양이와 함께 지내고, 스물일곱 번의 이별을 겪었어. 하지만 노환도 병도 사고도 아닌 죽음은 이번이 처음이야."

카아를 말하는 건가. 나는 그렇게 짐작하며 원고에서 고개를 들어 기타호시를 바라보았다. 무표정에 가까운 얼굴에서는 그녀가 지금 무슨 생각을 하고 있는지 도무지 읽어낼 수 없었다.

"어떻게 하면 좋을까?"

기타호시는 고개를 돌려 내 쪽을 바라보며 물었다.

하지만 나는 아무 말도 할 수 없었다.

"기분 전환이라도 해보면 어때요?"

치비가 별 생각 없이 툭 내뱉었다. 바보 같은 녀석. 그렇게 생각했지만 입 밖에 꺼내진 않았다. 나는 기타호시의 반응을 살폈다. 그녀는 힘없이 웃으며 "그러게" 하고 느릿하게 대답했다.

"카아는 말이지, '두 번째' 생에서 주인을 대신해 죽었어."

그러고는 아주 먼 옛날을 떠올리듯 기타호시는 천천히 이야기를 시작했다.

……얘기를 들어보니, '두 번째' 생을 받았을 때 카아는 그날 밤 이야기 속에 나왔던 이나가키 다루호라는 남자에게 길러졌다고 한다. '카아'라는 이름도 그때 받은 진명이었다. 이름 그대로, 그 남자에게 무척 귀여움을 받으며 살았다고 한다. 그 남자가 품고 있었던 죄책감에 대해서도, 마녀는 카아가 들려준 내용과 비슷한 이야기를 꺼냈다. 하지만 그다음 마녀가 들려준 건 그날 밤 끝내 내가 듣지 못한 이야기의 결말이었다.

카아의 '두 번째' 생은 화재로 막을 내렸다.

부부가 외출한 사이 집에 불이 났고, 카아는 그 불길에 휘말려 목숨을 잃었다. 창문이 열려 있었음에도 녀석은 도망치지 않았다고 한다. 나이도 있었던 만큼 미처 빠져나오지 못한 게 아닐까, 하는 결론이 났다고 한다.

"가족들은 카아가 자신들을 대신해주었다고 증언했다고 해. 하지만 다루호는 결코 자신이 용서받았다고는 생각하지 못했을 거야……. 그토록 마음을 나누었던 고양이였는데."

과거의 실수로 인해 죽게 만든 고양이. 자신의 손이 닿지 않는 곳에서 홀로 죽음을 맞이한 사랑하는 존재.

그 남자가 얼마나 진심으로 고양이를 아꼈는지는, 카아의 이야기만으로도 충분히 절절하게 전해졌다. 녀석이 그를 진심으로 그리워했다는 것도 충분히 알 수 있었다.

그런데도 끝내 뜻하지 않은 모습으로 헤어지고 말았던 한 사람과 한 마리 고양이.

"너도, 다른 고양이들도, 마녀와 그렇게 이별하진 않았으면 좋겠어……."

그날 밤, 카아가 했던 말을 떠올렸다.

이번만큼은 그 말을 코웃음치며 넘길 수도, 대충 흘려보낼 수도 없었다. 그렇다고 고개를 끄덕이며 순순히 받아들일 수도 없었다. 가슴 어딘가에는 여전히 이해되지 않는 감정이 덩어리처럼 남아 있었다. 그래서 나는 결국 참아오던 마음을 조용히 중얼거리고 말았다.

"왜 그렇게까지……."

어떻게 그렇게까지 인간을 위할 수 있는 거지? 내 혼잣말에, 곁에 있던 키누가 무심하게 대답했다.

"그렇게라도 해주고 싶었던 거겠지. 주인을 위해서……. 너는 아직 알 수 없을 거야. 너무 고달픈 삶만 살아온 탓에, 주종 사이의 사랑이란 게 뭔지도 대답조차 떠오르지 않겠지?"

그 말에 내 안에서 또 다른 분노가 솟구쳤다.

주종의 의리를 다하는 관계란, 결국 한쪽의 죽음을 미화해야만 완성되는 걸까.

그런 전생이 있었기에 녀석은 북두당에 초대되었고, 그 죽음을 재현하듯이 지금 또다시 희생되었다는 것인가. 기타호시를 구하기 위해서.

기타호시는 그런 걸 원하지 않았는데도.

애정이라고? 웃기지 마라. 누구에게 그런 걸 줄까보냐.

누군가를 위해 살고 누군가를 위해 죽다니, 그런 건 딱 질색이다.

이제까지도 그랬고, 앞으로도 그 사내 외에 마음을 허락할 생각은 털끝만큼도 없다. 수염 한 올만큼도.

나는 말없이 마녀와 다른 고양이들을 노려보다가, 카운터에서 휙 하고 뛰어내려 서점 밖으로 나왔다.

──누군가를 위해 죽으라고?

그렇다면 카아는 애초부터 죽기로 정해진 운명이었다는 건가? 기타호시를 대신해서?

카아의 죽음이 하늘의 뜻이었다고, 그저 정해진 운명이

었다고 스스로를 아무리 달래보려 해도, 그 부조리함과 불합리함은 조금도 사라지지 않았다. 내 안에서는 여전히 분노의 감정이 소용돌이치고 있었다.

무슨 일이 생기면 그 책임을 우리에게 떠넘기고는 그걸로 자기 위안이나 삼는 인간들. 그런 이기적인 존재들의 희생물로 살아가는 삶은 딱 질색이다.

나는 결코 그런 존재가 되고 싶지 않다.

다음 날부터였다. 지금까지는 적당히 거리를 유지하며 간섭하지 않던 기타호시가 때때로 내게 다가와 갑자기 몸을 쓰다듬기 시작했다.

카아가 사라진 허전함을 내게서 대신 채우려 한다는 걸 바로 알 수 있었다. 그래서 나는 그런 건 곤란하다고, 내 입장에선 드물게 공손하지만 단호하게 거절했다. 처음엔 기타호시도 이해했다는 듯 물러갔지만, 일주일쯤 지나자 또다시 나를 만지려고 했다.

"상대가 싫다고 하는 걸 계속 시도하는 건 가장 쉽게 미움받는 행동이란 걸 모르나?"

나는 단호하게 타일렀고, 기타호시는 어깨를 축 늘어뜨린 채 다른 고양이를 쓰다듬으러 갔다. 그 모습을 보고 있자니, 괜히 내가 나쁜 짓이라도 한 것처럼 느껴져서 기분이 썩 좋지 않았다.

벚꽃이 완전히 지고, 장마철에 접어든 뒤에도 기타호시는 내 쪽을 자주 신경 쓰는 눈치였다. 그래도 다행히 내 말과 자신의 이성 사이에서 아슬아슬하게 균형을 잡고 있는지, 실제로 손을 대려 하지는 않았다. 그 어색함이 신경 쓰이긴 했지만 연일 내리는 비 속에 굳이 바깥으로 나가고 싶지도 않아, 다른 고양이들과 함께 나란히 누워 자는 걸 일과로 삼게 되었다.

그러던 어느 날, 눈을 감고 있는데 곁에 있던 키누가 조용히 속삭이듯 말을 걸었다.

"이제 좀 마음을 열어보는 건 어때?"

"쓸데없는 참견이야."

"저 사람도 외로운 거야."

"내 알 바 아니지."

"너, 여기 온 지 몇 년째지? 저 사람 속이 생각보다 훨씬 더 아이 같다는 거, 지금쯤은 알고 있을 텐데? 혼자 힘으로 쉽게 일어설 만큼, 그 사람은 그렇게 강한 어른이 아니야."

그 말에 나는 어처구니가 없어 한숨이 나왔다. 실제로 한숨을 쉰 건 오히려 키누 쪽이었지만.

"전에 한 번 물은 적 있지만, 너, 아이는 있었어?"

"있었던 생도 있었지. 하지만 말했잖아, 자식에 대한 애착 같은 건 없어."

"그 아이를 잃었을 때는?"

"……나는 자식을 키우지 않았어."

"그래도 말이야, 그 아이가 네 눈앞에서 죽었다고 생각해봐. 그 조그만 가슴속이 어떤 기분이 들까?"

모르겠다. 그런 말을 들어도, 나로선 그걸 상상하거나 헤아려볼 수가 없었다.

아무 말 없이 가만히 있는 나를 오해한 건지 키누는 마치 나를 위로라도 하듯 내 머리를 핥는다.

평소 같았으면 "그만둬"라고 투덜거리며 밀쳐냈겠지만, 지금은 아무 말도 하지 않고 그냥 내버려두었다.

변덕일 뿐이다. 이건 그냥 내 변덕이다.

그렇게 스스로를 타이르면서 나는 예전보다 기타호시와 더 자주 말을 주고받게 되었다.

그렇다고 해도 하루에 두세 마디가 고작이다. 그래도 며칠에 한 번 입을 열던 예전과 비교하면, 나로선 꽤 수다스러워진 셈이었다.

버드나무처럼 들떠서 팔랑거리던 마녀의 언행도 원래대로 돌아갔다. 물론, 아직도 가끔 외로워 보이긴 했지만.

죽은 이와의 추억을 언제까지고 붙들고 살아야 할 이유는 없다. 슬픔에서 빠르게 벗어나는 게 나은 건지, 천천히 회복하는 게 옳은 건지, 그건 고양이인 나로선 모르는 일이다. 그리고 그런 걸 굳이 판단하려 들 생각도 없다. 다만 요즘 마녀가 유독 창밖을 자주 신경 쓰고 있다는 게 조금 신경 쓰였다. 그래서 그 이유를 물었다.

"또 새로운 아이가 올 것 같은 기분이 들어서."

그 말을 듣고, 내가 처음 이곳에 왔던 날을 떠올렸다. 그러고보니 이 여자는 마치 내가 올 걸 알고 기다리고 있는 듯한 분위기였다.

마녀가 안경을 벗는다. 안경줄 끝에 매달린 술잔 모양의 펜던트가 가슴께에서 가볍게 흔들렸다.

그리고 그녀는 의자에 몸을 기댄 채, 멍하니 서점 밖 도로를 바라보았다.

——그리고 어느 해 여름의 일이었다.

작열하는 태양빛이 아스팔트를 지글지글 태우는 바깥은 화상을 입을 것 같아 더 이상 나다닐 수가 없었다. 매년 이

맘때면 어김없이 여섯 장짜리 다다미방에 깔린 냉감 시트를 네 마리 고양이들이 서로 차지하려고 치열한 쟁탈전을 벌이는 날들이 계속된다.

"시트는 충분하잖아."

그렇게 타이르는 기타호시는 우리 고양이들의 사정을 전혀 이해하지 못한다. 시원한 바람이 지나가는 자리는 한정되어 있고, 그곳은 곧 최고의 명당인 것이다. 한 대뿐인 선풍기를 독차지하고서 만족스러워하는 인간 여자가 우리 고양이들의 고충을 어찌 알겠는가.

그런 무더위 속에서도 본능을 자극하는 장난감의 유혹에 이끌려 나와 치비는 기타호시와 함께 어리석게 뛰어놀고 있었다.

그때였다. 마도카가 보름 만에 북두당에 모습을 드러냈다.

2년 반 가까이 입었던 중학교 교복은 이제 앳된 소녀의 티를 거의 벗어낸 그 아이의 몸에 제법 잘 어울리게 되었다. 가늘고 희고 긴 팔로 원고가 든 클리어파일을 꼭 끌어안고 있는 모습만이, 예전의 어린 소녀와 지금 내 눈앞에 선 이 아이를 같은 존재로 이어주는 유일한 끈처럼 느껴졌다.

뒤로 높게 묶은 머리카락은 눅눅한 습기와 더위 탓에 조금 흐트러진 듯 엉켜 있었다.

"어서 와."

집에 돌아온 것도 아닌데, 기타호시는 그렇게 인사를 건넸다. 그만큼 마도카는 이미 북두당의 가족이나 다름없는 존재가 되어 있었다.

"다녀왔습니다."

그 아이 역시 자연스럽게 대답했다.

"학원 갔다오는 길이야?"

"아뇨, 학교위원회 일이 있어서요."

"아아, 그러고보니 이제 슬슬 여름방학도 끝나가겠네. 입시 공부도 점점 본격적으로 들어가는 거겠지?"

"사실 저, 고등학교는 추천 전형이에요. 빠르면 9월에 결과가 나올 거예요."

"그래? 잘됐네. 그럼, 다시 소설도 쓸 수 있겠구나."

기타호시가 환한 미소로 그렇게 말하자, 마도카는 순간 긴장한 듯 얼굴이 굳어졌다. 발밑에 바싹 다가와 있던 루루와 키누를 쓰다듬던 손을 거두고, 천천히 몸을 일으켜 기타호시와 정면으로 마주 섰다. 그런 마도카의 변화된 태도를 기타호시가 눈치챘는지는 알 수 없다. 그녀는 지난번 그 아이가 가져온 원고에 대한 감상을 전하려고 카운터 너머에서 원고를 꺼내 들었다. 그와 동시에 마도카가 결심한 듯 입을 열었다.

"저, 저기! 상담 드릴 게 있어서요."

"응, 그래."

기타호시는 미소를 지은 채 차분한 목소리로 대답하며 자세를 바로 하고 그 아이의 말을 기다렸다.

지금까지 언제나 밝고 생기 넘치던 마도카였지만, 그 순간만큼은 어딘가 차분하고 조금은 주저하는 듯한 표정이었다. 말을 잇지 못한 채 불안한 눈빛만 가득했다. 평소라면 무심한 태도를 유지하던 나도 다른 고양이들도 모두 말없이 그 아이를 바라보았다. 잠시 뜸을 들이던 마도카가 마침내 입을 열었다.

"저, 작가가 되려고 해요."

그 말을 듣는 순간, 내 머릿속에는 오래전 그 사내의 뒷모습이 떠올랐다.

책상다리를 하고 앉아 구부정한 자세로 펜을 움직여 이름 없는 고양이의 이야기를 써내려가던 사내. 삶에 꼭 필요한 일은 아니었지만, 그것이야말로 자신의 삶을 지탱해 주는 전부인 것처럼 무척이나 소중히 여겼던, 신경질적인 사내.

——이 아이도 그 사내와 같은 길을 가려는 걸까.

기타호시는 가만히 마도카를 바라보았다.

소녀도 마찬가지로 기타호시를 똑바로 응시하고 있었다. 그리고 약간 떨리는 목소리로 말을 이었다.

"자꾸 넘쳐흘러서 멈출 수가 없어요! 그러니까, 뭐랄까…… 글을 쓰고 싶다는 마음이 너무 강해져서 이젠 정말 이 길밖에 없다는 생각이 들어요. 그게 멈춰지질 않아요. 그, 있잖아요, 자기 자신을, 그……."

어떻게 표현해야 좋을지 몰라 두 손을 허공에 휘젓는 마도카를 향해 기타호시가 부드럽게 말을 받아주었다.

"자신을 표현할 수 있는 수단이 소설밖에 없는 것처럼 느껴진다…… 그 말이지?"

그 말을 듣자마자 마도카는 얼굴을 번쩍 들고, 눈을 반짝이며 몇 번이고 고개를 세차게 끄덕였다.

"맞아요, 바로 그거예요! 제가 생각하고 있는 것들, 제가 보고 있는 것들, 예쁜 걸 보고 느낀 감동, 얼마나 슬펐고 괴로웠는지, 무엇이 얼마나 소중한지를, 제가 전하고 싶은 것들을 가장 잘 전할 수 있는 수단이 이젠 이야기밖에 없다는 생각이 들어서요……."

말투에는 여전히 미약한 망설임이 남아 있었지만, 그 아이는 고개를 들고 확고한 결의를 담은 눈빛으로 선언했다.

"이젠 소설을 빼앗기면 내 안에는 아무것도 남지 않을 것 같아요."

"마도카, 알려줄게. 그건 말이야…… '저주'라고 해."

기타호시는 어딘가 연민이 서린, 그러나 한없이 다정한 목소리로 말했다. 마치 예전의 어린 자신을 바라보는 듯한 고요한 눈빛으로.

"이야기를 짓는 저주. 무언가를 창조하지 않고는 견딜 수 없게 되는 저주. 그걸 잃게 되면 마음의 버팀목까지 잃고 말 수도 있는, 어쩌면 인생 전체를 걸어야만 하는 저주야. ……그래도 쓰고 싶어?"

그 물음에 마도카는 조금의 망설임도 없이 대답했다.

"쓰고 싶어요……. 소설을 더 잘 쓰고 싶어요."

그것이 그 아이가 스스로 선택한 말이자 결심이었다.

"알겠어."

마녀는 그렇게 단호하게 대답하고 부드럽게 미소 지었다.

[5장]

기억을 읽는 책장

🐾

"우리 집의 작은 호랑이 고양이는
벽난로 옆에서 깊이 잠들어 있다.
가끔 창밖의 바람과 눈을 바라보는 그 모습을 보고 있노라면,
마치 근엄한 철학자를 보는 듯하다.
어쩌면 전생에 수도승이 아니었을까,
문득 그런 생각이 들곤 한다."

—에밀리 디킨슨

아이는 질색이다. 그나마 지금은 마도카라는 소녀를 오래 지켜보며 많이 나아지긴 했다. 하지만 확실히 말해두자면, 그 애를 만나기 전까지는 아이들이 정말 싫었다.

　내가 '다섯 번째' 생을 살았던 건 고도 경제성장기의 끝자락이었다.

　그 시대에 대해 특별한 감상은 없다. 전쟁을 하던 시절과 다를 것도 없이 인간들은 여전히 악착같이 일했다. 아니, 오히려 더 분주하게 뛰어다니며 돈을 벌고, 빌딩을 세우고, 거리를 눈부시게 꾸몄다.

　폭격에 휘말려 몸이 산산조각 났던 전생을 지나 다시 태어난 삶이 이렇게 찬란하다니, 처음엔 당황스러울 수밖에 없었다. 자동차가 거리를 가득 메우고, 공기도 물도, 무엇보다 인간들마저 지독히 오염되어 있었기에 이번 생에서는 인간과 엮이지 않는 편이 낫겠다고, 조용히 결론을 내렸다. 그 결정에는 료키치 때문인지, 인간에 대한 일말의 두려움도 있었다.

게다가 그 시절의 인간들은 예전만큼 길고양이에게 쉽게 정을 주지 않았다. 물론 여전히 쓰레기를 뒤지며 소란을 피해 살아가는 더러운 길고양이를 가끔 귀여워하는 이들도 없진 않았지만, 그런 마음의 여유를 가진 사람은 극히 드물었다. 세상은 길거리의 개와 고양이에게 점점 냉혹해지고 있었다. 내가 사랑받던 그 옛날처럼 따뜻한 시선을 건네는 인간은 이제 거의 사라져버렸다.

 전쟁의 추악하고 끔찍했던 기억을 지우기라도 하듯, 인간들은 앞뒤 가릴 것 없이 일에 몰두했다. 불타버린 수도를 다시 세우기 위해 안간힘을 쓰는 모습도 있었다. 그 노력만큼은 인정한다.

 하지만 아이러니하게도 그들의 마음은 전쟁터에 있을 때보다 더 궁핍해보였다. 잃어버린 것을 되찾으려고 안간힘을 쓰는 게 때때로 안쓰럽게 느껴질 정도였다.

 자신과 가족의 행복을 위해 스스로의 수명을 갈아 넣듯 일하고, 그 대가로 얻은 경제 성장을 미담처럼 떠들어댔다. 하지만 내 눈에는 그저 메이지 이후 부국강병을 외치던 시절과 다를 바 없는, 허울 좋은 구호로만 보였다.

 인간의 생활권에서 한발짝 물러나 그들을 관찰하며, 그 사회 구조를 어렴풋이 깨닫게 되었을 무렵부터였다. 내 안에 남아 있던 인간에 대한 흥미와 호기심이 서서히 식어갔다. 언젠가는 누군가와 함께 살아가고 싶다는, 막연했던 소망도 점점 사라져버렸다.

무엇보다 견딜 수 없었던 건, 그들이 지나치게 오만해졌다는 사실이었다.

나는 인간의 품격이라는 것에 대해 왈가왈부할 생각은 없다. 하지만 돈으로 사람을 굴복시키고, 상대를 조종해 자기 뜻대로 일을 끌고 가는 모습을 몇 번이고 보고나면, 아무래도 품성이 비열하다는 생각을 떨칠 수 없었다. 그들과 어울릴 수 없다는 결론은 아주 자연스럽게 찾아왔다. 게다가 전쟁에서 살아남은 군부의 관리들과 재벌들이 뻔뻔하고 태평하게 살아가는 세상이 아닌가. 모순과 불합리를 떠안은 채 풍요를 꿈꾸며 또다시 마차를 끄는 말처럼 몸을 혹사당하는 대다수의 국민들. 그들의 마음은 점점 더 황폐해지고 있었다. 내가 그들을 싫어하게 된 것도, 어찌 보면 지극히 당연한 흐름이었다.

그들이 남긴 상처를 고스란히 짊어진 건 결국 평범한 인간들이었다. 그들은 오늘도 풍요라는 허상을 좇으며 등골이 휘도록 일하고 있었다. 내가 인간을 미워하게 된 것도 어쩌면 너무도 자연스러운 흐름이었는지도 모른다.

달라진 건 아무것도 없었다. 총칼과 폭탄이 돈으로 바뀌었고, 교활함은 더욱 가속이 붙었다. 누군가를 위해 애쓰다 몸이 망가질 때까지 일하고, 결국엔 소진되어갔다. 전쟁 중에도, 전쟁이 끝난 뒤에도, 내 눈엔 별반 다를 게 없어 보였다.

인간은 우리 고양이처럼 어느 시대든 변함없이 우아하고 지혜로운 존재가 아니라는 걸, 나는 점점 깨닫기 시작했다. '네 번째' 생에서 그토록 지독한 일을 당했는데도, 그 전까지 나는 여전히 인간을 믿어보려 애쓰고 있었다. 그런 마음을 품게 된 이유를 거슬러 올라가다보면, 역시 그 사내에게 다다르게 되었다. 그는 고양이와 인간이 함께 살아가는 시간의 소중함을 가르쳐주었고, 그 기억은 내 안에 깊이 각인되어 좀처럼 지워지지 않았다.

그날 저녁에도 나는 동네 악동들이 자주 모이던 공터 배수로 안에서 졸고 있었다. 소란스러운 소리가 들려오고 있었기에 경계는 하고 있었지만, 졸음을 이기지 못하고 꾸벅꾸벅 졸고 있던 참이었다.

"야, 고양이다!"

한 아이가 그렇게 외치며 거칠게 내 꼬리를 잡고 배수로에서 끌어내려 했다.

갑작스러운 폭력에 당황하고 두려워진 나는 필사적으로 도망치려 했다. 앞발을 마구 휘둘러 놈의 팔과 얼굴을 세게 할퀴었다. 고양이라면 당연한 저항이었지만, 놈은 그걸 받아들이지 못한 모양이었다.

격분한 아이는 "병균 덩어리 주제에!"라는 모욕을 퍼부으며 친구들과 함께 나를 마구 두들겨 패기 시작했다.

주워든 굵은 나뭇가지와 커다란 돌로 나를 몇 번이고 내려쳤다. 머리뼈가 산산이 부서져 더는 움직일 수 없게 되자, 놈들은 근처 강으로 내 몸을 내던지고는 각자 집으로 돌아갔다. 버려진 내 몸은 공업 폐수로 오염된 물속에 가라앉았고, 나는 그곳에서 또 한 생을 마감했다.

당시 대부분의 악동들이란 대체로 다 이런 식이었다. 하필 그날 내가 만난 놈들이 유독 잔혹했을 뿐이다.

불합리하고 부조리했다. 마치 일방적으로 폭탄을 투하하고 유유히 사라지는 폭격기와 다를 바 없는, 그런 폭력이었다. 하지만 내 묘생은 원래부터 그런 일들의 연속이었다. 그래서였을까, 이 무렵부터 나는 어느 정도 체념에 가까운 마음으로 살아가게 되었다. 그리고 마침내, 나는 인간에게 품고 있던 과도한 기대를 거두기로 했다.

그 녀석은 나처럼 가을이 깊어갈 무렵 북두당에 나타났다.

기타호시가 서점 앞에서 낙엽을 쓸고 있는데, 좌우로 움직이는 빗자루를 사냥감처럼 쫓으며 그늘 속에서 고양이 한 마리가 불쑥 튀어나왔다.

하얀 털을 가진 그 녀석은 처음엔 나처럼 기묘하고 정체를 알 수 없는 마녀를 경계하며 한참을 거리를 두었다. 하지만 맛있는 밥을 얻을 수 있다는 걸 깨닫자, 어이없을 정도로 쉽게 북두당을 받아들였다. 게다가 자신의 진명마저도 냉큼 알려주었다.

그 고양이의 이름은 '지이노'였다.

처음엔 너무 쉽게 적응하는 걸 보고 역시 경험 부족에서 비롯된 성급함인가, 생각하기도 했다. 하지만 곧 알게 되었다. 지이노는 자신이 얼마나 사랑스러운 존재인지를 누구보다 잘 알고 있었다. 그리고 그것을 확실한 무기로 삼아, 고양이라는 생물이 인간 사회에서 어떤 이미지로 소비되는지도 정확히 파악하고 있었다. 꽤나 강인하고 영리하게 세상을 살아가는 고양이였다. 북두당에 금세 녹아드는 유연한 모습을 보면, 여전히 혼자만의 고집을 버리지 못하는 내가 오히려 바보처럼 느껴질 정도였다.

그래서 괘씸했다. 왜 그 녀석은 오자마자 응접실 한가운데서 벌렁 드러누워 낮잠을 잘 정도로 뻔뻔할 수 있는 거지? 야성은 어디로 간 거냐, 야성은.

선배티를 내고 싶은 치비는 몸이 달아 그런 지이노에게 한껏 잘난 척하며 훈계를 늘어놓았다.

"선배인 나한테는 예의란 걸 좀 지켜야 하지 않겠어? 장유유서!"

"에이, 그렇게 딱딱하게 굴 거 없잖아요. 우리 귀여운 애들끼리 사이좋게 지내요."

"어, 그래……."

바보 같은 치비는 그렇게 뻔히 보이는 아부 한마디에 홀랑 넘어가버렸다. 도대체 언제쯤 어른이 될 생각인지. 기가 막힌 나는 일부러 지이노와 거리를 두기로 했다.

그 후에도 지이노는 틈만 나면 주변을 상대로 아양을 부렸다. 상대가 고양이든 기타호시든 상관없이, 마치 애교를 전염시키듯 품에 파고들며 온기를 탐했다. 그 아양의 정점은 기타호시에게 조를 때 터져나왔다.

"주인니이임……, 나 화로 갖고 싶어요. 지금 당장 사주면 안 될까요?"

"화로?"

"응! 화로 너무 좋아요. 난 추운 건 진짜 딱 질색이라."

"우리 집에는 이미 탁상 난로가 있잖아."

"전기 제품 말이죠? 그런 건 잘 몰라서 싫어요."

정말이지, 제멋대로인 녀석이었다.

하지만 졸라대는 데 천부적인 재능이 있는 지이노는 결국 기타호시에게 화로를 받아냈다. 묘하게 뜨거운 데다가, 가까이 붙지 않으면 별 도움이 되지도 않고 무슨 조각상처럼 자리만 많이 차지하는 물건을.

지이노는 그 화롯가에 앞발을 얹고 "후우—" 하고 숨을 내쉰 뒤 느긋하게 낮잠을 청했다.

기타호시도 서점과 응접실 사이에 화로를 놓고는 "이게 더 따뜻하네" 하며 흐뭇해했다. 덕분에 평소에 쓰던 전기 난로는 꺼져버렸고, 나와 루루는 꽤 불만스러운 상태였다. 그런 우리를 보고 마녀는 싱글싱글 웃으며 "이리 와" 하고 담요를 덮은 무릎을 툭툭 두드렸다. 쳇, 건방지기는.

한편, 지이노는 갈수록 기고만장해졌다.

"이거 진짜 좋죠? 최고죠? 냐하하하! 예전에도 여기다 앞발 얹고 잘 잤거든요. 그러면 식구들이 '귀여워, 귀여워'

하면서 날 칭찬해줬단 말이죠. 진짜 최고였어요! 뭐가 좋았냐면요……."

시끄러워. 조용히 불이나 쬐고 있으라고.

그 말이 입 밖으로 튀어나오기 직전이었다.

그 후에도 지이노는 밥의 질감이며 물의 온도, 잘 때 덮는 담요의 감촉까지 하나하나 주문을 붙이며, 은근슬쩍 자기 기준을 밀어붙이곤 했다.

세밑이 가까워오던 어느 날, 나는 마침내 참다못해 입을 열었다.

"어이, 너, 너무 제멋대로잖아. 좀 적당히 해."

"어라라, 쿠로 씨! 그렇게 딱딱하게 굴지 말고, 같이 여유를 즐기자구요."

녀석은 실실 웃으며 아양을 떨었다. 기타호시와는 또 다른 의미에서 뺀질뺀질 말을 돌리며 자기 편한 쪽으로 대화를 끌고가려 했다. 하지만 나는 그 얄팍한 수에 넘어가지 않았다.

"인간이 좋아할 행동을 하는 건 뭐, 이해해. 고양이니까. 교활하게 사는 것도 나쁘진 않아."

"고마워요. 그러니까 쿠로 씨도……."

"하지만 고양이 상대로 똑같은 수를 쓰면서 다 넘어갈

거라고 생각하면 오산이야."

"그러지 말고 같이 좀······."

"적어도 북두당에선 바보 같은 치비 빼고는 아무도 네 잔꾀에 안 넘어갈 거야."

나는 지이노의 말을 무시하고 내 페이스대로 계속 밀고 나갔다. 상대가 자기 방식대로 대화를 끌어가려 든다면, 반대로 이쪽 리듬으로 몰아가면 된다. 말을 주도하지 못하게 되면, 당황한 상대는 결국 말문이 막히게 마련이다. 다소 거친 방식이긴 했지만, 이 꼬맹이 하나 때문에 흐트러지고 있는 우리의 생활 리듬을 되돌리기엔 이게 제일 좋은 약이었다.

역시나 예상대로였다. 수다스럽던 지이노의 말수가 눈에 띄게 줄어들었다. 나는 내 페이스를 그대로 유지한 채 다다미 위에 배를 깔고 뒹굴고 있는 녀석을 향해 천천히 말을 이었다.

"아양 떨고 싶으면 그렇게 해. 하지만 우리 고양이들한테까지 그 수작이 통할 거라 생각하진 마."

"······하아, 그런 식이니까 쿠로 씨, 당신 계속 죽은 거예요."

지이노가 목소리를 낮추고 마침내 독설을 내뱉었다.

"몇 번이나 살아봤는지는 모르겠지만, 그게 뭐 대단한 건가요? 결국은 죽기 쉬운 방식으로만 살아왔다는 얘기잖아요? 전 아직 '세 번째'예요. '세 번째'. 그만큼 잘 살아왔다는 거죠. 당신하고는 다르게요."

입만 살았군. 하지만 이제 와서 죽고 사는 문제 따위로 발끈할 만큼 여덟 생을 헛산 건 아니었다. 나는 의연한 태도로 지이노를 내려다보며 말했다.

"여긴 북두당이야. 다른 데랑 달라. 내가 어떤 과거를 살았든, 다른 누가 어떤 삶을 살았든, 전혀 상관없어. 중요한 건 단 하나, 지금뿐이야."

기타호시도, 고양이들도 내가 몇 번을 살아왔는지를 뽐내려 해도 그런 것에 가치를 두지 않았다. 그들에게 중요한 건 과거 여덟 번의 생을 거쳐온 내가 아니라, 지금 이 순간을 살아가는 '나'라는 고양이의 삶 그 자체다. 그래서 루루도, 키누도 한때 나에게 화를 냈다. 지금 내가 지이노에게 그러고 있는 것처럼.

나는 이 오만한 고양이에게도 이 진실을 똑똑히 깨닫게 해주고 싶었다.

북두당은 그런 곳이다. 그리고 다름 아닌, 바로 내가 그 사실을 누구보다도 절절히 깨닫고 있었다.

내 말투도 태도도 전혀 변하지 않자, 지이노는 살짝 귀를 접고 경계하는 눈빛을 보였다. 그리고 그 후로는 입을 닫아버렸다.

저녁 식사를 마친 뒤, 화롯가에 앞발을 얹고 기분 좋게 코웃음을 흘리며 잠든 지이노를 흘끗 바라보았다. 그리고 나는 말없이 탁상 난로 안으로 기어들어가 몸을 둥글게 말았다.

어둠 속에서 키누도 내 옆으로 다가와 똑같이 몸을 웅크렸다. 그러고는 작게 속삭였다.

"너도 이제 좀 알게 된 거구나."

"뭐가."

"후훗. 그냥. 아무것도 아니야."

성가신 녀석이다.

그렇게 생각하면서도 나는 그 자리를 뜨지 않았다. 키누에게서도, 살짝 닿은 그 온기에서도 멀어지지 않고 그대로 가만히 있었다.

가능하면 한자는 많이 쓰지 않는다.

한 단락은 길어도 두세 문장을 넘기지 않도록 유의한다.

이야기 전체의 10분의 1이 끝나기 전에는 도입과 배경 설명은 마쳐야 한다.

공들인 문장보다는 독자가 쉽게 읽을 수 있는 문장 쓰기를 고민한다.

특별한 이유가 없다면 첫 장 안에서 시대, 장소, 주인공의 나이와 성별을 분명히 밝힌다.

이야기를 기승전결로 나누고, 각 흐름마다 간단한 설정 문장을 먼저 쓴 뒤, 거기에 살을 붙여 문장을 늘려가면 플롯을 짜기 쉬워진다.

⋯⋯기타호시는 그런 기술적인 부분을 중심으로 마도카에게 소설 쓰는 법을 가르쳤다. 마치 오랜 시간 글을 써온 사람이 몸으로 익힌 지식과 기술을 전수하듯이. 그리고 고등학교에 진학한 마도카는 점점 더 많은 어휘와 표현 기법을 받아들이며 자신의 언어로 표현할 수 있는 폭을 넓혀갔다.

어떻게 마녀는 그 모든 걸 가능하게 만드는 걸까. 나도 잘 모르겠다. 하지만 분명한 건 그녀의 말에는 이상하리만큼 묵직한 힘이 담겨 있었다.

마도카는 고집 부리는 일 없이, 솔직하게 기타호시의 말을 받아들이며 묵묵히 글을 써내려가고 있었다. 매달 기타호시가 내주는 주제에 맞춰 써온 원고지 30매 분량의 이야기들에는 그녀가 건넨 조언과 기술이 분명히 살아 있었고, 문장은 차츰 깊이를 더해 갔다.

그에 따라 마도카의 문체도 달라지기 시작했다. 처음엔 감정과 생각을 어림짐작으로 더듬으며 단어를 고르는 듯 미숙했던 문장이, 점점 풍부한 어휘와 매끄러운 어조를 갖추기 시작했다. 세월과 함께 성숙해 가는 단어와 문장들은 소녀에게 또래답지 않은 깊이와 품위, 감정의 넓이를 선물해주었다. 적어도 내 눈엔 그렇게 보였다.

그 모습을 통해 나는 확실히 느꼈다. 소녀는 성장하고 있었다.

기타호시는 예전만큼은 아니지만 여전히 소설을 읽을 때면 울곤 했다. 그 사실을 들키지 않도록 평정심을 유지하면서도, 자신을 따르는 소녀를 정면으로 진지하게 마주하고 있었다. 그 모습을 볼 때마다 왜 그렇게 마도카를 가족같이 대하는 걸까, 의문이 들었다.

한편, 지이노도 북두당의 다른 고양이들과 그럭저럭 잘 지내게 되었다. 안하무인에 후안무치한 건 여전했지만, 누군가에게 폐를 끼치는 일도 없었다. 다만 치비 이상으로 짜증나는 존재라는 사실은 변함이 없었다. 그 흰 고양이가 사근사근하게 마도카에게 다가가, 쓰다듬어달라고 비비적대며 몸을 기대는 모습을 볼 때면 역시 화가 났다. 그 녀석을 쓰다듬는 마도카를 보면 정말이지 속이 타들어갔다.

"널 안 쓰다듬게 돼서 불만인 거야?"

"그런 게 아니야……."

"흠. 그래도 신경 쓰이면 말해. 불만은 솔직히 털어놓는 게 제일이니까."

달빛이 비치는 서점 안에서 루루는 그렇게 말했다. 나는 뻔뻔하게 기타호시와 함께 2층 침실에서 자고 있을 지이노의 얼굴을 떠리며, 입을 꾹 다물고 침묵으로 일관했다.

루루는 말을 이었다.

"뭐, 어울리기 싫으면 거리 두는 게 최고지. 난 괜찮으니까."

"넌 항상 그렇게 담담하냐?"

내가 물었다.

"뭐가?"

"언제나 감정 기복도 없고 멀쩡하잖아."

루루는 코웃음을 치고는 손에 들고 있던 노트를 덮으며 대답했다.

"이래 봬도 매일매일 즐겁게 살고 있는데."

"농담 마. 맨날 재미없어 보이거든. ……근데 왜 매주 가게 일은 도와주는 거야? 팔리는 책도 별로 없잖아. 굳이 세어볼 필요도 없을 듯한데."

"아니, 그건 필요한 거야. 어쨌든 북두당의 일이니까."

또 묘한 말을 한다. 내게 있어 불가사의라는 건 언제나 기타호시라는 인간의 정체에 집중되어 있었다. 그런데 이 고양이는 오히려 북두당이라는 서점 자체가 수수께끼라는 듯한 말투다.

그 이유를 묻자, 루루는 조용히 뒷다리를 접고 앉아 이야기하기 시작했다.

"진짜 불가사의한 건 마녀가 아니야. 오히려 그 마녀를 붙잡고 있는 이 북두당 쪽이지. 저 녀석이 계속 저주받은 채로 머물러 있는 건 이 서점이 온갖 주술로 마녀를 묶어두고 있기 때문이야."

"주술?"

"마녀는 이 북두당에 머무는 한 절대 병에 걸리지 않아. 하지만 하루라도 이곳을 떠나려 하면 순식간에 몸이 망가져 다시는 일어나지 못하게 돼. 죽지도, 살지도 못한 채 이곳에 붙잡혀 있는 거야. 그래서 책을 사러 오는 손님은 꼭 오게 돼 있고, 주말이면 어김없이 새 책이 서가에 꽂히는 거지."

 도무지 이해할 수 없는 말이었다. 하지만 곰곰이 떠올려 보니, 북두당의 책은 내가 이곳에 머무른 이후로 단 한 권도 줄지 않았다.

 "아니, 그래도······."

 당황하며 말끝을 흐리자, 루루가 날카롭게 되묻는다.

 "네가 온 뒤로 7년. 그동안 마녀가 직접 책을 사러 나간 적이 단 한 번이라도 있었어?"

 없었다. 그건 유감스럽게도 단언할 수 있었다. 그만큼 나는 기타호시의 하루하루를 너무 잘 알고 있었다. 괜히 언짢아져서, 나는 혀를 차며 고개를 돌렸다.

 "도깨비집도 아니고, 저주가 다 뭐야."

 "의외로, 네 상상을 훨씬 넘는 교활한 괴물일지도 몰라. 알면 알수록 놀라운 일들뿐이야. 전에 말했지? 이건 그 녀석에게 걸린 저주야. 평생 책에 둘러싸여, 책에 홀린 채 살아가야 하는 저주. 책을 사랑하는 그 마녀에겐······ 아마 그게 가장 큰 고통일지도 모르지."

 점점 느릿해지는 루루의 말투에 왠지 모르게 분노가 치밀었다. 나는 초조한 마음에 고개를 홱 돌려 녀석을 다시 바라보았다.

"그만 좀……!"

그만 좀 꾸물거리고 당장 말해. 그 마녀에 대해 더 알려 달라고.

입술 끝까지 올라온 말은, 결국 끝내 입 밖으로 나오지 못했다.

루루가 서점의 차가운 바닥에 쓰러져 있었기 때문이다.

카아가 힘없이 쓰러졌던 그날이 떠올랐다. 나는 반사적으로 벌떡 일어나 루루에게 달려갔다. 그 충격에 책 몇 권이 와르르 바닥에 떨어졌지만 돌아볼 겨를도 없었다. 나는 루루 곁에서 멈춰 섰다.

"루루!"

앞발로 조심스레 루루의 몸을 툭툭 건드렸다. 그러자 약한 신음과 함께 루루가 천천히 고개를 들었다. 그제야 나는 숨을 돌릴 수 있었다.

"음, 조금 피곤했나봐."

루루는 그렇게 말하며, 바닥에 떨어진 펜을 언제나처럼 앞발로 집으려 했다. 하지만 그 발은 펜에서 10센티미터쯤 어긋난 허공을 허우적거릴 뿐이었다. 나는 눈이 휘둥그레졌다.

"너……."

"아아, 요즘 눈이 좀 침침해졌어. 밤눈이 밝으니까 괜찮을 줄 알았는데, 그게 또 그렇지도 않더라."

"마녀는 네가 이 지경인데도 인간의 일을 맡긴단 말이야?"

격앙된 나를 보며, 루루는 이번엔 제대로 펜을 집어 노트 위에 얹었다. 그리고 천천히 말했다.

"말 좀 곱게 해. 이건 내가 먼저 하겠다고 자청한 거야."

"하지만 너는……."

"그냥 나이가 들어서 그래. 누구나 결국은 겪게 되는 일이잖아. '아홉 번째' 생이라면 너도 충분히 이해할 수 있을 텐데. 내가 하는 일은 대단하진 않지만, 이 서점에선 꼭 필요한 일이기도 하고……."

잠시 말을 멈추던 루루가 고개를 들고 조용히 말했다.

"아, 맞다. 쿠로, 너 내 뒤를 잇지 않을래?"

그제야 나는 깨달았다. 루루는 어느새 정말 늙어 있었다.

우리 고양이는 인간처럼 비열하지 않다. 배신하지 않는다. 일부러 거리를 두긴 해도, 한 번 생긴 신뢰를 함부로 저버리는 일 따위는 결코 하지 않는다.

루루는 가끔 잘난 척을 하거나 보호자 행세를 하기도 하고 잔소리를 늘어놓는 성가신 고양이다. 하지만 북두당에 있는 고양이들을, 나를 포함해 모두를 가장 세심하고 평등하게 살펴온 것도 바로 이 녀석이었다. 우리는 그것을 알고 있었다.

"……할게."

내가 그렇게 대답하자, 루루는 지금껏 본 적 없는 온화하고 부드러운 표정으로 미소 지었다.

이튿날 밤부터 나는 루루에게 기초부터 배우기 시작했다.

일단 맡기로 했지만, 역시 섣부른 결정이었나 하고 살짝 후회도 됐다.

루루가 가장 먼저 나에게 가르친 것은 인간처럼 뒷다리로 서는 법이었다.

"처음엔 엉덩이를 붙이고 있어도 괜찮아. 점점 균형 잡는 감각을 익히면, 언젠가는 자연스럽게 직립 자세로 설 수 있을 거야."

루루는 왠지 신이 난 얼굴로, 밤의 달빛이 어스레하게 내려앉은 서점 안에서 나를 지도했다. 이 우스꽝스럽고 한심한 훈련을 아무에게도 들키고 싶지 않아서 연습은 늘 밤에 이루어졌다. 낮에 인간처럼 서는 연습을 한다는 건 고양이에게 있어 굴욕 그 자체였다.

앞발을 모으고 뒷다리를 접은 기본자세에서 천천히 몸을 위로 뻗어올린다. 바닥에서 앞발을 떼는 순간, 중심이 흔들리며 마음까지 불안해졌다.

처음엔 1분도 버티지 못했다. 앞발 하나 뗐을 뿐인데, 온몸이 휘청거리며 중심을 잃었다. 책에서 본 땅다람쥐 자세와 다를 바 없었다. 정말이지, 이보다 더 굴욕적인 일도 드물 것이다.

"이딴 걸 정말 배워야 되는 거야?"

내가 불평을 늘어놓자, 루루는 태연하게 말했다.

"앞발을 자유롭게 쓰는 건 중요해. 복잡한 동작을 하려면 꼭 필요하거든. 인간을 봐. 펜을 잡을 때도 글자를 쓸 때도 앞발이 필요하다고."

"하지만 인간들은 걸으면서 뭘 보거나 읽느라 다른 사람이나 물건과 자꾸 부딪치잖아."

"그건 그냥 바보라 그래. 신경 쓰지 마."

사실 나로선 딱히 납득도 안 되지만, 반박하기도 어려웠다. '여덟 번째' 이후로는 인간을 관찰하지 않았던 탓일까. 요즘 인간들이 어떻게 행동하는지 솔직히 관심도 없었다.

며칠이 더 지났다. 아무래도 루루가 마녀에게 연습 이야기를 흘린 모양이다. 기타호시는 그때부터 내게 장난감을 흔들어줄 때 이상하게 팔을 높이 들기 시작했다. 작대기 끝에 새 깃털과 털 뭉치가 달린, 고양이의 사냥 본능을 자극하는 그 장난감이다. 이전까진 다다미 위를 깡충깡충 뛰게 하더니, 요즘은 이상하게 내 머리 위 훨씬 높은 곳에서 그것을 흔들었다.

그 덕분에 나는 자연스럽게, 아니 어쩔 수 없이 뒷다리로 일어설 수밖에 없었고, 결과적으로 술 취한 듯 뒤뚱거리며 춤추는 이상한 꼴을 자주 하게 되었다. 그리고 그 모습을 본 치비는 배를 잡고 깔깔대며 웃었다.

"그만해, 바보 마녀!"

"뭐어? 재미있어하는 것 같던데? 싫으면 말고."

"먀아!"

내가 날카로운 소리로 불평을 해도 기타호시는 그저 즐거운 듯 미소 지을 뿐이었다.

요즘은 마녀가 밤중에 서고 정리를 루루에게 맡기는 걸 두고 더 이상 화를 내지 않았다. 그녀가 서점 일을 가볍게 여기거나 억지로 떠넘기려는 사람이 아니라는 것은 나도 금세 이해할 수 있었다.

밤늦도록 일하려는 루루를 보고 기타호시는 눈물을 글썽이며 무릎을 꿇고 떨리는 목소리로 "부탁이야, 제발 좀

쉬어" 하고 애원할 정도였다.

그건 형식적으로 하는 말이 아니었다. 감정이 북받쳐서 나오는 행동이라는 것을 누구라도 쉽게 알아챌 수 있었다. 기도하듯 두 손을 가지런히 바닥에 모으고 이마를 댄 기타호시를 외면하는 것은 루루도 원치 않았다. 녀석은 그날부터 일을 그만두었다.

다음 날부터 루루는 책더미 위가 아니라 기타호시의 무릎 위에서 잠드는 일이 많아졌다. 사정을 모르는 치비나 지이노가 그 자리를 내달라고 칭얼댈 때도 있었지만, 기타호시는 말없이 웃을 뿐 루루의 특등석을 양보하지 않았다.

나를 제외하고는 키누만이 루루의 사정을 알고 있는 듯했다. 참견하기 좋아하는 그 암고양이도 이번만큼은 말없이 멀리서 마녀와 한 마리 고양이를 조용히 지켜보고 있었다.

나는 키누에게 조용히 물었다.

"둘이 오래된 사이야?"

그러자 나와 함께 탁상 난로의 이불을 뒤집어쓰고 몸을 웅크리고 있던 녀석은 먼 곳을 보며 기억을 더듬듯 대답했다.

"글쎄, 나랑 비슷한 시기에 북두당에 왔지. 나이는 루루가 조금 더 많지만."

"옛날부터 저 녀석은 변함없었나 보지?"

"후후, 변하진 않았지. 하지만 조금 둥글어졌으려나……. 저 녀석은 자기 입으론 말 안 하겠지만, 처음 왔을 땐 꽤 뾰족했어. 너랑 많이 닮았지."

그 말에 귀가 쫑긋 섰다. 그 이야기는 처음 들었다.

"어딘가 달관한 태도랄까. 늘 차가운 녀석이었지. 너무 똑똑해서, 사람도 고양이도 전부 자기 예상 범위 안에서 움직인다고 믿었거든. '나는 다 알아. 괜히 친해져 봐야 소용없어.' 딱 그런 느낌?"

나랑 비슷하다는 말처럼 들려서 솔직히 조금 거북했다. 하지만 키누는 멈추지 않고 말을 이어갔다.

"마녀한테 들은 얘긴데, ……이전 생에서 인간에게 계속 배신당했대."

나는 아무 말도 할 수 없었다.

"그런 루루를, 처음으로 따뜻하게 받아준 사람이 '두 번째' 생에서 만났던 작가였대. 가끔은 같이 저녁 반주도 하고, 정말 소중하게 여겨줬다고 해. ……지금도 뭔가 일이 생기면 자주 그 사람을 떠올리는 모양이야."

그 말을 듣는 순간, 나도 모르게 그 사내의 뒷모습이 떠올랐다. 늘 그렇다. 가장 먼저 떠오르는 건 책상 앞에 앉아 조용히 이야기를 쓰던 그 뒷모습이었다.

루루도 분명히 그랬겠지.

"마녀가 말했대. 사람을 무서워하지 않아도 된다고. 그러니까 루루가 남들과 거리를 두던 건 사실 겁이 났던 거였겠지. 그 말을 들은 뒤로, 루루는 늘 마녀 곁에 있었다고 해. 그게 그 둘의 이야기야."

그렇게 말하고, 키누는 조용히 말을 마쳤다. 나는 곧 설교가 이어질 줄 알았다. 언제나처럼 그 특유의 잔소리 말투로 무언가 덧붙일 거라고 생각했다. 하지만 키누는 아무 말도 하지 않았다. 그저 평소처럼 조용히 내 곁으로 다가와 말없이 내 머리를 혀로 천천히 핥아줄 뿐이었다.

이마에 와닿는 까슬까슬한 감촉을 느끼며, 나는 루루와 처음 만났던 초가을을 떠올렸다.

모든 걸 꿰뚫어보는 듯한 차가운 태도. 어이없는 말투. 그러면서도 내가 언젠가 북두당에 오게 될 거라고 말해주던 그 섬세한 마음 쏨쏨이.

……그건 나를 깔보았던 게 아니었다.

루루는 나에게서 과거의 자신을 보고 있었던 것이다.

그렇다면 그때 그 말은 확실히 상냥함이었다.

새해가 되고, 나는 두 앞발이나 한쪽 발톱을 써서 펜을 끼우는 연습을 시작했다. 그 무렵부터였다.

겨울 방학이 되어도, 방학이 끝나도, 마도카는 서점에 나타나지 않았다.

기타호시는 화로를 가까이 끌어당긴 채 멍하니 창밖을 바라보고 있었다. 얼굴엔 불안한 기색이 역력했지만, 마치 심심한 척이라도 하려는 듯 아무 말이 없었다. 지이노는 그런 기타호시를 못 본 체하며 평소처럼 화로에 앞발을 얹고 눈을 감은 채 늘어지듯 누워 있었다. 출입구 유리창에 비쳐야 할 소녀의 모습은 오늘도 보이지 않았다.

카운터 서랍 안에는 지난해 12월 초, 마도카가 가져온 판타지 단편소설 원고가 그대로 들어 있었다. 기타호시가 직접 붙여둔 포스트잇에는 칭찬과 조언이 빼곡히 적혀 있었다. 그녀는 새해가 밝기 전에 그 작업을 끝내고, 마도카가 찾아오기를 애타게 기다리고 있었지만, 정작 그 아이가 서점에 오지 않는다면 아무 소용이 없는 일이었다.

마도카가 한 달 넘게 서점에 발걸음을 끊은 건 처음 있는 일이었다.

"네가 가보면 어때?"

너무 울적해하는 얼굴이기에 괜히 짜증이 나서 나답지

않게 조언 비슷한 말을 내뱉었다. 하지만 기타호시는 멍한 얼굴로 창밖을 바라보다 겨우 한마디를 중얼거렸다.

"어른이 돼서 남의 집 애한테 너무 간섭하는 거 아니야."
"무서운 거야? 그 아이가 멀어져 가는 게."

기타호시는 아무 대답도 하지 않았다. 나도 더는 묻지 않았다.

조용히 눈이 내리기 시작했다. 기타호시는 평소보다 늦게까지 가게 간판을 내놓고 있었다. 하지만 그날 마도카는 오지 않았다. 캄캄한 서점 앞을 북두당의 어슴푸레한 불빛만이 덩그러니 비추고 있었다.

"오늘도 안 오네요."

문득 키누가 중얼거렸다.

"그러게."

마음이 이곳에 없는 사람처럼 기타호시는 그렇게 대답했다. 요 며칠은 나도 모르게 서점 입구를 자꾸 힐끔거리게 되는 일이 많았다.

토독, 토독. 이따금 닫힌 유리문에 눈송이가 닿았다.

밤에 내리는 눈은 이상하리만큼 아름다웠다.

"전에 말했지만, 북두당의 책은 팔린 만큼 다시 채워지고 있어."

드디어 펜으로 삐뚤삐뚤한 동그라미와 점을 찍을 수 있게 되었을 무렵 루루가 말했다. 나는 고개를 갸웃거리며 물었다.

"손님들이 서점에 책을 놓고 가는 건가?"

"그게 아니야. 진짜로 모르는 사이에 채워지고 있는 거야. 그래서 재고 관리가 필요해."

"무슨 소리야? 알아듣게 설명해."

"나는 보통 한 달에 한 번, 길게는 1, 2주에 걸쳐 서점 안 재고를 조사해. 팔린 책을 점검하고, 도둑맞은 건 없는지 확인하는 게 주된 일이지. 그런데 말이야, 없어진 책의 자리에 마치 메꾸듯이, 어느샌가 책이 새로 솟아나 있어. 기록을 하다보면 너도 알게 될 거야."

그렇게 말하며 루루는 노트를 능숙하게 펼쳐 페이지를 넘겼다.

"예를 들어 이《세계 진미 탐방록》은 두 달 전에 여행책 서가에 솟아난 거야. 원래 있던 것도 아니고, 누가 들여놓은 흔적도 없었지. 이런 책을 발견하면 꺼내서 아침에 마녀에게 가져다줘. 제목이나 세부 정보는 마녀가 알아서 적으니까, 우린 안 써도 돼. 우리가 할 일은 어디까지나 체크

뿐이야. 간단하지?"

그렇게 말하며 루루는 앞발로 얼굴을 빗질하듯 매만지며 몸을 가다듬었다. 나는 어쩐지 여우에게 홀린 듯한 기분으로 그 말을 흘려넘기다가, 결국 마음속에 품고 있던 의문을 꺼냈다.

"결국 마녀가 직접 하면 되는 거 아냐? 나도 너도 굳이 이런 일까지 할 필요는 없잖아?"

쌀쌀한 겨울밤, 틈새 바람이 스며드는 북두당에서 굳이 이런 인간의 일을 우리가 맡을 이유가 있을까. 말이 나왔으니 말인데, 슬슬 귀찮아지기 시작했다. 이럴 거면 차라리 치비나 지이노한테 떠넘기고 싶었다. 물론 그 자기중심적인 녀석들이 도와줄 가능성은 희박하겠지만. 키누는 루루랑 나이가 비슷하니까 제외. 그러면 결국 나밖에 없다는 결론인데, 그러니까 이 일을 떠넘기려는 것도 어느 정도 이해는 갔다.

한껏 늘어진 자세로 누워 있던 루루는 보기 드물게 자상한 미소를 지으며 고개를 저었다.

"나는 네가 맡아줬으면 해."

"왜 나야?"

"꿈을 꿨거든."

"……어디서 많이 듣던 얘기 같은데."

"카아였을 거야. 그 녀석도 그날 밤 꿈을 꿨어. 그래서 나는 알아. 내 시간이 얼마 남지 않았다는 걸. 그 꿈이 알려줬어. 가게 일은 쿠로에게 맡기라고……. 그 마녀의 곁을 지켜줄 고양이는 쿠로 너라고 말이야."

재수 없는 소리. 나는 루루를 노려보았지만, 아무 말도 하지 못한 채 다시 일을 시작했다. 죽음을 예감하게 되는 꿈이라니, 말도 안 되는 소리다.

머릿속으로는 단호히 부정하면서도, 그날 밤 카아가 기분 좋은 듯 눈을 떴다가 이내 숨을 거두었던 순간이 떠올랐다. 방금 전, 나에게 다정히 말을 건네던 루루의 얼굴에도 그때의 카아처럼, 어딘가 평온한 미소가 떠올라 있었다.

웃기지 마. 더 이상 이 북두당 마음대로 휘둘릴 순 없어. 도대체 북두당이 뭐라고. 저주라고? 마녀라고?

——마녀.

북두당이라는 서점에 사로잡힌 책벌레. 하지만 그 정체는 여전히 베일에 싸여 있었다. 고양이에 미쳐 있는 괴짜라고만 여겼던 그 여자, 언젠가 나에게 자신의 이야기를 들려줄 날이 올까.

기타호시라는 인간을 조금쯤 더 알아봐도 괜찮을지도 모르겠다는, 기묘한 호기심이 슬며시 고개를 들기 시작했던 바로 그 무렵이었다.

오랜만에 마도카가 북두당의 문을 열고 모습을 드러냈다.

하지만 한 달 넘게 얼굴을 보지 못했다는 이유만으로는 설명할 수 없을 만큼, 그 아이는 눈에 띄게 달라져 있었다.

마도카의 머리카락은 등허리에 닿을 만큼 길게 자라 있었다. 나이에 걸맞은 귀여움을 그대로 간직하고 있었지만, 어딘가 모르게 상당히 어른스러워 보였다. ……아니, 고등학교 1학년이라는 나이를 생각하면 지나칠 정도였다.

마도카는 눈도 깜짝하지 않고 허공을 노려보고 있었다. 아직 사랑스러움이 남아 있는 얼굴인데 눈매만은 부자연스럽게 날카로웠다. 그런데도 정작 눈동자에는 빛이 없었다. 마치 죽은 물고기처럼 텅 비어 있었다. 누군가에게 맞은 듯 한쪽 뺨엔 마른 눈물 자국이 남아 있었다.

기타호시를 포함해 우리는 모두 할 말을 잃었다. 다들 움직이지 못하고 그 자리에 얼어붙은 듯 서 있었다. 그때 바람이 한차례 불어와 마도카의 머리카락을 흩날렸다.

단정하고 어른스러운 분위기와 어울리지 않는 피어싱 여러 개가 양쪽 귀에 박혀 있었다. 평소에는 머리카락에

가려 잘 보이지 않았을 그 투박한 피어싱이 그 순간만큼은 누군가에게 보내는 무언의 저항처럼 느껴졌다.

    한참 동안 무거운 침묵이 흘렀다. 그러다 마침내 마도카가 할 말을 잃은 기타호시를 향해 낮은 목소리로 천천히 선언했다.

    그 아이에게는 너무도 고통스럽고 잔인한 결심을.

    "죄송해요. 저…… 소설 쓰는 거 그만둘게요."

[6장]

마도카, 사라진 이야기

"나는 고양이에게 많은 것을 배웠다.
품격 있는 절제와 고요한 기품,
거친 소리를 본능적으로 거부하는 태도,
그리고 긴 침묵 속에서도 흔들림 없는 인내까지."

— 시도니 가브리엘 콜레트

루루가 아무에게도 들키지 않고, 조용히 숨을 거둔 건 그해 2월의 일이었다.

　담요에 감싸인 채 마녀의 무릎 위에서 웅크리고 잠든 루루는 저녁을 먹을 힘조차 남아 있지 않았고, 비가 내리던 깊은 밤에 끝내 다시는 깨어나지 못했다.

　기타호시는 서서히 식어가는 루루의 보드라운 털을 몇 번이고 다정하게 쓰다듬으면서 이번에도 아이처럼 훌쩍이며 울었다. 눈물을 흘릴 수 없는 우리 고양이들은 그저 묵묵히 그 죽음을 애도할 뿐이었다.

　카아 때와는 다른 고요의 장막이 다시 서점을 덮었다. 불씨를 잃어버린 것처럼 서늘하고 공허한 기운이 뼛속까지 스며들었다.

　그 쓸쓸한 공기에 불을 밝혀주던 소녀도 북두당에 오지 않게 되었다.

　아무리 기타호시라도 그 아이가 신경 쓰이지 않을 리 없었다. 그날도 마도카에게 무슨 일이 있었는지 조심스럽게 물어보았지만 그 아이는 대답하지 않고, 고전문학을 한 권 사서는 말없이 가게를 떠났다.

계절은 점차 따뜻해지고 있는데도 기타호시는 침묵으로 일관한 채 서점을 지켰다. 차가운 공기를 폐 깊숙이 들이마시며 마치 죽은 사람처럼 무표정한 얼굴로 한숨을 내쉬었다. 다른 고양이들도 그런 마녀가 걱정되었는지 누군가 항상 그녀 곁을 지켰다.

서점 주인이 낙심해 있으니 우리도 마음이 편하지 않았다. 단지 그 정도의 이유였지만, 생각해보면 우리가 해줄 수 있는 일도 그 정도밖에 없다는 뜻이기도 했다.

나는 루루의 일을 완전히 이어받아 거의 북두당의 직원처럼 지내고 있었다.

여름이 다가올 무렵에는 제법 그럴싸한 모양새가 되었고, 가끔은 키누가 다리를 절룩거리며 일부러 카운터 위로 올라가 한밤중에 일하는 나를 묵묵히 바라보곤 했다. 그 눈길이 루루를 향한 그리움인지, 아니면 나를 지켜보는 것인지는 알 수 없었지만, 이상하게 싫지는 않았다.

덧붙이자면, 내가 두 뒷다리로 경중경중 걷는 모습을 치비와 지이노도 본 적 있다. 분명 평소처럼 가볍게 놀려대거나 바보 취급을 할 거라 생각하고 어느 정도 그런 반응을 각오하고 있었다. 그런데 키누가 그랬던 것처럼 녀석들도 말없이 그저 나를 바라보기만 했다. 솔직히 그건 조금 의외였다.

"네가 루루에게 그 일을 넘겨받은 고양이라는 건 그 애들도 다 알고 있으니까."

키누의 말을 듣고 그야 그렇겠지, 하고 이해한 나는 고개를 끄덕이고는 다시 책 점검에 집중했다. 오늘 밤에도 이미 한 권이 어느샌가 나타나 있었다. 무려 40년도 더 된 공포소설 단행본이었다. 나는 그 책을 눈에 잘 띄는 자리에 조심스럽게 진열했다.

언제부터인가 책이 저절로 채워지는 이 기묘한 현상에 대해서는 더 이상 의문조차 품지 않게 되었다. 처음엔 이 일을 대수롭지 않게 여겼던 적도 있었다. 하지만 단 한순간이라도 건성으로 대하거나 성의 없는 태도를 보이면 어김없이 서점 어딘가에서 누군가의 시선이 느껴지는 일이 몇 번이나 있었다.

그건 기무라가 기타호시에게 들이닥쳐 막무가내로 고백하던 날 등줄기를 타고 흘렀던 오싹한 기운과도 비슷했다. 그때마다 나는 벽에 걸린 족자 그림이 원망스러웠다. 마치 진지하게 일하라며 지옥의 염라대왕이 노려보는 것 같은 기분이었다. 실제로 겪은 적은 없지만, 인간의 표현으로 말하자면 '상사가 눈을 부릅뜨고 지켜보는 듯한 느낌'이란 게 딱 이럴지도 모르겠다.

그런 시답잖은 생각을 하며 책을 정리하고 있는데 키누가 불쑥 중얼거렸다.

"새삼스럽긴 한데, 넌 역시 루루랑 닮았어."

"그 녀석의 예전 모습을 몰라서 뭐라 말하긴 어렵지만……, 그 녀석도 외로웠던 걸까?"

"너처럼 스스로 고립되었다기보다는 결과적으로 거리를 두게 된 쪽이었지. 그 녀석, 계속 배신을 당했으면서도 사람을 믿으려 했었어."

"바보 같은 녀석……."

"그러게 말이야. 그래도 마녀랑 저녁에 나란히 술을 마시던 모습을 봤을 땐 안심했었어."

그 말을 듣자 문득 궁금해졌다. 저 여자도 외로웠을까.

기타호시는 본래 누구와도 깊이 엮이려 하지 않았다. 예외라면 마도카 정도지만, 고양이들 외에는 다른 인간과 관계를 맺으려고 하지 않았다. 친구라고 부를 만한 사람도 한 번도 본 적 없었다.

그녀는 대체 어떤 인생을 살아온 걸까.

키누에게 물어보려다 말았다. 분명히 "직접 물어보지 그래"라고 말할 게 뻔했다.

원래 그런 녀석이니까.

마도카가 아예 서점에 발길을 끊은 것은 아니었다. 그래도 한 달에 한 번 정도 얼굴을 비치는 게 고작이었다. 기타호시와 말을 나누는 일도 거의 없이 늘 어딘가 난처하거나, 혹은 언짢은 얼굴을 하고 책을 한두 권 산 뒤 말없이 돌아갔다.

귀에 뚫은 피어싱 구멍도 몇 개 더 늘어난 듯했다. 인더스트리얼 피어싱이나 은빛의 투박한 장식이 오히려 그녀의 마음속 완고함을 더욱 강조하는 듯 보였다. 그것만 아니었다면 그 나이 여자아이치고는 꽤 단정하다는 인상까지 줄 만한 차림새였다.

나는 지금도 그 갑작스러운 장식들이 도무지 마도카답지 않아 당혹스러웠다. 하지만 그보다 더 의아한 것은 왜 그런 걸 평소에는 감추고 있느냐는 것이다. 장신구라는 건 기타호시의 술잔 모양 펜던트처럼 남에게 보여주거나 자신을 꾸미기 위해 달고 다니는 물건이 아닌가. 그런데 마도카는 그걸 굳이 감추기라도 하듯이 머리카락을 길게 늘어뜨리고 다녔다.

외모는 조용하고 온순한 편인데, 정반대의 장식을 그 아래에 숨기고 있었다. 그건 반항심 같기도 하고, 어쩌면 두려움 같기도 했다. 풍부한 말과 표정으로 자신의 모든 것을 표현하던 그 아이가 맞나 싶을 만큼, 지금의 마도카는 말이 없었다.

기타호시가 한 번은 이전에 맡았던 원고를 돌려주려 한 적도 있었다. 하지만 마도카는 "그만두세요"라며 차가운 목소리로 딱 잘라 거절했다. 그날 이후로 그 원고는 지금도 카운터 아래 서랍 속에서 그대로 잠들어 있다.

"이젠 날 쓰다듬지도 않아."

지이노가 투덜댔다. 관심받고 싶어 안달인 녀석답게 아마 그게 가장 큰 불만일 것이다. 하지만 우리 다른 고양이들이 걱정하는 건 그게 아니었다.

——왜 작가라는 꿈을 향해 눈을 반짝이며 한없이 달려가던 소녀가 갑자기 스스로 그 길을 닫아버린 걸까.

아무리 생각해도 그게 자꾸 마음에 걸렸다.

"그렇게 신경 쓰인다면 직접 확인하면 되잖아."

키누가 말했다. 너무 남의 일처럼 툭 던지는 말투에 나도 모르게 짜증이 났다.

"너는 안 궁금하냐? 이상하지도 않아?"

"당연히 걱정되지. 갑자기 저렇게 변해버렸으니까. 그렇지만 우리는 고양이잖아. 남이 함부로 끼어들 수 있는 일이 아닌 경우도 있는 법이지."

"쳇, 무책임한 녀석."

"그럼 넌 책임질 수 있어?"

키누가 다시 다그치듯 쏘아붙였다. 나는 무슨 소리야, 하고 되물었다. 키누는 기가 막힌 표정이었다.

"자신이 그토록 원하던 꿈을 갑자기 접었다는 건 그만한 사정이 있는 법이야. 그 이유를 안다고 해서 넌 뭘 어쩔 건데? 고작 고양이 주제에. 그 아이가 정말 소중하다면, 감당도 못 할 일에 함부로 손대선 안 되는 거야……."

"그래, 그만두는 게 좋아."

치비마저도 평대에 쌓인 책 위에서 하품을 하며 나를 말렸다. 그 아이도 나름대로 무슨 고충이 있겠지. 하지만 내 분노는 조금도 가라앉지 않았다.

"나보다 더 괴로운 삶을 반복한 고양이는 별로 없을걸. 그 아이는 그냥 투정부리고 있는 거야. 부모에 대한 반발심 때문에 혼자 삐져서 그러는 것뿐이라고……."

막말을 내뱉고 나는 서점을 나왔다. 고양이들의 고귀하신 설교 따위 더는 듣고 있을 수 없었다.

짜증이 뱃속 깊이 차올라 나는 무작정 북두당에서 멀어졌고, 발길은 역 쪽으로 향했다.

이미 해가 기운 저녁 무렵이었다. 8월의 저녁은 여전히 푹푹 찌는 듯한 열기 속에 있었고, 길을 걷는 것만으로도 화상을 각오해야 할 판이었다.

나는 햇볕이 들지 않는 골목과 담 사이를 따라 조심스레 걸으며 소음으로 가득한 시가지 쪽으로 향했다. 역 앞 교차로와 그곳에서 뻗은 큰길은 그럭저럭 사람이 오갔지만, 거기서 골목 하나만 벗어나면 금세 인적이 드물어졌다. 도심이라는 곳은 원래 그런 곳이다.

도쿄까지 가면 사람은 훨씬 더 많겠지. 그 병약하던 사내가 아직 살아 있다면, 분명 위병이 더 심해졌을 것이다.

그 옛날의 기억을 떠올리며 나는 상점가로 이어지는 길을 걸었다. 오래된 생선가게의 노부부는 가끔 가게를 찾는 길고양이들에게 생선 토막을 나눠주곤 했다. 먹이로 길들여진 다른 길고양이들도 가끔 온다는 걸 나는 알고 있었다. 물론 기타호시는 늘 "밖에서 아무거나 얻어먹고 다니지 마"라고 말했지만, 인간들도 다들 사소한 일탈을 통해

욕망을 채우고 살지 않는가. 잔소리 많은 북두당 녀석들에 대한 일종의 반항이다. 오늘 하루쯤 바깥에서 밥 좀 먹었다고 무슨 상관이겠어.

그렇게 생각하며 생선가게 쪽으로 걸어가는데, 장을 보러 온 주부들 사이에서 어딘가 들떠 있는 여자 아이들의 목소리가 들렸다. 고양이의 귀는 그런 소리도 민감하게 잡아낸다. 그 무리 속에서 분명히 마도카의 목소리가 들렸다.

나는 건물 그늘에서 머리만 살짝 내밀고 역과 연결된 상가의 입구 쪽을 가만히 바라보았다. 건널목 앞쪽에서 여고생 네 명이 걸어오고 있었다. 그중 한 명이 마도카였다.

다 함께 깔깔대며 웃고 있었다. 거리가 멀고 주변이 시끄러운 탓에 무슨 이야기를 하는지는 잘 들리지 않았지만, 마도카만 웃지 않았고 표정도 어두웠다.

무리가 점점 생선가게 쪽으로 다가오자, 그들의 대화 소리도 조금씩 들리기 시작했다. 마도카가 머뭇거리며 말했다.

"저기, 그거 있잖아…… 역시 난……."

"뭐 어때? 상처받는 사람도 없고, 붙잡히는 것도 어른들이잖아."

"마도카, 너 진짜 돈 없는 거야? 그렇게 많이 했잖아? 진짜 돈 쓰는 거 헤프다."

"그 이상으로 효율 좋은 벌이도 없고, 젊을 때 아니면 못 하는 거니까 괜찮잖아. 오히려 지금 안 하는 게 손해지. 봐, 나 이거 샀어."

그중 한 명이 책가방에서 뭔가를 꺼내 친구들에게 보여 줬다.

"꺄아!"

마도카를 제외한 아이들의 입에서 들뜬 탄성이 터져나왔다.

"대박! 이거 한정판이잖아!"

"이 정도면 우리도 최강이지? 끝내주지 않아? ……마도카, 너 도대체 지금이 몇 번째야? 그만 좀 당당하게 굴어. 안 그러면 괜히 발목 잡힌다고. 우리 같은 가난한 애들이 평등하게 행복해지려면, 가진 놈들한테 돈 받아서 버텨야 하는 거야. 그게 뭐가 잘못이야?"

"맞아. 너도 돈 필요하잖아?"

주변에서 그렇게 몰아붙이자, 마도카는 힘없이 "응" 하고 고개를 끄덕였지만 여전히 망설이는 기색이 역력했다.

"하지만……."

그렇게 말하려던 마도카의 말을 자르고, 다른 소녀들이 활짝 웃는 얼굴로 어깨를 감싸며 깔깔거리더니, 일부러 주위에 들리게 큰 소리로 말했다.

"괜찮다니까! 무슨 일 생기면 우리한테 말해. 우린 친구잖아!"

⋯⋯하지만 내 귀는 그 직후에 마도카의 귓가에 속삭이는 말을 놓치지 않았다.

"도망칠 수 있을 거라 생각하지 마."

"얼른 또 돈 벌어와, 존못아."

"잡혀도 우리 애긴 절대 꺼내지 마."

그러고는 아무 일 없다는 듯 그 아이에게서 몸을 떼고, 만면에 웃음을 띤 채 손을 흔들며 "그럼 나중에 봐" 하고 발랄하게 인사하곤 그대로 가버렸다.

그 자리에 홀로 남은 마도카는 한동안 멍하니 서 있다가, 잠시 후 한숨을 쉬고는 골목 안으로 몸을 숨겼다. 그리고 가방에서 바람막이를 꺼내 걸치고 앞 지퍼를 끝까지 끌어올려 교복이 보이지 않게 했다.

마도카는 어두운 표정으로 말없이 발길을 돌려 다시 역 쪽으로 향했다. 퇴근한 직장인들이 쏟아져 나오는 저녁의 전철역으로.

"어휴, 진짜 싫어. 불결해……."

누군가의 투덜거림이 들렸다. 생선가게에서 막 먹이를 얻은 수고양이 한 마리가 노골적으로 마도카를 노려보고 있었다.

"저 애들, 두 달 전부터 저딴 식으로 돈 벌고 있다고. 정말이지 인간이란 것들은……."

그 아이의 험담을 더 듣고 싶지 않아, 나는 그대로 땅을 박차고 정신없이 왔던 길을 되돌아갔다.

아무것도 보고 싶지 않았다.

아무것도 알고 싶지 않았다.

이유도, 사정도, 알고 싶지 않았다.

나는 그 아이를 위로해주겠다며 잘난 척하고 있었을 뿐이다.

나는 아무것도 몰랐다.

그 아이에 대해선 정말 아무것도.

'여섯 번째' 생을 살 때도 나는 다시 길고양이로 사는 삶을 택했다.

누군가에게 기대거나 인간을 신뢰하며 살아가는 일에 지쳐 포기하고 있었을 때였다. 버블 경제가 한창이던 시절의 이야기다.

'다섯 번째' 생에 비해 인간들은 훨씬 더 탐욕스러워져 있었다. 어떻게 하면 더 많은 돈을 벌 수 있을지, 어떻게 해야 자산을 불릴 수 있을지, 모두가 그런 꿈에 들떠 여기저기서 돈 얘기뿐이었다. 폭력배들이 판을 치고 거리를 장악해 땅을 가로채는 일도 비일비재했다.

그 풍경은 전쟁 때와 아무것도 달라지지 않았다. 힘 있는 자가 약한 자에게서 모든 걸 빼앗아갔다.

어른이 아이를 착취하고, 남자가 여자를 착취했다.

마도카도 그런 희생자 중 하나라고 해야 할까. 그렇게 생각하고 싶지는 않지만, 그 아이의 지금 모습을 보고 있노라면 자꾸만 '여섯 번째' 생을 살 당시의 사회적인 분위기가 떠올라 견딜 수 없었다.

그 더럽고 탐욕스러운 시대 속에서도 그 남자는 특히 탐욕스러웠다.

스스로 '브리더'라 칭하던 그자는 거리의 들개와 길고양이들을 모아 키우고 번식시켜, 펫숍에 넘기는 일을 업으로 삼고 있었다. 그 무렵엔 들개조차 드물지 않았기에 원가는 공짜나 다름없었다.

하지만 우리를 제대로 키울 생각 따위는 그 남자에겐 처음부터 없었다.

겉보기엔 펫숍이었지만, 실상은 보호 동물 센터를 가장한 장사치의 소굴이었다. 다치거나 주인을 잃고 떠돌던 개와 고양이를 선의로 구조하고 돌보는 것처럼 포장한 뒤, 돈을 받고 입양시키는 구조였다.

그리고 실제로는 거의 돌보지 않았다.

상처 입었거나 장애가 있는 동물이라도 사랑으로 안아줄 따뜻한 입양자는 많았다. 그리고 애초에 길에서 살던 동물이니 기력이 없든 상처 입었든 더럽든 그대로 입양되어도 문제 삼는 사람은 드물었다. 물론 입양 전에 마쳐야 할 백신 접종이나 피부병 치료 따윈 그 남자에게서 기대할 수조차 없었다.

그 결과, 나를 포함한 수많은 개와 고양이들이 갇힌 축사는 끔찍하기 그지없었다.

우리가 갇힌 케이지들은 아무렇게나 내던져져 있었다. 어떤 곳은 두세 단씩 어지럽게 쌓아두기도 해서, 가끔 케이지가 무너져 내릴 때면 안에 있던 개가 비명을 지르듯 울음소리를 냈다.

케이지 앞에 놓인 물그릇과 밥그릇이 채워지는 건 하루에 고작 한 번뿐이었고, 배설물은 치워지지 않아 악취가 축사 안을 가득 메웠다. 하루 종일 축사의 이곳저곳에서는 누군가가 울고 있었다. 아니, 모두가 울고 있었다. 그 울음소리가 멎는 일은 단 한순간도 없었다.

우리를 돌보는 건 그 탐욕스러운 남자가 아니라, 그에게 고용된 아르바이트생들이었다. 날마다 얼굴이 바뀌었고, 태도도 제각각이었다. 무표정하게 사료를 툭 던지고 가는 자도 있었고, 금방이라도 울 듯한 얼굴로 미안하다는 듯 사료를 조심스레 놓고 가는 자도 있었다. 하지만 결국 아무도 우리를 구해주지는 않았다. 아르바이트생 중 한 명이 우리 동물들의 열악한 사육 환경에 문제를 제기하자, 그 남자는 몇 배 더 큰 소리로 윽박지르고 위협하며 밤늦게까지 쉴 틈도 주지 않고 일을 시켰다. 그날 이후, 아무도 다시는 입을 열지 않았다.

차라리 길고양이로 살 때가 더 건강했다. 하루가 다르게 말라가는 내 몸, 좁디좁은 케이지 안에 갇힌 채 틈 사이로 보이던 무기력한 개들과 고양이들. 이곳에서 우리는 동물로서 최소한의 존엄조차 지킬 수 없었다.

그 남자의 눈에 우리 동물들은 결국 소모품처럼 쓰다 버리는 인형이나 돈을 끌어오는 도구쯤으로밖에 보이지 않았던 것이다.

그 축사에서 동물은 오직 착취당하고 소비되기 위한 상품에 불과했다.

그저 괴롭기만 한 날들이 끝없이 이어졌다. 내 시야에 들어온 동물들 중에는 운 좋게 살아 있는 동안 입양되어 나가는 아이들도 몇 있었지만, 그건 소수였다. 그보다 훨씬 더 많은 개와 고양이들이 내 눈앞에서 죽어갔다. 썩어가는 냄새를 풍기며, 결국 누군가의 손에 끌려 어딘가로 옮겨졌다.

오물에 뒤덮인 채 코끝은 마비되고, 마침내는 일어설 기운조차 사라졌다.

맞은편 케이지에 갇혀 있던, 나보다 훨씬 작고 연약한 새끼 고양이가 먼저 쓰러졌다. 다물리지 않게 된 입에서 혀를 축 늘어뜨린 채 그대로 죽었다.

착취당해서 끝내 죽어가는 약한 강아지. 어른들에게, 인간들에게 이용당하다 가치가 떨어지면 버려지는 새끼 고양이. 그 모습이 너무나도 딱하고 가여웠다.

흐릿한 시야 너머로 보이던 그 작디작은 죽음의 형체는 아직도 내 머릿속에 또렷하게 남아 있었다.

축사와 케이지 멀리서 붉은 경광등이 번쩍이고, 사람들의 웅성이는 소리가 들려온 건 그 남자에게 붙잡혀온 지 대략 2주일쯤 되었을 무렵이었다. 하지만 내게 그 구원의 손길은 너무 늦게 찾아왔다.

강한 자는 약한 자를 먹잇감으로 삼는다.

인간은 돈 앞에서 쉽게 잔혹해진다.

그걸 뼛속까지 깨닫게 된 한 생의 이야기다.

아무 말 없이 나갔다가 돌아온 다음에도 아무 말도 하지 않는 나에게 기타호시는 설교를 늘어놓았다. 하지만 나는 들은 척도 않고 그대로 서점으로 나와 카운터 위에 몸을 둥글게 말고는 세상과 단절하듯 눈을 감았다.

"너, 밥 없다!"

기타호시가 그렇게 소리쳤지만, 어차피 별로 먹고 싶은 마음도 들지 않았다. 이건 나 자신도 걱정스러울 만큼 우려스러운 변화였지만, 도무지 배가 고프지 않은 걸 어쩌겠는가.

그날 밤은 재고 확인조차 하지 않았다. 그런 내 모습을 의아하게 여겼는지, 웬일로 밤늦게까지 깨어 있던 지이노가 말을 걸었다.

"쿠로 씨, 왜 그래요? 돌아온 뒤로 기운이 없네요."

나는 아무 대답도 하지 않았다. 지이노는 아랑곳하지 않고 소리 없이 카운터 위에 올라와 나를 내려다보았다.

"저 좀 실망이에요. 루루 님이 눈여겨보고 일까지 맡겼는데. 어디 아픈 것도 아니잖아요."

시끄럽군, 하고 속으로 생각하면서 무시했다. 아니, 정확히 말하자면 대꾸할 기운조차 없어서, 나는 계속 입을 다물고 있었다. 일방적으로 떠들던 지이노도 결국 포기했는지, 아니면 어이없었던 건지, 어느 순간 조용히 사라져버렸다.

겨우 조용해졌다고 생각한 찰나, 이번에는 정적 너머에서 환청이 들려왔다. 마도카가 나를 부르는 목소리였다.

구슬이 굴러가는 듯한 경쾌한 목소리. 아직 초등학생이던 소녀의 천진한 웃음소리였다. 그 웃음소리는 점차 자신이 쓴 작품을 인정받고 기뻐하는 성숙한 목소리로 변해갔다. 그러다 어느 순간을 기점으로 그 목소리는 뚝 하고 끊기듯 사라졌다.

이번엔 그 아이의 울음소리가 들려왔다. 밤길에서 헤매다 나를 따라오면서도, 엄마에게 혼날까봐 잔뜩 겁을 먹었던 순수한 소녀의 울음소리였다.

그 아이를 위로하는 건 그때의 나도 지금, 나도 불가능했다. 하물며 문제의 뿌리가 더 깊어져버린 지금 그 아이의 눈물을 멈춰주고 싶다니. 그건 처음부터 내가 감당할 수 있는 일이 아니었다.

요즘 같은 시대에 어른을 상대로 돈을 버는 소녀들은 어떤 의미에서는 대단하다고 생각한다. 윤리나 도덕에 대해 왈가왈부할 생각은 없었다. 하지만 한 가지는 분명하다. 젊음을 매개로 한 상품은 시간이 지나면 반드시 가치를 잃는다.

지금보다 더 젊은 순간은 없다. 그 아이들은 그런 가장 소중한 것을 잘라내듯 팔아 돈을 벌고 있는 것이다. 분명 언젠가는 마음과 몸에 큰 상처가 남게 될 것이다. 폭력이나 부조리에 시달리는 날도 있을 것이다. 나는 그런 시대를 숱하게 봐왔다. 그래서 알고 있다.

그러니 마도카만큼은 부디 그런 삶을 살지 않았으면 좋겠다.

그 아이의 울음소리를 향해 무언가 말을 걸어보려 했다. 하지만 그 순간, 감각이 현실로 되돌아오며 눈을 떴다. 깜빡 졸았던 모양이다.

환청은 사라지고 다시금 서점 안에 정적이 찾아왔다.

나는 흐음, 하고 짧게 콧소리를 내고는 이번엔 진짜로 잠에 들었다.

여름이 지나고 가을이 깊어졌다.

드디어 조금 선선해졌구나 싶었는데, 올해도 어김없이 지이노가 일찌감치 화로를 준비해달라고 졸라댔다. 서점 문을 열어두었으니 쌀쌀했던 모양이다. 기타호시에게는 그 정도가 딱 좋은 온도인 듯했지만, 나한테는 응접실이 조금 더웠다.

오늘도 어김없이 서점은 한산했고, 손님에게 쓰다듬어지는 일조차 없어 심심하기 짝이 없었다. 나는 접객이며 잡다한 일들을 키누 일행에게 맡기고, 공원으로 향했다.

──그리고 그곳 벤치에, 마도카가 앉아 있는 모습이 눈에 들어왔다.

평일 한낮, 교복 차림으로 벤치에 혼자 앉아 책을 읽고 있었다. 조금 구부정한 등이 어쩐지 그 아이의 외로움을 그대로 드러내는 것처럼 보였다. 얼마 전, 거리에서 본 모습이 떠올라 왠지 선뜻 다가가기가 망설여졌다.

하지만 시력이 좋지 않은 건지, 등을 살짝 구부리고 얼굴을 종이에 가까이 댄 채 책에 몰두하는 그 모습은 10년

전 어느 여름밤 공원에서 책에 푹 빠져 있던 소녀 그대로였다.

그리고 동시에 약 먹는 걸 질색하며 방 안에 틀어박혀 책만 들여다보던 그 사내의 모습도 겹쳐 떠올랐다.

나는 조금 망설이다가 그 아이가 앉아 있는 벤치 옆으로 폴짝 뛰어올라 자리를 잡았다.

그런데도 아직 내 존재를 알아차리지 못하기에 "냐옹" 하고 작게 울어보았다. 그제야 마도카는 깜짝 놀라 고개를 들고 나를 보았다. 몇 초간 멍하니 나를 응시하더니, 이윽고 "아!" 하고 얼굴을 환하게 밝히며 웃었다. 그러고보니 예전에도 이런 식의 재회를 했던 기억이 났다.

"쿠로잖아. 오랜만이네."

읽던 책에 손가락을 끼워 책장을 덮은 뒤, 반대 손으로 내 턱을 쓰다듬는다. 누군가에게 쓰다듬어지는 감촉은 스스로 긁는 것과는 또 다른 맛이 있다. 특히 마도카는 내 기분이 좋아지는 곳을 제법 잘 알고 있어서, 그 아이가 북두당에 자주 드나들던 무렵에는 만족스러운 순간도 많았다.

오랜만에 그 감촉을 다시 느끼고 보니, 나도 모르게 다른 고양이들보다 한 수 위라는 우월감이 스며 나왔다.

그러나 내가 진짜로 원하는 것은 그런 게 아니었다. 마도카가 어쩌다 지금의 마도카가 되어버린 건지 그 이유를 알고 싶었다.

하지만 나는 고양이다. 그 아이에게 직접 물어볼 수는 없었다. 그래서 우연히 찾아온 기회를 놓칠세라 마도카의 곁에 바짝 붙어 뒹굴뒹굴하고 있었다.

마도카는 한 시간 넘게 공원에 앉아 책을 읽고 틈틈이 나를 쓰다듬으며 시간을 보냈다. 학교는 어떻게 한 걸까 걱정스러웠지만, 그 아이는 이제 더 이상 예전처럼 나에게 일방적으로 말을 쏟아내지는 않았다. 속마음을 털어놓으면 조금은 나아질 텐데, 그러지 않았다. 고양이에게 하소연해봤자 소용없다고 이성적으로 행동하는 것이다.

그만큼 지금의 마도카에게는 마음에 여유가 없는 게 아닐까.

시간이 더 흐르고 땅거미가 지기 시작했다. 한창 놀고 싶을 나이의 여학생, 그것도 여고생이 이 시간까지 공원에서 혼자 책을 읽고 있다는 사실이 역시 걱정스러웠다. 그러나 내 마음 같은 건 알 리 없는 마도카는 내 머리를 몇 번 쓰다듬고는 "또 만나자" 하고 말한 뒤 자리를 떴다. 집이 아닌 역 쪽을 향해서. 그 책가방 안에는 역시 그날의 바람막이가 들어 있는 걸까.

나는 지금은 그저 그 아이의 뒷모습을 지켜보는 것밖에 할 수 없었다. 그래서 발걸음을 주택가 쪽으로 돌렸다. 하지만 목적지는 북두당이 아니다. 이번에 향하는 곳은 마도카의 집이다.

그 아이의 집은 북두당에서 골목을 오른쪽, 왼쪽으로 번갈아 여섯 번 꺾으면 나타난다. 담장을 따라 걸으면 고양이 걸음으로도 금세 도착하는 거리다. 북두당과 같은 주택가 한가운데에 있고, 몇 골목만 더 나가면 4차선 도로가 있는 그런 동네다. 꽤 근사한 단독주택이지만, 지은 지 오래된 듯 건물 아래쪽 외벽의 페인트는 군데군데 벗겨지기 시작했다.

나는 마도카네 맞은편 집의 담장 위에 올라 어디선가 들려오는 풀벌레가 얌전하게 우는 밤의 달빛 아래, 현관을 가만히 보고 있었다.

얼마나 시간이 흘렀을까. 이집 저집에서 풍기던 저녁밥 냄새가 자취를 감추고, 식사 후 텔레비전 소리가 한층 커지다 얼마간 시간이 지났을 무렵, 마도카의 발소리가 들려왔다.

나는 몸을 일으켜 길바닥으로 폴짝 뛰어내린 다음, 그 아이 집 현관 앞에서 걸음을 멈췄다.

길모퉁이 저편에서 고개를 숙인 채 마도카가 걸어오고 있었다. 집 근처까지 와서야 현관 앞에 있는 나를 발견하고 눈을 동그랗게 떴다.

"어…… 어? 말도 안 돼."

당황한 마도카는 두리번거리며 주변을 살폈지만, 물론 기타호시의 모습은 없었다. 그 아이는 머리를 긁적이며 "으음" 하고 난감한 듯 짧게 신음을 흘렸다. 그러다 일단 몸을 숙여 공원에서처럼 내 머리를 가볍게 쓰다듬었다.

좋아, 좋아. 그거면 돼.

나는 골골 목을 울리며 마도카의 손에 몸을 비벼댔다.

"큰일이네."

마도카는 당황스러워 보였지만, 이런 상황에서 아는 얼굴을 못 본 척할 사람이 아니라는 걸 나는 잘 알고 있었다.

예상대로, 잠시 망설이던 마도카는 결국 나를 안아 들고 현관문을 열었다.

그리고 그 순간, 나는 알아차렸다. 집 안에 불이 켜져 있지 않았다. 이렇게 늦은 밤인데도 실내는 어둡고, 이 집에서는 저녁밥 짓는 냄새도 나지 않았다.

마도카는 일단 나를 현관 바닥에 내려놓은 뒤, 신발을 벗고 서둘러 화장실로 향했다. 그리고 잠시 후 젖은 수건을 가져와 내 발바닥을 하나하나 깨끗이 닦아준 다음, 비로소 나를 집 안으로 들어오게 했다.

현관에서 이어진 거실은 어수선했다. 셔터가 내려진 창문의 커튼레일에는 빨래가 널려 있었고, 시간이 없었던 듯 마른 옷가지들은 아무렇게나 개어진 채 곳곳에 쌓여 있었다. 탁자 위에도 온갖 물건들이 널브러져 있었고, 설거지하지 않은 그릇은 보이지 않았지만 깔끔하게 정돈하는 습관은 이 집엔 거의 자리 잡지 않은 듯했다. 그 외에도 책이며 잡동사니들이 이리저리 흩어져 있어 쾌적한 공간이라고는 말하기는 어려웠다.

마도카는 나를 품에 안아든 채 어질러진 거실을 지나 부엌으로 들어섰다. 그곳은 북두당의 주방보다도 훨씬 지저분했다. 설거지는 겨우 마친 듯했지만, 그릇들은 물기를 뺀 다음 선반에 정리하지 않고 그대로 쌓여 있었다. 부엌문 너머에선 처리하지 못한 음식물 쓰레기 냄새가 풍겨왔다.

마도카는 나를 바닥에 내려놓고는 말없이 냉장고를 열었다. 안에는 남은 카레, 그대로 밀어 넣은 냄비 등으로 꽉 차 있었는데, 그 안에서 우유팩을 꺼내 작은 접시에 조금 따라 내 앞에 조심스레 내려놓았다.

"오늘만이야, 알겠지?"

잔소리를 할 때조차 다정한 소녀를 앞에 두고 나는 아무 말도 할 수 없었다. 조금 더 미지근했으면 좋겠다든가, 차라리 물이 낫겠다는 생각도 잠깐 스쳤지만, 그런 요구는 차마 입 밖으로 낼 수 없었다. 말이 통하느냐의 문제와는 별개로, 그런 바람을 드러내는 것 자체가 왠지 미안했다.

이 집의 모든 것이…… 내 예상과는 너무 달랐다.

그저 이 아이는 부모에게 반항하고 있을 뿐이라고, 사춘기 특유의 반항심이 건강한 성장을 막고 있을 뿐이라고, 나는 너무나도 당연하다는 듯 그렇게 믿고 있었다. 하지만 그게 얼마나 근거 없는 착각이었는지를 깨닫고, 나는 깊은 혼란에 빠졌다.

결국 주저하면서도 나는 작은 접시에 얼굴을 가까이 대고 홀짝홀짝 우유를 먹었다.

우유를 다 먹자 마도카는 싱크대에 접시를 툭 하고 거칠게 내려놓고, 다시 나를 안아서 2층의 자기 방으로 데려갔다.

문이 열리자 다다미 일곱 장 남짓한 작은 방이 나타났다. 그 나이 또래 여자애치고는 믿기 어려울 만큼 검소한 방이었다. 화장품도 몇 개 되지 않아, 그것만 보면 반항심에 충동적으로 피어싱을 잔뜩 뚫은 여고생의 방이라 해도 이상할 게 없어 보였다.

　침대와 책상 그리고 조촐한 화장 도구를 제외하면 방 안은 책으로 가득했다. 책장과 바닥까지 수백 권의 책이 쌓여 있어 장관이었지만, 허세나 과시는 느껴지지 않았다. 요즘 또래 여자애들이 어떤 취미나 감성을 갖고 있는지 잘 모르겠지만, 마도카에게서 느껴진 건 단순한 검소함이 아니었다. 어딘가 지나치다 싶을 만큼, 마치 숨을 죽이고 사는 듯한 절제된 삶의 태도였다.

　"내일 북두당에 데려다줄게. 그러니까 여기서 얌전히 있어줘. 미안하지만, 방 밖으로는 나가면 안 돼. 알았지?"

　예전 같았으면 말도 안 되는 소리 하지 말라고 불평했겠지만, 진명을 가진 '아홉 번째'인 나는 순순히 그 부탁을 기꺼이 들어줄 수 있었다.

　"냐아."

　나는 짧게 한 번 울고는, 곧장 마도카의 침대 위로 뛰어올라 몸을 둥글게 말고 자리를 잡았다. 마도카는 아래층에서 챙겨온 신문지와 전단지를 여러 겹 겹쳐 간이 화장실을 만들어주었지만, 걱정할 필요는 없었다.

　안심해, 볼일은 이미 이 집 뒤편에서 다 해결했으니까.

　……하지만.

마도카의 변화를, 그 아이의 마음이 왜 그렇게 변했는지를 이해할 수 있을지도 모른다는 생각에 들어온 집이었지만, 예상했던 모습과 너무 달라 당황스러웠다. 언제나 밝고 명랑하던 그 아이가 살고 있는 집이 이런 모습이라니, 어울리지 않았다.

가족들은 도대체 어디에 있는 걸까. 아버지는? 어머니는? 시계를 보니 벌써 밤 8시가 훌쩍 넘었건만 집 안엔 누군가 돌아온 기척은 전혀 느껴지지 않았다.

나는 인간보다 훨씬 더 똑똑하니까, 마도카가 시킨 대로 이 방 안에서 내일 아침까지 얌전히 있을 수도 있었다. 하지만 그래서는 의미가 없다.

나는 마도카를 알고 싶은 것이다.

마도카가 닫아둔 문 손잡이에 폴짝 뛰어올라 어렵지 않게 문을 열었다. 소리 없이 복도를 지나 계단을 내려가자, 부엌에서는 마도카가 요리를 하면서 동시에 설거지를 하고 있었다.

나는 그 아이의 옆을 조용히 스쳐 지나갔다. 거실은 여전히 어질러져 있어 걷기 힘들었지만, 고양이인 내게는 그런 장애물 따위는 아무런 문제가 되지 않았다.

그런데 거실의 구석진 곳에 검은 그림자가 눈에 들어왔

다. 왜 그곳이 유독 눈에 띄는지 곧바로 알 수 있었다. 그 주변에만 물건이 흩어져 있지 않았다. 온 집이 난장판인데도 오직 그 자리만 정성스럽게 정돈돼 있었다. 마치 그곳만큼은 절대 소홀히 해선 안 된다는 듯이. 나는 조심스럽게 그곳으로 다가갔다. ……그리고 발견했다.

불단이 놓여 있었다.

어수선한 집안에서 불단과 그 주변만이 유독 깨끗하게 정돈되어 있었다. 줄지어 놓인 위패들 사이에 하나, 막 만들어진 듯한 새 위패가 눈에 들어왔다. 계명戒名(불교에서 죽은 사람에게 붙여주는 이름)을 보니 남자 이름 같았다.

그 아래에는 중년 남성의 영정 사진이 있었다. 마도카 또래 소녀의 부모쯤 되는 나이대였다.

나는 그 불단 앞에서 한동안 눈을 뗄 수 없었다.

──감당도 못 할 일에 함부로 손대선 안 되는 거야…….

불현듯 키누의 말이 떠올랐다. 동시에 스스로가 한없이 부끄러워졌다.

도대체 무엇을 믿고 그렇게 자만했던 걸까. 어째서 동족도 아닌 이 아이의 슬픔을 내가 이해할 수 있으리라 믿었던 걸까.

그때 집에서 조금 떨어진 곳에서 발소리가 들려왔다. 곧

바로 몸을 움직였다. 쏜살같이 부엌 옆을 빠져나와 소리 없이 계단을 다시 올라갔다. 2층 복도 구석에 몸을 낮춘 채 상황을 살피는데 현관문 열리는 소리가 들렸다.

"나 왔다."

중년을 넘긴 듯한 여자의 목소리였다. 아마도 어머니겠지. 그 말투에는 지친 기색이 고스란히 배어 있었다.

"다녀오셨어요."

마도카가 조심스레 인사했지만, 돌아온 어머니의 반응은 예상과는 전혀 달랐다.

"밥하고 있었어……? 그런 쓸데없는 짓 좀 하지 마!"

"제발, 나도 돕고 싶단 말이야. 나만……."

마도카의 목소리가 살짝 떨렸다. 그걸 전부 부정하듯이 어머니가 고함을 질렀다.

"그럼 공부를 해! 오늘도 학교 안 갔다며? 학교에서 또 연락 왔잖아. 엄마가 또 사과했단 말이야! 도대체 얼마나 더 엄마 체면을 구겨야 속이 풀리겠어, 응? 엄마를 돕고 싶으면, 학교부터 가! 밥은 내가 지금부터 할 거니까, 당장 그 칼 내려놔. 내려놓으라고!"

달각, 무언가 내려놓는 소리가 난 뒤 잠시 침묵이 흘렀다.

그 침묵을 깨고 마도카가 다시 입을 열었을 때, 그 목소리에는 억지로 울음을 참고 있는 게 느껴졌다.

"있잖아, 나……, 대학 같은 거 안 가도 돼. 집에 도움이 되는 게 훨씬 좋아. 그게 더 기뻐……. 오빠는 좋은 회사 다니고 여자친구도 있고, 이제 됐잖아. 매달 오빠가 생활비 보내는 것도 부담 주는 것 같아 싫어. 돈은 나도 벌 수 있단 말이야. 지금도 친구 동생한테 과외해주고 있거든. 그러니까……."

"친구, 누구?"

"리, 리이……."

"거짓말."

——철썩.

살을 때리는 메마른 소리가 났다.

그 순간, 내 머릿속에서 료키치의 모습이 선명하게 되살아나며 나도 모르게 움찔 몸이 떨렸다.

"네 주제에 무슨……. 학교도 빼먹고, 맨날 책만 읽는 네가 무슨 수로 남의 애를 가르친다는 건데? 대체 뭘 한 거니? 응? 무슨 짓을 하고 다녔는지 말해!"

철썩.

철썩.

철썩.

"엄, 엄마, 아파……. 그만해……."

"불효막심한 것! 이런 멍청이! 다 알고 있어. 어떻게 돈 벌었는지, 네가 뭘 했는지……! 듣고 싶지도 않아! 지난달도, 그 전달도, 네가 집에 가져온 돈에 고마워하며 울었던 내가 비참하고 억울해서, 바보 같아서……! 도대체 넌 왜……!"

어머니는 울음을 참으며 목이 메인 목소리로 겨우 말을 이었다. 그런데 그 와중에도 아이의 얼굴과 몸, 머리를 때리는 메마른 소리는 멈추지 않았다.

그와 동시에, 내 머릿속엔 료키치에게 당했던 갖가지 폭력이 되살아났다. 아이가 장난삼아 던진 돌에 맞았을 때의 생생한 통증이 오랜 세월을 지나 다시금 몸속 어딘가에서 되살아났다.

나는 무의식적으로 귀를 접고, 꼬리를 몸에 바짝 감은 채 천천히 계단에서 멀어졌다.

——마도카를 돕고 싶다.

진심으로 그렇게 생각했다. 그런데도 나는 나설 수 없었다.

어머니의 목소리가 이어졌다.

"작가가 되겠다고? 될 리도 없는 꿈 좇지 말고, 대학 가! 안 가면, 나랑 오빠가 그동안 버텨온 고생이 전부 헛수고야! 헛수고가 된다구! 알겠어? 제발! 너 가난하게 살라고 아버지가 돌아가신 게 아니잖아! 알고는 있니? 그런 일은 정말 재능 있는 사람만 할 수 있는 거야! 평범한 사람이 그걸로 먹고살기 얼마나 힘든 줄 알아? 그런 거, 원래 돈 있는 사람들이 취미 삼아 하는 거라고! 우리 같은 평범한 집안에서 감히 꿈꿀 수 있는 일이 아니라고! 돈이 없으니까 어떻게든 하겠다는 생각으로 쉽게 돈 벌 수 있는 길에 손 댔다가……그렇게 해서 인생이 망가지는 거야! 평생을! 알겠어? 평생! 소설 같은 말도 안 되는 일에 빠지지 마! 영원히! 절대로 다시는 하지 마! 이건 다 널 위한 말이니까! 알겠니? 듣고 있지? 제발, 엄마 말 좀 들어, 알겠지!"

철썩.

철썩.

철썩.

"잘못, 잘못했어……."

"그렇게, 그런 상스런 애들이랑 계속 그런 짓 하는 거, 엄만 그 꼴 못 봐! 엄마 기분이 어떨지 생각은 해봤니? 잘 들어! 그 애들이랑은 당장 연 끊어! 알겠지? 여자애가 자기 몸을 소중히 여길 줄 알아야지, 나중에 대체 뭐가 되려고 그러는 거야! 또 그러면 경찰 부를 거야! 다음부터는 절대 그냥 안 넘어갈 거야! 그러니까 다 말해! 전부 다 사실대로 얘기해! 그래서 네가 무사할 수 있다면, 엄마 체면이야, 얼마나 망가지든 상관없으니까……. 그러니까 이제 그만하자. 엄마가 지켜줄게. 그러니까 두 번 다시……그런 짓은……."

마지막 말은 끝내 이어지지 못했다. 길고 긴 설교가 끝난 뒤에야, 아래층에서 이어지던 폭력의 소리도 멈췄다. 그 대신, 두 여자의 흐느끼는 울음소리가 포개져 2층 어둠 속을 조용히 울렸다.

여기서 내가 해야 할 일은 무엇일까. 긴장으로 굳어 있던 몸이 겨우 움직이기 시작하자, 조용히 마도카의 방으로 돌아갔다.

머릿속이 온통 뒤죽박죽이었다. 무엇을 어떻게 해야 좋을지 전혀 감이 잡히지 않았다. 일단 마도카의 책상 위로 뛰어오르자, 아래에서는 보이지 않던 먼지가 수북이 내려앉은 노트북이 눈에 들어왔다. 꽤 오랫동안 손길이 닿지 않은 듯, 책상 한쪽 좁은 틈에 쑤셔넣은 채 방치되어 있었다.

여기서, 바로 이 노트북으로 그 아이는 계속 이야기를 써왔던 것이다. 그리고 언제부턴가 그걸 완전히 멈춰버렸다. 그 이유는 조금 전 내 두 눈으로 확인한 셈이었다.

나는 대체 이 아이에게 무엇을 기대하고 이곳에 온 걸까.

그리고 그 생각을 마칠 틈도 없이, 1분도 채 지나지 않아 마도카가 방으로 돌아왔다. 뺨과 눈은 벌겋게 부어 있었고, 왼손엔 지갑을, 오른손엔 만 엔짜리 지폐 몇 장을 움켜쥐고 이를 악물고 있었다.

마도카는 방문을 닫고 한참을 멍하니 서 있다가 이내 지갑과 지폐를 바닥에 내던졌다. 지갑은 묵직하게 툭 하고 떨어졌지만, 지폐는 공기의 저항을 받으며 팔랑팔랑 소리 없이 흩날렸다. 그 무력한 낙하가 지금의 마도카를 그대로 닮아 있는 듯했다.

나는 책상에서 뛰어내려 마도카 곁으로 다가갔다. 지친 듯 바닥에 주저앉아 계속 흐느껴 우는 그 아이는 눈물에 젖은 손으로 내 목덜미를 천천히 쓰다듬었다.

그렇게 한참 동안 나를 쓰다듬다가 마음이 조금 진정되자, 마도카는 아까 자신이 내던졌던 지폐들을 모두 주워 쓰레기통 위에서 아무 망설임도 없이 짝짝 찢어버렸다.

그리고 말없이 휴대폰을 들고 어디론가 문자를 보냈다. 내가 있는 자리에서는 화면의 글씨가 잘 보이진 않았지만,

몇 문장 정도는 읽을 수 있었다.

'캡처해놨어.' '상관없어.' '말하면 폭로할 거야.' '절대 안 할 꺼야.'

마지막으로 전송 버튼을 누르고 전원을 끈 마도카는 그 조그마한 기계를 바닥에 툭 하고 던졌다. 그리고 나를 조심스레 안아 올려 작은 팔로 부드럽게 끌어안았다.

"끝났어, 전부 다……."

짧고 낮게 가라앉은 그 말은, 마침내 그 아이의 입에서 나온 조용한 패배 선언이었다.

머리카락 사이로 반짝이던 투박한 피어싱도 그 순간, 빛을 잃은 듯했다.

그날 밤, 마도카가 침대에 누운 걸 보고 나도 그 옆자리로 뛰어들었다. 저리 가라고 할 줄 알았지만, 마도카는 말없이 나를 끌어안더니 마치 아기를 달래듯 내 몸에 손을 얹고 눈을 감았다.

누군가의 곁에서 자다니, 그 마녀 옆에서도 한 번도 없던 일이었다.

마지막으로 누군가와 부드럽게 몸을 맞댈 수 있었던 건 아마도 그 사내 이후 처음일 것이다. 료키치와는 이만큼 가까워지기도 전에 이미 관계가 무너져버렸으니까.

    오랫동안 잊고 있었던 감각이 되살아났다. 인간의 체온으로 데워진 이불의 감촉.

    바로 옆에서 느껴지는 한 사람의 몸과 고른 숨소리.

    나는 이 온기를 소녀가 기억해주길 바랐다.

[7장]

축복과 저주

"고양이의 사랑보다 더 큰 선물이 어디 있으랴."

— 찰스 디킨스

야생의 세계에서 고독은 곧 죽음을 의미한다. 무리를 이루지 않고 혼자서도 살아갈 수 있는 생명체는 대개 먹이사슬의 꼭대기에 있는 존재들이다.

고양이는 제법 많은 짐승을 사냥하지만, 그렇다고 해서 꼭 상위 포식자라 하기는 애매하다. 특히 요즘 세상엔 천적 외에도 예상치 못한 위험이 도처에 도사리고 있어, 언제 어디서 허망하게 목숨을 잃게 될지 모를 일이다.

그렇기에 그 섬에서 살아남을 수 있었던 건 우리 고양이들에겐 행운이었을지도 모른다. 적어도 인간들은 그렇게 믿고 있는 것 같았다.

──그 섬은 현지인들 사이에서 '고양이 섬'으로 통했다.

물론 인간들이 제멋대로 붙인 이름이라 진짜 지명이 무엇이었는지는 우리도 모른다. 하지만 고양이 섬이라는 이름 그대로 그곳엔 고양이들로 가득했다.

언제부턴가 나도 그 섬에 정착해 살고 있었다.

섬 밖에서 페리를 타고 흘러들어온 건지, 여기라면 외롭지 않을 거라는 터무니없는 생각을 가진 인간들에게 버려진 건지, 아니면 처음부터 그 섬에서 태어난 건지, 그 어느 쪽이든 '일곱 번째' 생을 살아가고 있는 나에겐 더 이상 중요하지 않은 문제였다. 나는 이제 인간이란 존재는 지긋지긋했다. 그들과 얽히는 일은 가급적 피하고 싶었다. 어쩌면, 아니 분명히 나는 혼자인 편이 더 좋았다.

무리를 지어 사는 이상, 고양이는 완전히 고독할 수 없다. 천성이 자유로운 우리도 가끔은 서로 돕기도 하고, 먹이를 두고 다투기도 한다. 그러나 참견하기 좋아하는 인간들이 틈만 나면 끼어들어 뭔가를 던져주곤 하기 때문에 굶주릴 일은 좀처럼 없었다.

나는 그게 싫었다.

선착장 부근엔 늘 고양이들이 몰려들었다. 어부나 섬사람들이 모여 앉아 생선을 손질하고 골라내는 동안, 그 남은 것들을 노리고 고양이들이 하나둘 모여들었다. 그래서 해안가에 가면 언제나 열 마리 넘는 고양이들이 줄지어 앉아 있었다.

나는 결코 그 무리에 섞이지 않았다. 언제나 인간이 던져주는 먹이를 받아먹는 고양이들을 비웃고, 깔보며, 조용히 마을 어귀로 모습을 감추곤 했다.

나에게는 버팀목이 되어주는 존재는 단 하나도 없었다. 대부분의 고양이들은 누군가와 관계를 맺고 친해져서는 서로 도와가며 살고 있었다.

나만 예외였다. 그 섬에 나보다 더 많은 생을 살아온 고양이는 거의 없었고, 인간에게 계속 배신당해온 녀석도 단 한 마리도 없었다.

나는 비뚤어져 있었다. 내가 어떤 일을 겪었고, 얼마나 괴로운 기억을 품고 살아왔는지 너희가 그걸 알 리 없잖아. 언제나 마음속으로 그렇게 소리를 지르고 있었다.

내가 지나온 여섯 번의 생에 대해 아무리 그럴듯하게 이야기해본들, 나를 온전히 이해하고 공감해줄 고양이가 있을 리 없었다. 그래서 이토록 많은 동족 사이에서도 나는 고독을 선택했다. 처음부터 누구와도 엮이지 않기로 마음을 굳혔다.

실제로 나는 섬에서 미운털이 단단히 박힌 존재였다. 누구와도 협력하지 않고, 누구도 도우려 하지 않았다. 규칙은 무시하고 언제나 제멋대로 행동했다. 섬 안은 몇 개의 구역으로 나뉘어 있고, 각 구역엔 대장이라 불리는 고양이들이 있으며, 거기엔 그들 나름의 질서와 규칙이 있었다. 하지만 나는 그런 것에 전혀 개의치 않았다. 그러니 어찌면 미움을 받는 것도 당연했다.

  그 섬에서 보낸 시간은 평생이라고 해야겠지만, 실제론 고작 6년 남짓이었다. 3년째 되던 해부터 나는 매년 그 섬에 새끼를 남겼다. 하지만 그 새끼들이 어떻게 되었는지, 임신한 암고양이가 어떻게 새끼들을 키웠는지도 알지 못했다. 단 한 번도 신경 써본 적도 마음에 두어본 적도 없었다.

  그러나 6년째 되던 해, 내 새끼를 밴 암고양이가 모든 문제의 발단이 되었다. 그 섬 북쪽에서 가장 넓은 구역을 차지하고 있던 대장이 눈독을 들이던 존재였던 것이다.

  물론 나도 그 암고양이도 그런 사정을 알 리가 없었다.

  아무리 대장이라도 고양이는 고양이다. 먼저 교미한 수컷의 새끼를 배는 건 당연한 일이고, 그걸 트집 잡고 어깃장을 놓는 건 대장답지 못한 행동 아닌가. 그런데도 그는 나에게 적대감을 표현했다.

  고양이는 무리를 지어 리더를 중심으로 한 사회를 이루는 동물이 아니다. 다만 대장격인 녀석이 있어 자기 무리를 자식처럼 돌보고 지도할 뿐이다. 그러나 천성이 거칠었던 그 대장은 제멋대로인 내가 눈엣가시였던 모양인지, 나를 마구 물어뜯고 할퀴고 상처를 입혔다.

  나는 오른쪽 눈을 잃었고, 온몸이 상처투성이가 되었다.

며칠이 지나자 상처는 곪기 시작했다. 야생에서는 아주 작은 부상조차도 치명적이다. 하지만 내가 할 수 있는 일이라고는 그저 몸을 핥고, 가만히 기다리는 것뿐이었다. 나는 필사적으로 버텨보려 했지만 아무 소용없었다.

작은 언덕의 나무 그늘 아래, 아픈 사지를 웅크린 채 거칠게 숨을 몰아쉬고 있던 나에게 섬에서 가장 남을 잘 돌보던 늙은 고양이가 다가와 안쓰러운 목소리로 말을 건넸다.

"바보 같은 녀석. 다른 고양이들과 서로 잘 지내지 않으면 아무도 널 도와주지 않게 될 거야."

"시끄러워, 할배. 남들과 어울리는 것도 서로서로 돕고 사는 것도 다 질색이야."

"맙소사. 네 앞날이 어찌될지는 모르겠지만……, 만약 너에게 다음 생이 있다면, 그때는 누군가와 다정하게 살아보렴."

"잔소리라면 딴 데 가서 하시지."

그런 대화를 나눴던 것 같기도 하지만, 열 때문인지 기억이 흐릿하다.

어쨌든 나는 치명적인 부상을 입었다. 그 몸으로 숲에서 사냥하는 건 점점 힘들어졌고, 기운도 빠르게 쇠약해져갔다. 고심 끝에 나는 방파제로 향했다. 어부가 흘린 생선 부스러기라도 얻어먹을 수 있을까 싶어서. 하지만 거기에도 이미 선점한 고양이들이 있었고, 으르렁거리며 나를 내쫓았다. 결국 제대로 된 밥 한 끼도 먹지 못한 채 돌아서야 했다.

기댈 수 있는 존재는 없었다. 도움을 주는 이도 없었다.

고독한 삶이 이토록 괴로운 것이었다는 걸, 그때 나는 절절히 깨달았다.

그렇게 굶주리다 혹시 누군가 흘린 생선 토막 하나쯤은 있지 않을까 싶어 제방을 걷던 나는 그만 파도에 휩쓸려 어이없이 익사하고 말았다. 그 신경질쟁이 사내가 쓴 검은 고양이 이야기의 결말보다 훨씬 비참한 최후였다.

나를 불쌍히 여기는 녀석은 아무도 없었다.

아침 등굣길에 마도카는 북두당에 들렀다. 마도카는 나를 서점 앞에 내려놓았고, 나도 더 이상 그 아이를 따라가지 않았다. 그저 아쉬운 마음으로 그 아이를 배웅하고, 북두당 안으로 들어갔다.

"대체 어디 갔다온 거야!"

키누는 잔뜩 화가 난 얼굴로 나를 나무랐고, 기타호시는 화를 내다가 걱정했다며 울먹였다. 나는 어떻게 해야 좋을지 몰라서 물그릇에서 물을 조금 마신 뒤, 괜히 토라져서 잠을 청했다. 치비와 지이노가 장난치러 왔지만, 나는 무시한 채 계속 잠을 잤다.

하지만 언제까지 문제를 외면할 수는 없었다. 기타호시는 아직 언짢아 보이는 표정으로 책을 읽고 있었지만, 나는 어떻게든 마녀와 마주 앉아 이야기를 해야만 했다.

"마녀, 잠깐 시간 돼?"

"왜?"

"둘이서만 할 얘기가 있어."

"응."

무슨 용건인지 짐작한 걸까. 기타호시는 날 서 있던 분위기를 조금 가라앉히고, 시계를 힐끗 확인하고는 읽던 책에 조심스레 책갈피를 끼웠다.

부엌에서 주먹밥 두 개를 만들고 물병에 차를 담아 토트백에 챙겨 넣었다. 그런 다음 슬슬 멋을 부리기 시작했다. 롱스커트에 스니커즈, 블라우스 위로 두툼한 카디건을 걸치고 챙이 넓은 밀짚모자를 푹 눌러쓴 뒤, 언제나처럼 줄 달린 안경을 썼다. 안경줄 끝에 매달린 술잔 모양의 펜던트가 달랑달랑 흔들렸다. 벌써 40대 중반의 중년인데도, 차분한 색조라 그런지 신기하게도 젊어 보이는 옷 차림도 잘 어울렸다.

어디 멀리 나가는 것도 아닌데, 북두당과 역 앞 슈퍼, 약국 정도만 오가는 그녀에게는 이 외출이 마치 작은 여행처럼 느껴지는 모양이었다.

"서점 좀 봐줘."

언제나처럼 묘한 전언을 키누와 다른 고양이들에게 남긴 뒤, 우리는 북두당을 나섰다.

처음엔 내가 앞장서 걷고 기타호시가 천천히 그 뒤를 따랐다. 그러다 내가 지친 기색을 보이자, 그녀는 나를 번쩍 들어올려 어깨에 태우고 말없이 걸음을 옮겼다.

사실 근처의 작은 공원에 갔어도 충분했을 텐데, 기타호시는 모처럼 외출한 김에 멀리 있는 공원으로 가자고 했다. 야구장이 딸린 널찍한 공원이라 휴일이면 아이 손을 잡은 가족들이나 노부부들로 북적이지만, 오늘은 평일이라 비교적 한산했다. 그래도 유모차를 밀거나 아이의 손을 꼭 잡고 걷는 젊은 엄마들의 모습이 여기저기 눈에 띄었다.

놀이기구가 몰려 있는 장소를 빠져나온 우리는 연못 주

변 산책로 코스에 있는, 지붕이 있는 벤치에 와서야 겨우 자리를 잡았다.

한적한 풍경이 우리의 마음을 부드럽게 어루만졌다. 바닥에 떨어진 붉고 노란 단풍잎들이 길바닥을 알록달록하게 물들이고, 그중 몇몇은 연못 위를 떠다니거나 바람에 날려가다가, 이내 조용히 가라앉았다. 그 여유로운 풍경이 지금의 나에겐 묘하게 위안이 되었다. 곁에 앉은 기타호시는 내 등을 천천히 쓰다듬으며 감회에 젖은 목소리로 조용히 말했다.

"쿠로도 이제 꽤 무거워졌네. 우리 집에 온 지도 10년쯤 됐지? 그럼 당연히 많이 컸겠지."

그런가. 벌써 그렇게 시간이 지났군.

나는 기타호시 곁에서 몸을 둥글게 말고 있었다. 햇살이 따스하게 내리쬐자 눈꺼풀이 스르르 감길 뻔했다. 하지만 지금은 잠들면 안 된다. 오늘은 꼭 해야 할 말이 있었다.

물병을 열어 차를 한 모금 마시고 나서, 기타호시는 곧장 본론을 꺼냈다.

"그래서 할 말이 뭐야?"

나는 잠시 머뭇거리다 어젯밤의 일을 털어놓았다.

기타호시는 어이없다는 듯 깊은 한숨을 내쉬었다.

"그 아이한테 그렇게까지 폐를 끼친 거야?"

"걱정이 돼서……."

"그 기특한 마음을 나한테도 좀 보여주면 좋겠는데."

"너는…… 딱히."

"이 녀석 봐라."

"……내가 어떻게 해야 할까."

몸을 일으키며 그렇게 묻자, 꽤나 엉뚱한 질문처럼 들렸나보다, 기타호시가 마시던 차를 살짝 뿜고는 기침을 했다.

"어떻게 해야 하냐고? 남이나 다름없는 고양이가 꿈을 포기한 소녀를 어떻게 위로해서 다시 일으켜 세울 수 있겠는지, 그걸 묻는 거야?"

말이 너무 심하다 싶어서 나는 발끈했다.

"그게 그렇게 이상해?"

기타호시는 한동안 나를 가만히 바라보다가 입을 열었다.

"넌 그저 고양이일 뿐이야. 그 아이에게 있어선 말이지. ……그리고 나 역시, 그냥 평범한 고서점 주인일 뿐이고."

"너는 다르잖아."

책을 사랑하고 책 속에 푹 빠져서, 한 소녀가 쓴 상상의 조각 하나하나에 진심으로 눈물을 흘릴 줄 아는 여자. 그리고 작가와 함께 살았다 환생한 고양이들을 모아서 이야기를 나누고, 잊힌 이야기를 다시 세상에 불러내는 사람. 그런 마녀가 어떻게 평범하다고 할 수 있을까.

"마녀, 너라면 책에 깃든 힘으로 마도카를 도와줄 수 있지 않을까? 그 아이는 아직도 미련이 남은 게 분명해. 펜을 꺾은 것도 작가의 꿈을 포기한 것도, 그건 진심이 아니야."

나는 그 아이가 다시 이야기를 써주기를 바랐다. 그 사내가 계속 글을 써내려갔던 것처럼.

……하지만 기타호시는 괴로운 표정을 지었다. 김이 모락모락 피어오르는 물병을 두 손으로 꼭 감싸쥐고 고개를 떨군 채, 말 한마디 꺼내는 것조차 힘들어했다. 그리고 마침내, 쥐어짜내듯 겨우 입을 열었다.

"……나에게는, 무리야."

"어째서? 그 아이는 너를 가장 믿고 있어. 자기가 쓴 소설을 보여준 것도 너 하나뿐이잖아. 그 아이는……."

간자키 마도카라는 소녀와 기타호시 에리카라는 마녀. 나는 그 둘의 관계를 단 한순간도 가볍게 여긴 적이 없었다. 오랫동안 지켜보며 알고 있었다. 두 사람은 서로를 진심으로 믿고 있다는 걸. 그 아이의 마음을 다시 움직일 수 있는 사람이 있다면, 그건 기타호시뿐이었다.

그런데도 마녀는 끝내 고개를 저었다.

"나는 할 수 없어."

"어째서?"

"나는……, 벌을 받고 있어."

루루의 말이 떠올랐다. 나는 초초해하며 다그치듯 되물었다.

"대체 어떤 벌인데?"

기타호시는 이번엔 얼버무리지 않았다. 어딘가 침통한 표정을 지으며 천천히 입을 열었다.

"……이야기를 짓는 것이 금지되었어. 이야기를 우습게 여긴 죄로."

손에 쥔 차만 내려다보던 그녀는 그제야 비로소 내 쪽을 바라보았다. 상냥함과 슬픔이 뒤섞인 미소를 띤 그 표정은, 내 어휘로는 도저히 한마디로 표현할 수 없었다.

"서점에 걸려 있는 족자 봤지?"

"요괴처럼 생긴 거 말이지?"

"응. 그게 뭔지 알아?"

"글쎄, 모르겠는데."

"그건 말이야, '괴성魁星'이라고 해."

처음 듣는 말이었다. 내가 아무 말 없이 가만히 있자, 그녀는 설명을 덧붙였다. 북두칠성의 국자 모양에서 물을 뜨는 부분에 해당하는, 첫 번째 별에서 네 번째 별까지를 가리키는 말이라고 했다.

"앞서가는 별이라서 '괴(북두칠성의 머리 쪽에 있는 천추, 천선, 천기, 천권 등 4개의 별)성'이라 불러."

"그래서 그게 뭐 어쨌다는 건데."

"……괴성이라는 말은 중국에서 학문과 문장의 신을 뜻하게 되었어. 그게 명나라 말기에 출판이 활발해지던 일본에 전해지면서 또다시 의미가 바뀌었지. 결국 괴성은 책의 신이 되었어."

마치 실제로 본 것처럼 이야기하는 그녀. 나는 그 말의 의미를 곧장 이해할 수는 없었다. 하지만 점점 의문의 실타래가 풀리고, 흩어져 있던 점과 점이 이어지며, 어렴풋이 하나의 형상이 떠올랐다.

설마…….

나직이 중얼거린 내 말에 마녀는 쓸쓸한 듯 웃으며 말했다.

"내 진명은 괴성이라고 해. 신의 지위를 잃고 추방당한 어리석은 자이자, 이야기를 지키는 책의 신이기도 하지."

아주 먼 옛날, 과거 시험이 있던 시절부터 괴성은 인간 세상을 지켜보았다.

여와(중국의 천지 창조 신화에 나오는 사람의 얼굴과 뱀의 몸을 한 여신)가 인간을 창조하고, 유라시아 대륙의 동방 일대가 그녀의 신민들에 의해 풍요로워지고 문화가 번성하기 시작할 무렵부터 괴성은 인간과 그 지성을 평가하고 심사하는 일을 맡아왔다.

괴성은 세계 최고 수준의 등용 시험에서 가장 높은 성적으로 합격한 자의 칭호(진사 시험에서 제일 높은 성적으로 급제한 사람을 '괴성'이라 부른다.)에 자신의 이름을 붙이는 것을 자랑스럽게 여겼다. 그 이름은 곧 문화와 학문의 정수였고, 인간이 도달할 수 있는 최고 지적 경지를 상징하는 이름이기도 했다.

지옥도, 도원향도 괴성의 눈에는 시시하게만 보였다. 그런 곳에서 소소한 일을 하는 것은 자신의 본분이 아니라고 여겼다. 문화를 존중하고, 지성을 숭배하며, 학문을 더 널리 전파하는 것이야말로 자신의 사명이자 존재 이유라 확신했고, 실제로 그렇게 행동했다.

괴성은 이야기를 짓고 책을 쓰고 기록을 남겼다. 인간을 위해서가 아니라, 천계의 신들이 즐기기 위한 책이었다. 그것은 역사서이자 문화사였고, 때로는 꿈을 그린 이야기이기도 했다. 천계에서는 오직 괴성만이 이야기를 짓고, 책을 쓰고, 널리 전파하는 일을 맡고 있었기에 천계는 그의 책으로 가득 찼다.

그것은 분명 전지전능한 학문의 신에게 어울리는 위대한 업적이었다.

······그러나.

역사서나 유교와 도교의 가르침을 전하기 위한 서적 외에 공상의 세계를 그린 이야기들이 점차 퍼져나갔다. 어느 순간부터 괴성은 위기감을 느꼈다. 현세, 즉 인간 세계에서 짜 맞춘 허구의 이야기들 속에 혼이 깃들기 시작한 것이다.

처음엔 그저 거짓과 환상, 뜬구름 잡는 이야기들을 써내려간 미숙한 창작물일 뿐이라 여겼다. 하지만 그 허구의 이야기들은 사람들의 마음을 사로잡기 시작했고, 점차 한 나라를 넘어 어떤 책은 전 세계로까지 퍼지고 확산되었다.

거짓된 이야기들은 마침내 사람들의 마음을 사로잡았다. 그 영향력은 10년, 20년, 100년, 200년, 때로는 천년이

지나도 전해질 만큼 강력한 힘을 지니게 되었다.

　괴성은 그제야 처음으로 인간이라는 존재에 대해 두려움을 느꼈다.

　신은 만능이며 전능한 존재다. 따라서 태초부터 그 힘은 완성되어 있었고, 더 이상 성장할 필요가 없었다. 신은 완전무결한 존재이며, 또한 그래야만 했다.

　하지만 세월이 흐르며 사람들이 물질적 존재와 과학을 신앙의 대상으로 삼기 시작하자 신들의 힘은 서서히 약해졌다. 완전했던 것에 균열이 생기기 시작했다. 완전함에는 더할 것이 하나도 없지만, 잃을 것은 얼마든지 있었다.

　괴성이 짜내는 이야기들도 점차 그 품격이 떨어졌다. 신들이라면 누구나 시간이 흐를수록 자신의 힘이 약해지는 것을 실감하고 있었지만, 그 상실의 공포를 가장 예민하게 느낀 존재는 바로 괴성이었다.

　그저 흙덩이로 빚어진 무지몽매한 필멸자들이 이야기를 짓고 있었다. 그들의 상상력과 창조력은 좀처럼 쇠퇴를 모르고, 오히려 가속도를 붙여 날로 강해지고 있었다. 반대로 신의 힘은 서서히 약해지고 퇴화하며 몰락해갔다. 그건 괴성에게 가장 두려운 공포이자 절대로 용납할 수 없는 사태였다.

그러나 현실은 비정했다. 괴성은 바다를 건너 책의 신으로서 섬나라의 열등한 민족 사이에서 마음껏 힘을 떨치고자 했지만, 이국의 땅은 이국의 신이 가진 힘을 더욱 약하게 만들었다.

 그 섬나라의 백성들은 대륙의 신민 이상으로 이야기를 짓는 일에 더 열정적이었다. 육지와 단절된 그 독특한 문화 때문이었을까. 그곳에는 기묘하고 기발하며 깜짝 놀랄 만큼 독창적인 문화가 자리하고 있었다.

 그들은 대륙에서 온 자신을 책의 신으로 숭배했다. 하지만 정작 그 신은 자신이 더 이상 그 자리에 걸맞은 힘을 지니고 있지 않다는 것을 누구보다 뼈저리게 느끼고 있었다.

 ──이대로라면 신으로 살아갈 수 없다.

 신에게는 원래 생과 사, 생명이라는 개념이 존재하지 않는다. 그 대신 무언가를 이룬다는 사명을 지니는 것이 곧 생과 같은 의미의 존재 증명이자 각각의 신에게 부여된 고유한 역할이었다.

 그러나 인간의 창조성이 이 역할을 위협하기 시작했다. 책의 신으로서의 자격과 사명을 박탈당할지도 모른다는 두려움이 괴성의 마음속에 싹텄다.

 신은 잊히면 사라진다. 신앙이 사라지면 타락한다.

——자신이 더 이상 신으로서의 존재 가치를 지니지 못할 거라는 공포.

괴성은 그 두려움에 압도당하고 말았다.

이성을 잃은 그는 인간이 써내는 이야기를 세상에 퍼지는 병균이라 떠들며 멸시하고 혐오했다. 침을 뱉듯 조롱하고 경멸하며 거부했다. 다른 신들이 아무리 경고의 말을 해도 공포에 사로잡힌 괴성은 인간이 만들어낸 창조물을 일방적으로 부정했다.

그럼에도 인간의 힘은 줄지 않았고, 오히려 괴성의 힘에 점점 가까워졌다. 절망의 늪에 빠진 괴성은 결국 인간의 창조성을 파괴하고자 했다. 인간의 마음을 무너뜨리기 위해 계략을 꾸며 산산이 부수려 했던 것이다.

그 계략은 아마테라스(천조대신, 일본 신화에 나오는 태양신의 성격을 띤 여신)의 분노를 샀다.

괴성은 힘을 빼앗겼다. 신으로서의 자격을 부정당했다.

괴성은 다른 신들에게 탄원하고 자신의 잘못을 뉘우쳤으나 모든 것이 너무 늦었다. 신들은 판결을 내렸다.

"그대가 업신여기던 인간의 몸으로 떨어질지니.
우리는 그대에게 이야기 짓는 행위를 금한다.

창조성도, 상상력도, 그대에게서 거두겠다.

인간으로 살아가는 동안, 책과 이야기라는 것에 깊이 연루된 삶을 살아가라.

그대가 빼앗기고도 사랑해 마지않던 그것들을,

다른 누군가가 사랑하고, 새로이 만들어가는 모습을

곁에서 영원히 지켜보며 살아갈지니—.

무력함과 절망을 가슴 깊이 새겨라.

……그것이 그대에게 내리는 벌이다."

"일본에서 괴성의 형상이 처음 그려졌을 때 누가 어디서 어떻게 잘못 그렸는지는 모르겠지만, 먹통을 술잔으로 착각하고 그려 넣은 거야. 그 그림이 일부에서 퍼졌고, 그 실수가 꽤 재미있었는지 지금은 그게 내 몇 안 되는 정체성 중 하나가 되어버렸지."

마녀는 안경줄에 매달린 술잔 모양의 펜던트를 손가락으로 살짝 건드리며 말했다.

그렇게 기묘한 신상 고백을 마친 그녀는 랩에 싼 주먹밥을 한입 크게 베어 물고 천천히 맛을 음미하며 연못을 바라보았다. 나는 그 모습을 멍하니 올려다볼 수밖에 없었다. 잠시 후, 주먹밥을 삼키고 마녀는 다시 말을 이었다.

"모두들 나를 '마녀'라고 부르지만, 사실 내겐 신비한 힘 같은 건 없어. 북두당에 머물고 있기 때문에 고양이들과 대화할 수 있는 힘을 조금 나눠받았을 뿐이야. 그 서점은 천계가 내린 마지막 자비……. 아니, 어쩌면 형벌일지도 몰라. 책은 최소한 먹고사는 데 지장 없을 정도로만 팔려. 팔린 만큼 저절로 채워지지.

나를 붙잡아두는 수단인 셈이지. 그리고 이 저주는 내 육체에도 영향을 미치고 있어서, 북두당을 오래 비우면 점점 몸이 약해져. 결국엔 일어나지도 못하고 숨조차 쉴 수 없게 돼. ……그러니까 도망갈 수가 없어. 그리고 북두당에는 전생에 위대한 작가들과 함께 살았던 고양이들이 모이도록 인과라는 것까지 계속 미세하게 조정되고 있어. 누구보다 창작에 집착했던 나에게는 일체의 창작 행위가 금지됐지. 대신 너희의 이야기를 들어야만 해. 작가로 살았던 인간들의 삶을 질투하고 부러워하면서, 그 재능과 자질이 내게서 영영 사라졌다는 걸 처절하게 실감하며 살아가야 하니까……."

거기서 기타호시는 갑자기 말을 멈췄다. 멀리 연못 위를 떠다니는 단풍잎을 바라보며, 아득한 옛날을 떠올리듯 눈을 가늘게 떴다.

나는 뭐라 말을 잇지 못하다가, 가장 먼저 떠오른 의문을 던졌다.

"……너는 언제부터 거기에 있었던 거냐?"

"글쎄, 언제였더라. 메이지 유신 이후로 서양 문화가 물밀 듯 들어오고, 문화와 문예가 더욱 거세게 타오르던 그 무렵에 화를 참지 못하고 추방당했으니까……, 대략 150년쯤 됐을까. 참고로 말해두자면, 북두당에는 30년을 주기로 고양이가 단 한 마리도 없는 시기가 찾아와. 그때를 경계로 내 몸은 바뀌게 돼. 말 그대로 전혀 다른 사람이 되는 거지."

"30년?"

"사람이 자식을 낳고 대를 잇는 시간도 그쯤 되잖아. 나도 그때가 오면 몸이 30년 젊어져. 얼굴의 골격도 바뀌지. 가끔은 성별도 달라졌어. 똑같은 얼굴로 100년, 200년씩 살아있으면 아무래도 터무니없는 소문이 날 테니까. …… 근데 말이지, 그 과정이 꽤 아프거든. 뼈와 근육이 뚝뚝 소리를 내면서 재조립되는 느낌이랄까. 그건 아무리 겪어도 익숙해지질 않아."

기타호시는 자조 섞인 웃음을 흘리며 "헤헷" 하고 웃고는 더 이상 아무 말도 하지 않고 다시 주먹밥을 집어들었다. 나는 그녀의 말을 선뜻 받아들일 수 없어 그저 입을 다물고 있었다.

하지만 그녀의 고백이 농담이 아니라는 건 알 수 있었다. 터무니없는 인간이긴 하지만……. 그래서일까, 기타호시의 능청스러운 태도나 느긋한 성격이 이상하게 납득이 갔다.

이 여자는 모든 것을 초월해버린 것이다.

포기하고, 잊고, 지나가버린 것, 한때 가졌지만 잃어버린 것들. ……그 모든 것을 떠나보내는 삶의 방식을 이미 몸에 익혀버린 것이다.

그리고 자신이 더 이상 이야기를 쓸 수 없다는 부정할 수 없는 사실도 받아들이고, 모든 것을 체념한 채 살아가고 있었다. 설령 그게 그녀의 진심이 아니라 해도.

기타호시는 주먹밥을 다 먹은 뒤 찻물로 연하하고, 잠시 숨을 고른 뒤 다시 입을 열었다.

"그러니까 나는 더 이상 이야기를 쓰는 사람은 될 수 없어. 거기에 힘을 보태는 일조차 허락되지 않아. 그 아이가 아무리 이야기를 사랑한다 해도, 나는 힘이 되어줄 수 없어."

나는 묻지 않을 수 없었다.

"네가 그 아이 소설을 읽을 때마다 우는 건 그래서였어?"

"그러게……. 그 아이가 직접 쓴 이야기를 처음 보여줬을 때, 나는 정말 기뻤어. 아무리 서투르더라도 좋았어. 그 이야기엔 나에게는 없는 반짝임이 있었으니까. 자신의 힘으로, 자신의 지성으로, 오직 문자의 힘만으로 하나의 인생을 그려내고 완결시키지. 그 힘이야말로 사람들이 서로를 이해하고 함께 무리를 이루며 협력할 수 있는 이유이자, 인간이라는 존재의 근원이란 걸 믿고 있으니까."

그건 인간의 힘을 두려워하고 시기했다던 신의 입에서 나온 말이라고는 믿기 어려운 고백이었다. 내가 그 점을 지적하자 마녀는 쓸쓸하게 웃으며 시선을 떨궜다.

"나는 두려워했던 게 아니야. ……동경하고 있었던 거야. 인간의 몸으로 떨어져 고통을 겪으면서도, 다시금 이야기와 마주하고, 고양이들에게서 문호들의 삶과 흔적을 듣고……, 그렇게 반세기가 지나서야 비로소 그 사실을 깨닫게 된 거지."

마음을 사로잡는 이야기를 만들어내는 인간과 그 힘을 나는 동경하고 있었어.

기타호시는 그렇게 말하고는 나를 보았다.

"자, 내 이야기는 끝났어. 이제 네 차례라고 말하고 싶지만, 내가 일방적으로 시작한 거니까 그건 공평하지 않겠지. 말하고 싶어질 때까지 기다릴게."

그렇게 말하는 기타호시에게, 나는 얼굴을 찡그리며 경계하듯 대답했다.

"나는…… 말할 생각이 없어."

"그럴 줄 알았어."

"하지만 그 아이가 지금처럼 멈춰 있진 않았으면 해. 공부하면서도 글은 쓸 수 있을 거야. 너라면 그 아이한테 뭔가 해줄 말이 있지 않을까."

그러자 기타호시는 천천히 고개를 지였다.

"말도 안 되는 부탁이야. 게다가 아무리 우리가 원해도 결국 어떻게 살아갈지 결정하는 건 본인이야. 네 말대로라면 집안 사정도 그렇게 간단하지 않잖아. 무엇보다 남아 있는 가족에게 정신적으로 꽉 붙잡혀 있는 상태고. 그것도 무리는 아니지. 이러니저러니 해도 살아가기 위해서는 돈은 필요하고 안정된 삶을 원한다면 어머님 말씀도 일리가 있으니까."

그 말을 듣고는 더 이상 아무 말도 할 수 없었다.

……그 사내의 집도 가난했다. 그럼에도 작가로 크게 성공할 수 있었던 건 그 시절에 그가 그 집안의 가장이었기 때문이다. 그가 돈을 벌고 가족의 결정권을 쥐고 있었기 때문이다. 그 누구도 감히 불평할 수 없는 권력이 집안에서 확립되어 있었던 것이다.

하지만 부모의 보호 아래 있는 한 소녀에게 돈 이야기를 하면서 장래를 강요한다? 이건 비겁한 일이다. 그건 조언도 충고도 아닌, 일방적인 폭력과 다르지 않다. 그런 의미에서 보면, 그 아이의 어머니는 딸을 지키는 동시에 깊은 상처를 남기고 있는 셈이었다.

그렇지만.

지금 스스로 자신의 입을 틀어막고 누구에게도 보이지 않는 피를 흘리고 있는 그 소녀는 어쩌면 자신을 구원하기 위해서라도 반드시 펜을 들어야만 한다.

그 사내도 그랬다. 마음이 병들고 몸마저 쇠약했던 그가 다시 일어설 수 있었던 계기는 다름 아닌 글쓰기였다. 자신 안에 깃든 이야기와 망상, 상상들을 손으로 붙잡아 형태로 만들어내는 일. 그 과정을 통해 그는 죽음의 충동에서 조금씩 벗어날 수 있었다.

어떤 이에게 글을 쓴다는 행위는 곧 치유다. 마음의 상처를 글이라는 형태로 바꾸어 바깥으로 끌어내고, 그것을 객관적으로 마주하며 천천히 받아들이는 과정. 그렇게 먼저 자신을 치유하고, 언젠가는 또 다른 누군가의 마음에도 가 닿게 된다. 그리하여 글쓰기는 마음의 안녕과 평온을 지키기 위해 반드시 필요한 일이 된다.

굳이 고통스러운 길을 골라 걷는 어리석은 삶. ……그럼에도 창작에 대한 나의 평가는 여전히 변함이 없다.

하지만 인간이 왜 그것을 그토록 갈망하는지, 이제는 조금은 이해할 수 있을 것 같았다.

그 아이에겐 이야기가 필요하다. 마음 깊은 곳에서 솟아올라 자신의 손으로 빚어낸 진짜 이야기가.

그렇다면 나는 무엇을 해줄 수 있을까.

북두당으로 돌아온 뒤, 나는 마녀와 고양이들을 불러모아 상의했다. 내 힘만으론 부족하다고 느꼈기 때문이다. 그러나 선뜻 돕겠다고 나선 건 키누 하나뿐이었다. 치비와 지이노는 별다른 관심을 보이지 않았다.

"우리 같은 고양이가 뭘 할 수 있겠어요."

지이노는 어이없다는 표정을 지었다.

"그렇다고 해서 내가 귀여움을 받는 것도 아니잖아요."

"가정 문제를, 가족도 아닌 고서점 주인과 고양이들이 뭘 어쩌겠다고."

키누 역시 비관적이었다.

"우리가 해줄 수 있는 건 격려뿐이야. 게다가 그 아이는 우리 말을 알아듣지도 못하잖아."

"마녀, 너라면……."

기타호시를 바라보며 매달리듯 말했지만, 그녀 역시 고개를 저었다.

"말은 힘이야. 그건 누구보다 내가 잘 알아. 하지만 말뿐인 위로는 아무런 도움이 되지 않아. 아마 지금 그 아이가 원하는 건 그런 단순한 위로가 아닐 거야. ……말했잖아, 나에겐 불가능한 일이야."

말의 힘을 잃고 문자가 가진 힘조차 더는 발휘할 수 없게 된, 한때는 신이었던 마녀는 다다미 위에 주저앉아 있었다.

뭐야, 젠장. 그렇게 쉽게 포기하다니.

마음 깊은 곳에서 초초함과 분노가 솟구쳤다.

"그래, 됐어."

낮게 으르렁거리듯 말하고, 나는 다시 북두당을 빠져나왔다. 누구도 나를 붙잡지 않았다.

그들의 말처럼 내가 직접 그 아이에게 무언가를 해줄 수 있는 건 아니다. 더욱이 내가 무얼 해야 마도카가 다시 펜을 들 수 있을지조차 모른다. 지금 내가 할 수 있는 일이라고는 그저 묵묵히 그 애 곁에 있어주는 것뿐이다.

나답지 않게…….

그 말은 입 밖으로 나오기 전, 꿀꺽 삼켜버렸다.

한때는 밤마다 밖으로 떠돌았던 마도카였지만, 그날 이후론 어머니의 뜻을 거스르지 않는 듯 보였고, 학교가 끝나면 곧장 집으로 돌아왔다. 친구들과 어울리거나 밖에서 시간을 보내는 일도 더 이상 없었다. 예전엔 강렬하게 빛을 뿜어내던 투박한 피어싱도, 그날 이후로는 줄곧 빛을 잃은 채였다.

나는 마도카의 집 앞에서 매일같이 그 아이를 기다리기로 했다.

첫날. 마도카는 또다시 내가 집 현관 앞에 있는 것을 보고 놀란 듯 당황했지만, 일단 나를 쓰다듬어주었다. 혹시 그때처럼 나를 집 안으로 들여보내줄까 은근히 기대했지만, 그 아이는 아무 말 없이 나를 그 자리에 남겨둔 채 조용히 문을 닫고 들어가버렸다.

이봐, 이렇게 사랑스러운 검은 고양이가 눈앞에 있는데, 조금은 아쉬워할 법도 하지 않아?

간절하게 울어봤지만, 그날 밤 마도카는 끝내 다시 나타나지 않았다.

나는 기죽지 않고 그 다음 날도, 또 그다음 날도 계속해서 마도카네 집으로 향했다. 어떻게든 안으로 들어갈 방법을 찾아보려고 말이다. 하지만 마도카는 나를 잠깐, 기껏해야 5분 정도 쓰다듬고는 아무 일도 없다는 듯 집 안으로 들어가버렸다. 그러고는 평일에는 집 밖으로 나오지 않았다.

집 안에 들어가지 못하면 그 아이의 사생활은 알 길이 없다. 그러면 그 아이가 지금 어떤 상태인지, 글을 쓰고 있는지조차 알 도리가 없지 않은가.

혹시 어머니 몰래 나를 들이는 게 부담스러운 걸까. 이제는 더 이상 나를 들여보내고 싶지 않은 걸까. 도무지 알 수가 없었다.

도무지 진척이 없자, 나는 체면을 내려놓고 지이노에게 물어보기로 했다.

저 녀석은 북두당에 처음 왔을 때부터 온갖 아양을 떨며, 이제는 동네의 명물 고양이가 되어 있었다. 어디를 가든 사람들에게 슬쩍 다가가 몸을 비비고 쓰다듬어달라고 꼬리를 흔들며 애교를 부리더니, 심지어는 염치없는 인간들에게 밥까지 얻어먹고 있었다. 그 덕분인지 요즘은 몸매가 좀 둥글둥글해졌다.

처음의 후안무치하고 방약무인한 태도는 이제 거의 사라졌지만, 계산적인 사고방식과 아양을 떠는 태도만큼은 여전히 변함이 없었다. 나는 도대체 어떻게 해야 저토록 인간들에게 사랑받을 수 있는지, 자존심을 꾹 눌러가며 지이노에게 조언을 구했다.

하지만 당사자인 지이노는 우쭐해하거나 잘난 체하는 법도 없이 그저 심드렁한 어조로 이렇게 대답했다.

"쿠로 씨, 자기 자신이 귀엽다고 생각하죠?"

"당연하지. 고양이인데. 그것만으로도 인간들은 코밑이 실룩거릴 정도로 기분 좋아하잖아."

"그건 아니죠, 안 돼요. 아무리 귀여워도 무뚝뚝하면, 처음 보는 인간은 몰라도 그 아이는 안 속아요. 쿠로 씨는 고양이라는 사실에 안주하고 있는 거예요. 어차피 그 애 앞에서도, 현관 앞에 멍하니 누워 있기만 한 거 아니에요?"

정곡을 찔렸다.

"그게 뭐가 나빠?"

부루퉁하게 대꾸하자 지이노는 한숨 섞인 목소리로 말을 이었다. ······기분 탓인지 날 내려다보는 것 같은 느낌이

"여우같이 굴자고요. 좀 더 노련하게."

그러고는 "이런 식으로요"라며 지이노는 늘 그렇듯 화로 가장자리에 앞발 두 개를 얹고는 눈을 감아 보였다. 그곳은 지이노의 특등석으로, 항상 앞발을 얹어놓는 그 자리는 유독 기름기가 돌아 반들거리고 있었다.

그게 뭐, 하고 대꾸하려다가 나는 그제야 깨달았다. 지이노가 기대는 바로 그 주변만 숯이 살짝 치워져 있었다. 화로가 너무 뜨거워지지 않도록 기타호시가 일부러 숯을 옆으로 치운 것이다.

"나를 길러주셨던 그 아저씨도, 항상 이렇게 숯을 치워주셨죠. 사랑받고 싶다면, 먼저 이해받아야 해요."

아는 체하며 잘난 척이군, 언제나처럼 비아냥거리려 했지만, 나는 입을 다물었다. 나로서는 도저히 그렇게 노골적으로 애정을 구걸하며 살아가는 방식은 흉내 낼 수 없을 것 같았다.

생각해보면, 나는 언제나 나를 지키는 삶에 급급했었다.

사람들의 악의로부터 스스로를 보호하려 했고, 타인에 대한 불신은 고양이에게조차 예외가 아니었으며, 결국 동족 사이에서도 고립되었다. 사랑받는 법 따위는 처음부터 알지 못했다.

그 사내도 그랬다. 그는 분명 아내를 소중히 여겼다고

생각한다. 하지만 어떻게 다가가야 하는지도, 사랑을 어떻게 표현해야 하는지도 잘 몰랐던 것 같다. 어처구니없는 짓을 몇 번이나 저질렀고, 시대적 상황을 감안하더라도 그 사내는 원래부터 몹시 서툰 인간이었다고밖엔 달리 말할 수 없다.

나는 어쩌면 그런 바보 같은 인간에게 너무 마음을 쏟아버렸던 것일지도 모른다.

그리고 다음 날.

마도카가 귀가하자, 나는 벌떡 몸을 일으켜 스스로 그 아이의 발치로 다가가 몸을 비볐다. 늘 누워만 있고 꼼짝도 않던 내가 갑작스레 그런 반응을 보였으니, 의외였던 모양이다. 오랜만에 그 아이가 눈을 동그랗게 뜨고 놀라는 얼굴을 마주할 수 있었다.

"무슨 일이야?"

마도카는 미소를 지으며 나를 쓰다듬는다. 나는 이번엔 그저 가만히 그 손길을 받아들이는 데 그치지 않고, 가끔 그 아이가 쭈그려 앉았을 때 그 주위를 빙글빙글 돌며 시야 밖에 머무르기도 했다.

그러면 마도카는 앉은 채로 몸을 돌리고 방향을 바꿔가

며, 도망치는 내 등과 머리를 어루만졌다. 목덜미를 쓰다듬는 손길이 다가오면, 나는 슬쩍 얼굴을 돌려 그 아이의 손끝을 핥았다.

"오늘 왜 이래? 너답지 않게 적극적이잖아."

되묻긴 했지만, 대답을 바라는 말은 아니었다. 나는 말 대신 조용히 그 아이의 손끝과 다리에 몸을 비벼 응답했다.

그렇게까지 했건만, 평소보다 조금 더 오래 나를 쓰다듬어준 것 외엔 달라진 게 없었다. 그날도 마도카는 나를 집 안에 들이지 않았다.

그래도 나는 쉽게 포기하지 않았다. 어느 날은 배를 드러내며 누워, 고양이로서 참기 힘든 굴욕적인 행동까지 했다. 또 어느 날은 쭈그려 앉은 마도카의 무릎 위에 뛰어올라보기도 했다.

……그러다 해가 점점 짧아지고, 마도카가 목도리를 두르는 계절이 찾아왔다.

그 추운 날씨 속에서도 내가 여전히 바깥에서 그 아이를 기다리고 있자, 보다 못한 마도카는 마침내 작은 한숨과 함께 나를 집 안으로 들여보내주었다.

"아침까지만이야. 넌 그 책방 고양이잖아."

단호하게 타이르듯 말하는 마도카의 얼굴은, 그래도 아

주 싫지만은 않은 표정이었다.

그날 이후, 대략 일주일에 한 번 정도는 마도카가 어머니 몰래 나를 집 안에 들여보내주었다. 실수 한 번 하지 않고, 시끄럽게 울지도 않으며, 마치 어딘가에서 훈련이라도 받은 고양이처럼 얌전하게 구는 내 모습을 마도카는 어딘가 이상하다는 듯 바라보곤 했지만, 조용히만 있으면 딱히 문제 삼지는 않았다. 착한 고양이로 있는 한, 그 아이는 꽤 이해심 많은 주인처럼 나를 대해주었다.

……그러나 그 이해심이 지나쳤다. 물론 그 아이가 나를 집에 들여 재워주는 건 무척이나 기쁘다. 하지만 그날 밤 나에게 주는 것은 언제나 물이나 우유 한 잔이 전부였다. 남의 고양이에게 섣불리 밥을 주지 않는 배려라는 점에선 칭찬할 만한 태도일지 모르지만, 솔직히 말해 저녁밥까지 굶는 건 조금 힘들었다.

그래서 나는 한 가지 작전을 세워 마녀를 끌어들였다.

"나는 그렇게까지 따르지도 않았으면서……."

투덜거리듯 중얼거리면서도 마녀는 작은 쪽지에 정중한 전갈을 적어, 한때 그녀와 함께 살던 고양이의 낡은 목걸이에 묶어 내 목에 걸어주었다.

그 쪽지에는 이렇게 적혀 있었다.

오랜만이야, 마도카. 편지로 실례할게. 요즘 쿠로가 자주 너희 집에 찾아가는 것 같더라. 며칠씩 집에 돌아오지 않아서 걱정했는데, 네가 돌봐주고 있다면 안심이야. 무엇보다 워낙 변덕스러운 고양이라, 남의 집에 가지 말라고 아무리 말려도 말을 안 듣거든.
혹시 쿠로가 너희 집에 가게 되면 귀찮게 굴더라도 잘 부탁할게. 많은 건 아니지만, 밥값 대신 약간의 돈을 보낼게. 사실은 마도카가 다시 북두당에 들러 예전처럼 함께 이야기 나눌 수 있다면 정말 기쁠 거야. 북두당은 언제나 너를 기다리고 있다는 걸 잊지 마.
그럼, 건강 조심하고…….

—북두당 점주 드림

"좀 길지 않아?"
"최대한 자연스럽게 감사 인사랑 변명을 넣으려니까 어쩔 수 없잖아. 정말이지……."
한숨을 내쉬며 어이없어하면서도 어딘가 모르게 기쁜 기색이 엿보이는 그 얼굴은 예전에 마도카가 미소 지을 때와 묘하게 닮아 있었다.

 어쨌든 그렇게 해서, 나는 마도카의 집에 신세를 지게 된 날 밤마다 서랍 깊숙이 숨겨둔 사료를 야식 삼아 먹는 것이 허락되었다.

 북두당 주인이 보낸 편지를 읽은 마도카 역시 전보다 조금은 표정이 부드러워진 듯했다.

 마도카의 집—정확히 말하자면, 내 행동 반경을 기준으로 하면 그 아이의 방이라고 해야겠지만—은 낡은 목조 주택인 북두당에 비하면 훨씬 더 쾌적했다. 겨울인데도 방 안은 늘 따뜻했고, 마도카가 내가 앉아도 된다고 허락한 담요나 쿠션도 폭신폭신해서 기분이 좋았다. 북두당의 낡고 얇은 이불과는 비교도 되지 않을 정도였다.

 하지만 정작 마도카 자신은 언제나 어딘지 모르게 춥고 외로워 보였다. 책상에 앉아 과제를 할 때도, 침대에 누워 책을 읽을 때도, 그리고 나를 쓰다듬을 때조차도.

 넌 참 다정한 아이구나. 나에게도, 너의 어머니에게도, 그리고 기타호시에게도.

 아마 그 다정함 때문에 지금 너는 스스로를 갉아먹고 있는 거겠지.

하지만 그렇게 해서는 넌 결코 행복해질 수 없어. 그건 나도 잘 알아. 예전에 펜을 들지 않았더라면 아마 마음이 산산이 부서졌을지도 모를 한 사내가 내 곁에 있었으니까. 제멋대로였던 그는 마침내 자기만의 방식으로 자기에게 잘 맞는 아늑한 장소를 찾아 안주할 수 있었지.

너를 구할 수 있는 건 오직 너 자신뿐이야.

그 사실을 너에게 전해주고 싶은데 어떻게 해야 할지, 아직 나로서는 잘 알 수가 없네.

——나는 너와 이야기를 나누고 싶어.

진심을 전할 수 있는 무언가를 하고 싶었다. 그런 생각에 나는 키누에게 상담을 청했다.

"으음……."

녀석은 앞발을 모으고 한참을 고민하더니, 조심스럽게 말했다.

"너도 편지를 써보는 건 어때?"

"말도 안 되는 소리 마."

"난 진지하게 말한 건데."

밤의 서점, 평대에 수북이 쌓인 책더미 위에 몸을 둥글게 말고 있는 키누는 작년보다 어딘지 조금 작아 보였다.

마도카 일 이후로 다른 고양이들을 찬찬히 관찰한 적이 없었으니 착각일지도 모르지만……, 아니다. 확실히 녀석의 몸은 전보다 야위어 있었다.

"괜찮아?"

"응? 뭐가?"

"괜찮냐고 물었어."

내가 그렇게 묻자, 키누는 "그러게 말이야" 하고 혼잣말처럼 중얼거리며 다시 몸을 둥글게 말았다. 그리고 잠시 뜸을 들인 뒤 살짝 고개를 돌려 조용히 물었다.

"걱정해주는 거야?"

"……모른 척할 만큼 우리 사이가 그렇게 차가웠던가."

"후후, 정말 달라졌구나. 대단해, 쿠로. ……아니, 요즘은 계속 기분이 상쾌해. 정말 멋진 꿈을 꾸었거든……. 이제 여한은 없겠다, 하고 생각이 들 정도로."

그 말에 나는 가슴이 철렁 내려앉았다.

또다. 키누도 '그 꿈'을 꾼 것이다. 그리고 그 꿈을 웃으며 말하고, 몸이 점점 약해지고 있다. 루루가 그랬던 것처럼.

죽기 직전에도 루루는 마치 꿈을 꾼 듯 평온한 얼굴을 하고 있었다. 내가 그 사내의 집에서 숨을 거둘 무렵, 나 역시 그랬다.

"이봐."

나는 가까이 있던 책더미 위로 폴짝 뛰어오르며, 말을 걸었다.

"키누, 너…… 죽는 거야?"

녀석은 대답하지 않았다. 그 대신 조용히 고개를 들어 나를 바라보더니, 내 머리를 핥기 시작했다. 그 부드러운 혀끝이 털 사이를 다독이듯 스쳐 지나간다. 나는 그 손길을 거부하지 않고 내 몸을 맡겼다.

어두운 책방 안에서 나는 한동안 키누 옆에 몸을 기대고 누워 있었다. 시간이 얼마나 흘렀을까. 이윽고 녀석이 입을 열었다.

"'두 번째' 생에서 나를 거둬준 작가는 정말 다정한 여자였어. 그 이름도 아직 기억해. ……처음에 그 사람은 나를 '키즈(일본어로 상처라는 뜻)'라고 불렀지. 그때 나는 온몸이 상처투성이였거든. 그 사람이 나를 아주 헌신적으로 간호해줬어……. 그 덕에 나도 그 사람도 자연스럽게 마음이 통해버렸지."

"착각이야."

"정말 그렇게 생각해?"

조금은 놀리는 듯한 미소로 웃는 키누에게 나는 아무 말도 되돌려줄 수 없었다. 녀석은 가볍게 웃으며 이야기를 이었다.

　"그 사람은 작가 일을 하면서도 문학계에 여러모로 이바지하신 훌륭한 분이었어. 새로운 레이블도 세우고, 책도 아주 많이 냈지. 그런 멋진 분이니, 고양이와 마음이 통했다고 해도 전혀 이상할 게 없잖아? 안 그래? 우린 서로를 아주 존중했어. 그랬더니 그 사람이 경의를 표하며 내 이름을 '키누 씨'라고 다시 지어주었지. ……아아, 정말이지 너무나 근사한 시간이었어! 그때 나는 아직 인간의 말을 잘 이해하진 못했지만, 그 사람이 무슨 생각을 하는지는 잘 느낄 수 있었어. 그 사람도 나를 깊이 이해해주었고. 우리가 함께한 시간은 너무너무 특별했어. 그 시간은 말이 통하는 마녀와 보낸 시간과도 또 달라. 그 무엇과도 비교할 수 없는 소중한 기억이었지."

　내 몸을 다 핥고 난 키누는 오른쪽 다리를 살짝 절룩이며 바닥으로 뛰어내리더니, 느릿한 발걸음으로 서점 안쪽을 향해 천천히 걸어가기 시작했다. 나는 본능적으로 몸을 일으키며 외쳤다.

　"기다려, 어디 가는 거야."

"쿠로. 너도 소중한 기억과 시간을 잘 간직해야 해. 하나든 둘이든 셋이든, 몇 개가 되든 상관없으니까. 예전에 만났던 네 주인과의 추억도, 마녀와의 추억도, 마도카와 함께한 시간도…… 전부 똑같이 소중한 거니까."

"바보, 가지 마!"

나는 재빨리 붙잡으려 했지만, 키누는 떨리는 목소리를 감추고 애써 평정을 가장하며 대답했다.

"너희들과 보낸 시간도, 마녀와 함께한 날들도, 나에겐 무척…… 너무나 소중해. 그래서 약한 모습은 보여주고 싶지 않아. ……미안해."

그 말은 내가 그 사내와 함께 살며 마지막 순간에 느꼈던 감정과 똑같았다. 그 한마디가 나를 움직였다. 나는 책 더미에서 뛰어내려 키누의 앞을 가로막았다. 결코 보내지 않겠다는 결심을 담아, 낮게 으르렁거리며 길을 막았다.

하지만 키누의 그 자애로운 눈빛, 마치 어머니처럼 모든 것을 감싸 안는 그 부드러운 시선이 나를 압도했다. 나는 귀를 접고 납작 엎드려 낮게 으르렁거렸다.

"너는 참 다정하구나."

키누는 마지막으로 그렇게 속삭이고, 조용히 내 머리를 한 번 더 핥았다.

"가지 마······."

나는 나직이 중얼거렸지만, 키누는 그저 묵묵히 나를 핥아줄 뿐이었다. 마치 떼쓰며 고집부리는 아이를 달래듯이.

몇 번이고 내게 자식을 둔 경험이나 새끼를 키운 적이 있는지 물었던 키누였다. 그런 질문을 했던 녀석은 과연 어떤 과거를 걸어왔던 것일까. 이제 와서야 새삼스럽게 녀석을 알고 싶다는 생각이 들었다. 하지만 이제는 다 늦었다.

타인과 얽히는 것을 계속 두려워했던 바보 같은 나는, 정작 가장 중요한 순간에 상대에 대해 알지 못한 채 영원한 이별을 맞이하려 하고 있었다.

"너에 대해 말해주지 않을래?"

어떻게든 붙잡으려는 내 말에도, 키누는 마지막으로 다시 한번 내 머리를 한 번 더 핥고 나서, 부엌의 작은 쪽문을 통해 밤의 어둠 속으로 사라졌다.

나는······ 녀석을 막을 수 없었다.

그 후 사흘 정도 마도카의 집에도 가지 않고, 기타호시와 다른 고양이들과 함께 근처를 찾아다녔다. 솔직히 말하면 나는 그다지 적극적으로 찾으려 하진 않았다. 키누가 집을 나간 직후가 아니라 날이 밝고 나서야 비로소 녀석이 없다고 모두에게 알린 것도, 이제는 더 이상 그 녀석을 찾아서는 안 된다고 직감하고 있었기 때문이다.

아무리 찾아도 키누는 끝내 발견되지 않았다. 이제 녀석이 돌아오지 않으리라는 사실을 깨달았을 때 기타호시는 밤새도록 울었다. 나도 치비도 지이노도, 그저 마녀의 곁에서 함께 있어주는 것 말고는 할 수 있는 일이 없었다.

하지만 언제까지 슬픔에 잠겨 있을 수만은 없었다. 내게는 해야 할 일이 있었다. 나는 다시 마도카의 집을 찾아가기 시작했고, 예전처럼 외박도 이어졌다.

그러던 어느 날의 일이었다.

아래층에서 들려오는 마도카의 어머니 목소리는 예전보다 훨씬 누그러져 있었다. 딸이 고분고분해졌다는 사실에 기분이 좋아진 듯했고, 이제는 두 번 다시 그런 어리석은 짓을 하지 않을 거라 철석같이 믿는 눈치였다.

"이번 주 토요일은 하루 종일 일 때문에 외출할 거니까, 집 잘 보고 있어."

마도카의 어머니는 딸의 사정은 묻지도 않고 당연하다는 듯 집 보기를 맡겼다. 마도카는 말대꾸 한마디 없이 그걸 받아들인 듯했다.

그래서 나는 토요일 낮 무렵이 되어 마도카의 집으로 향했다. 마치 친구네 집에 놀러가는 것처럼 자연스럽게 다가가 "냐아" 하고 그 아이를 부르는 소리를 냈다.

그 소리만으로도 마도카는 현관문을 열고 나를 반갑게 맞아주었다.

"오늘은 엄마 안 계시니까 거실에서 같이 놀자. 그런데 설마 너, 우리 대화 들은 거야? 정말 완벽한 타이밍인데."

듣고 있었지. 나, 대단하지?

그렇게 자랑하고 싶었지만, 나는 대신 "냐아" 하고 울고는 거실의 카펫 위에 벌렁 누웠다.

요즘 마도카의 방은 처음 내가 이 집에 들어왔을 때에 비해 훨씬 깔끔해져 있었다. 바닥에 널브러져 있던 빨래는 거의 보이지 않고 설거지거리도 싱크대에 쌓여 있지 않았다. 소파와 카펫에서 나던 냄새도 사라졌다.

내가 오기 전과 후로 확실히 뭔가가 달라진 것 같았다. 그저 착각일지도 모르지만, 그래도 상관없다. 집안 분위기가 좋아지면 분명 마도카에게도 긍정적인 영향을 줄 테니까.

——책장 구석에 마치 숨기듯 처박혀 있던 경찰과 주고받은 듯한 어떤 서류에 대해서는 잊기로 했다. 지금은 마 마도카가 건강하게 지내고 있다면 그걸로 충분하다. 이 아

이의 얼굴이나 몸에 더 이상 상처나 멍이 남지 않는다면, 그 문제에는 더 이상 관여하지 않을 것이다.

 이 아이가 얼마나 힘들어하고 얼마나 애쓰며 살아가는지, 비록 완전히는 아니어도 나름대로 나는 알고 있다고 생각한다. 지금은 그걸로 충분하다고 여겼다.

 하지만 소파에 앉아 홍차를 마시며 영어 단어장을 들여다보는 마도카는 어딘가 따분해 보였다. 가끔 한숨 돌리듯 단어장을 덮고 소설을 펼칠 때가 있는데, 그때만은 조금 얼굴에 생기가 도는 것 같았다.

 ……정말이지 이 녀석은.

 자신도 느끼고 있는 걸까, 아니면 전혀 모르고 있는 걸까. 마음속 깊은 곳에서 무엇을 바라고 있는지, 무엇을 진정으로 하고 싶은지를. 그걸 자각하지 못한다면 마도카의 마음은 결코 다시 펜을 들려 하지 않을 것이다.

 어떻게 하면 자신의 진심을 깨닫게 도와줄 수 있을까.

 잠시 후, 마도카는 단 게 먹고 싶었는지 냉장고 문을 열어보았지만 딱히 눈에 띄는 건 없었던 모양이다.

 "얌전히 있어."

 그 말을 남기고 마도카는 외출했다. 아마 근처 편의점이라도 간 듯했다. 절호의 기회였다. 나는 거실을 빠져나와 2층으로 올라가 조용히 마도카의 방으로 침입했다.

오른쪽 아래 서랍 맨 안쪽에 내 전용 간식이 들어 있다는 건 이미 파악해둔 상태였다. 아쉽지만, 지금은 그걸 참기로 한다.

나는 책상 위로 폴짝 뛰어올라 교과서와 참고서, 산처럼 쌓인 프린트와 화장품 아래에 숨겨진 노트북을 찾아냈다. 그리고 어떻게든 그것을 꺼내려 했다. 루루에게 배운 발톱으로 물건을 기민하게 끼워서 빼내는 기술을 총동원해 조금씩, 아주 조금씩 노트북을 끌어당겼다.

노트북을 꺼내 마도카가 쓴 이야기를 읽고, 그 내용을 어떻게든 기타호시에게 전달해 감상을 들려주게 할 생각이었다. 구체적인 방법은 전혀 감이 오지 않지만, 어쨌든 나는 그 아이를 응원해주고 싶었다.

"네 작품, 정말 재미있더라."

그 평범한 한마디가 그 아이에게 얼마나 힘이 될지는 모르지만.

하지만 그렇게 씨름하며 힘으로 노트북을 잡아끌다 발톱이 미끄러졌다. 그 충격에 책과 프린트가 마치 눈사태처럼 책상 아래로 우르르 쏟아져내렸다. 크고 요란한 소리와 함께 수십 장의 종이가 바닥에 흩날렸다.

아, 젠장.

나는 황급히 책상에서 뛰어내렸지만, 방이 넓지 않다고는 해도 사방에 흩어진 종이들을 다 주울 수는 없었다. 그저 멍하니 서 있을 수밖에 없었다.

조바심이 일던 그때, 내 발 아래 깔린 종이가 단순한 학습용 프린트가 아니라는 걸 알아차렸다. 줄지어 인쇄된 글자들과 문장으로 엮인 단어들. 나는 그런 종이를 아주 많이 본 적 있다.

원고였다. 마지막으로 읽었던 마도카의 소설 원고와 문체도, 표현도 닮아 있었다.

이건 그 아이가 쓴 이야기다.

북두당에 가져오기 전, 정말로 마지막까지 써내려간 이야기.

나는 흩어진 원고를 한 장 한 장 넘기며 모으고, 가능한 한 처음부터 차례대로 조심스럽게 읽어 내려가기 시작했다.

──그건 날개가 부러져 더 이상 날 수 없게 된 한 마리 새의 이야기였다.

한때는 하늘을 자유롭게 누비며 세계를 마음껏 여행하던 한 마리 까마귀. 그는 늘 동경하던 도시로 날아갔지만,

그곳에서는 자신보다 훨씬 똑똑한 선배 까마귀들에게 박해를 당하고, 복종을 강요당하며, 차갑고 가혹한 대우를 받아야 했다. 본래 살던 숲보다 훨씬 복잡하고 넓을 줄 알았던 도시는, 막상 살아보니 숲보다 훨씬 좁고, 숨 막히는 곳이었다. 그러던 어느 날, 예기치 못한 사고로 날개가 부러진 까마귀는 더 이상 날 수 없게 되었고, 마지막 남아 있던 자유마저 빼앗긴 채 하늘만 아득히 보이는 콘크리트 감옥 속에 갇히게 된다······.

까마귀의 독백에는 이렇게 쓰여 있었다.

'언젠가는 더 높이, 더 멀리 날아오를 수 있으리라 믿고 있었다. 내 앞에 있는 적이 매든 독수리든, 분명 나는 맞서 싸웠을 것이다. 하지만 세상의 부조리는 나를 무참히 내던졌다.
나를 날지 못하게 만든 건 고작 장난감 드론의 프로펠러였다.
하, 어이없어. 도대체 이 세상은 왜 이토록 부조리한 걸까.
부러진 날개는 다시는 낫지 않는다. 이제 전깃줄 위에도 올라설 수 없다. 아무리 애써도, 아무리 기적을 바라고 기도해도, 내 날개는 다시 날 수 없다. 이젠 구름 위의 세상을 볼 수도 없다. 내가 어리석었다. 아무리 계속해봤자, 내가 꿈꿨던 그곳에는 더 이상 닿을 수 없다. 가족이 말리는 것도 듣지 않고 떠났

던, 그 바보 같은 고집 탓에.'

그런 까마귀 앞에, 그를 돕고 돌봐주려는 기묘하고 호기심 많은 한 남자가 나타난다. 그 남자에게 구조된 그 장면에서 이야기는 멈춰 있었다.

미완성 원고였다. 하지만 그 글은 작년에 읽은 그 어떤 원고보다 문장이 정제되어 있었고, 감정은 성숙해 있었다. 풍경 묘사는 아름답고 애달팠으며, 원하던 것을 끝내 손에 넣지 못한 채 땅으로 추락한 까마귀의 고통과 슬픔이 절절히 묘사되어 있었다.

거기까지 읽은 나는, 이 까마귀가 마도카 자신을 투영한 존재라는 사실을 확신했다.

마도카는 지금, 다시 일어설 힘을 잃어버린 것이다.

한 번 꺾은 펜을 다시 쥘 기세조차 없이, 그저 무기력한 하루하루를 흘려보냈다. 기적을 가져다줄 백마 탄 왕자는 결국 꿈속에나 존재하는 이야기라는 걸 깨달은 순간, 그 아이는 완전히 펜을 놓아버렸다.

이래서는, 단지 다시 글을 쓰게 하는 것만으로는 아무런 해결이 되지 않는다. 분노에 휩싸여 날뛰던 어머니의 모습이 지금도 그 아이의 마음을 옥죄고 있는 것이다. 글을 쓰던 목적을 잃은 그 아이에게는 이제 완전히 새로운 동기가 필요하다.

그래, 역시 이 아이에게 일깨워주어야 한다.

네가 높이, 더 멀리, 하늘 끝 너머까지 날아가 미지의 세계를 그 눈에 담고, 스스로의 길을 개척해 나가기를 바라는 존재가 지금 아주 가까이에 있다는 것을……

그때였다. 편의점에서 돌아온 듯 현관문이 열리는 소리가 들렸다. 거실에 내가 없다는 걸 눈치챘는지 곧장 빠른 걸음으로 계단을 올라오는 소리가 이어졌다.

방문이 열리고, 마도카는 방 안에 흩어진 책과 교과서, 프린트 더미를 보자 그 자리에 얼어붙은 듯 멈춰 섰다. 책상 위에 얌전히 앉아 있는 나를 본 그 아이는 방 안이 엉망이 된 게 누구 소행인지 단박에 눈치챈 듯했다. 한숨을 내쉬며 들고 있던 비닐봉지를 툭 내던지고는 무표정한 얼굴로 조용히 책들을 하나씩 주워들기 시작했다.

"허락도 없이 들어오지 마. 지금까지 한 번도 이런 적 없었잖아, 진짜……."

혼잣말처럼 중얼거리던 마도카를 향해 "냐아" 하고 울며, 책상 위에 달랑 한 장 남은 원고에 앞발을 올렸다. 참고서를 책상 위에 올려놓던 마도카는 그 종이를 보자 다시 얼굴이 굳었다. 잠시 후, 그 아이는 원고를 휙 낚아채듯 빼앗아 내 눈에 띄지 않도록 숨기려 했다.

그러다 그 순간, 방 안에 흩어져 있던 다른 원고들이 비로소 눈에 들어온 모양이었다. 발밑에 널린 종이들을 둘러보던 마도카는, 그 모든 면이 글자가 보이도록 전부 위를 향하고 있다는 사실을 확인하고는 조용히 나를 바라보았다. 그리고 떨리는 목소리로 물었다.

"읽은 거야……?"

그 순간, 나는 내가 터무니없는 실수를 저질렀다는 걸 깨달았다.

기타호시 옆에 너무 오래 머물렀다. 고양이는 고양이답게 행동해야 한다는 암묵적인 규칙을 나는 어느새 깨뜨리고 말았다. 그건 오직 마녀에게만 허락된 일이었다. 나는 그 사실을 잊고 있었다. 마도카에게 누군가 네 곁에서 널 지켜보고 있다는 사실을 알려주고 싶은 마음이 앞선 나머지, 나는 그 당연하고도 넘지 말아야 할 경계선을 그만 넘어버리고 말았다.

나는 귀를 접고 몸을 낮췄다. 그저 당황했고 무서웠다. 그래서 도망쳤다. 열려 있던 방문을 박차고 그대로 아래층으로 내달렸다. 등 뒤에서 마도카의 목소리가 들려왔다.

"기다려……. 기다려줘!"

나는 멈추지 않았다. 그 자리에 더 있었다가는 정말로 대답해버릴 것만 같았다. 나는 현관으로 곧장 달려갔다. 하지만 이 집에는 북두당과 달리, 고양이를 위한 쪽문 같은 건 없었다. 뒷문도 마찬가지였다. 창문을 찾으려 했지만, 겨울인 탓에 집 안의 모든 창은 단단히 잠겨 있었다.

무서웠다. 그저 막연히 무섭고 두려웠다. 혹시 마도카에게 거부당할지도 모른다는 생각이 들자 참을 수 없을 만큼 두려웠다.

아아, 거절당한다는 것이 이렇게까지 두려운 일이었나.

예전의 나는 그토록 다른 존재들과 거리를 두려고 했는데, 지금은 이런 한심한 꼴이라니.

현관에서 어쩔 줄 모르고 빙빙 맴돌고 있던 나를 황급히 1층으로 내려온 마도카가 발견하고 달려왔다. 나는 어떻게 해야 할지 모르고 그 자리에 얼어붙었다.

마도카는 숨을 고르더니, 맨발로 현관 바닥에 내려와 몸을 낮췄다. 내 눈높이에 맞춘 채 다정하게 웃었지만, 나는 여전히 그 아이가 두려워 몸을 떨며 뒷걸음쳤다.

"화 안 났어. 이리 와."

그 말에 나는 더욱 망설였다.

이 아이는 오해하고 있다. 책상 위 물건을 엉망으로 만든 걸로 혼날 거라 생각해 도망친 거라고, 그렇게 순진하게 착각하고 있는 것이다. 하지만 그렇지 않다. 그런 순진 무구한 마음으로 저지른 잘못이 아니다.

나는 네가 절대 들키고 싶지 않았을 과거와 너만의 비밀을 몰래 훔쳐본 거야. 내가 그 사내와의 기억을 누구에게도 알리고 싶지 않은 것처럼, 너 역시 그 이야기를 네 안에 조용히 봉인해두고 싶었을 텐데.

그러니 부니 나에게 상냥하게 굴지 마.

나는…….

얼어붙은 듯 그 자리에서 움직이지 못하고 있는 나를 보고, 마도카는 한 손에 들고 있던 원고지를 내 앞으로 내밀었다.

"이거, 내가 쓴 이야기야……. 읽었어?"

그것이 대답을 기대하지 않는 독백인지, 아니면 진심으로 내게 대답을 바라는 건지, 나는 알 수 없었다. 그래서 아무 말 없이 그저 가만히 있었다.

마도카는 말을 이었다. 마치 아주 오래전, 마음속에 여유가 깃들어 있었고 꿈을 믿고 있던 어린 시절의 자신으로 되돌아간 듯한 어조였다.

"나는 말이야, 작가가 되고 싶었어. 그 길밖에 없다고 믿었지. 기타호시 씨가 말했던 것처럼 그 꿈을 빼앗기면 더는 살아갈 의미가 없을 것 같았어. 내 안은 온통 소설로 가득 차 있었거든. 그게 곧 나였고 나를 표현할 수 있는 유일한 수단이었어……. 하지만 아니더라. 이젠 실패하는 게 너무 무서워. 다음 단계로 나아가는 게 견딜 수 없을 만큼 두려워졌어. 아무리 많은 이야기를 쓰고, 수없이 응모하고 코피가 날 만큼 애써도……, 그래도 성과가 나오지 않으면 엄마는 또 날 인정하지 않을 거야. 이번엔 정말로 날 버릴지도 몰라. 혼자 글을 쓰고, 혼자 괴로워하고 발버둥 치고…….

그렇게 했는데도 아무것도 남지 않게 되면 정말 소중한 것마저 잃어버릴까봐 너무 무서운 거야. 그래서 어느 순간부터 한 글자도 쓸 수 없게 됐어. 어른이 되어서도 아마 이 두려움은 사라지지 않을 거야. 이제는 키보드를 두드릴 때마다 그때가 떠올라. 엄마의 날카로운 비명, 고함지르던 목소리, 그리고 그때의 아픔……."

마도카의 목소리는 점점 잠기더니 끝내 울먹임으로 바뀌었다. 나는 한심하게도 단 한마디도 대답할 수 없었다. 내가 아무리 많은 어휘를 알고 있다 한들 인간의 말은 할 수 없다. 나는…… 인간이 아니니까.

그 아이의 마음에 닿기 위해서는 인간의 말이 필요했다…….

"일생을 걸 각오도 없는 멍청이가 성공할 수 있을 리 없잖아? 모든 걸 내던지고 소설에 인생을 건 사람들이나 이미 성공한 사람들처럼 나도 그렇게 살 수 있을 거라곤 아무리 생각해도 믿어지질 않아……. 그러니까 이제 괜찮아. 미안해. 이런 이야기 들려줘서."

——아니야, 그게 아냐. 너보다 부족한 녀석도 있었어. 병약하고 신경질적이고, 너보다 훨씬 늦은 나이에 글을 쓰기 시작했는데도 성공한 작가가 있었어. 근성도 없고, 글러 먹은 녀석이었지. 그런데도 지금은 '문호'라고 불리고 있어. 그런데 왜 네가 작가가 될 수 없다는 거야?

아무리 이 생각을 전하려 해도 내가 낼 수 있는 건 겨우 짐승의 울음소리뿐이었다.

'아니야, 할 수 있는 일이 있을 거야. 이 아이를 위해 내가 할 수 있는 일이.'

내가 가진 모든 것을 바쳐서라도 이 아이가 다시 이야기를 써주길 바랐다. 하지만 지금처럼 곁을 맴도는 방식으로는 안 된다는 것을 나는 이제야 깨달았다.

무엇을 해야 할지 고민한 끝에 나는 결론에 다다랐다. 발길을 돌려 끼익, 문에 발톱을 세웠다. 마도카는 내게 내밀었던 팔을 조용히 거두고 말없이 문을 열어주었다. 겨울의 냉기가 틈새로 스며들어오자 나도 모르게 따뜻한 집 안으로 돌아가고 싶어졌다. 하지만 내가 할 일은 이곳에 없다. 나는 결연히 집을 박차고 뛰쳐나와 차가운 바람을 가르며 달렸다.

도중에 딱 한 번, 나는 걸음을 멈추고 뒤를 돌아보았다. 집 앞에서 문을 열어둔 채 생기를 잃은 얼굴로 마도카가 그 자리에 서서 나를 지켜보고 있었다. 그리고 내가 아직 시선을 거두기 전, 그 아이는 천천히 집 안으로 돌아가 문을 닫았다. 잠시 망설이다가 나도 다시 겨울의 주택가를 가로질러 내달렸다.

북두당으로 돌아온 나는 손님 하나 없는 한가한 서점 카운터에서 화롯불을 쬐고 있던 마녀를 향해 목소리를 높여 외쳤다.

"이봐, 마녀…… 괴성!"

그 말에 반응하듯, 읽고 있던 책에서 얼굴을 들며 기타호시는 장난스러운 미소를 지으며 말했다.

"갑자기 무슨 일이야, 검은 고양이."

나는 그녀를 똑바로 바라보며 단숨에 말했다.
"너……, 책을 써라."

[8장]

나의 맹세

"세상이 내게 불친절할 때,
고양이는 내 마음 가장 깊은 곳에 살며시 다가와
인간조차 닿지 못한 슬픔을 어루만진다."

—루이스 웨인

'여덟 번째' 생이 시작된 날도 어김없이 추웠다.

 아직 새끼 고양이였던 시절, 어미를 따라 늘 향하던 장소가 있었다. 어느 민가였다. 추위에 적응하지 못한 어린 몸이라 바람 없는 실내는 그야말로 천국처럼 따뜻하고 포근했다.

 하지만 마냥 마음 놓고—물론 고양이에게는 다소 이상한 표현이지만—기뻐할 만한 환경은 아니었다. 그 집은 인간들 말로 하자면 '쓰레기 집'이었으니까.

 고양이에게 비린내는 불쾌한 것이 아니다. 비린내란 곧 먹잇감의 흔적, 즉 먹을 게 있다는 명백한 증거이기 때문이다. 하지만 그 집은 현관은 말할 것도 없고, 복도와 부엌까지 쓰레기봉투와 헌 옷, 어디에 쓰려는 건지도 알 수 없는 물건들로 가득 차 있었다. 그 모든 것들이 어지럽게, 마치 쓰레기산처럼 높이 쌓여만 가고 있었다.

 그 집에는 노파 한 명이 살고 있었다. 일상생활조차 여의치 않은지, 기저귀가 든 쓰레기조차 집 안에 방치되어 악취가 심했다. 비린내와는 전혀 다른 종류의 그 냄새는 나조차도 고개를 돌릴 만큼 혐오스러웠다. 제대로 된 식사는커녕 얼마 안 되는 연금으로 겨우 반찬 몇가지를 사다가 하루 두 끼를 간신히 때우고, 거의 대부분의 시간을 방 안에서 누워 지냈다. 노파는 그런 사람이었다.

먹고살기도 어려운 처지였지만 노파는 길고양이들에게 밥을 챙겨주고 있었다. 내 어미와 형제들 외에도 여러 마리의 다른 길고양이들이 그 집 마당을 보금자리 삼아 살고 있었다. 우리가 마당 한가운데 옹기종기 모여 앉아 햇볕을 쬐고 있으면, 노파는 그저 헤실헤실 웃으며 그걸 바라보았다. 가끔은 자기 식사보다 비싼 고양이 사료를 사와 마당에 뿌리기까지 했으니, 고양이를 좋아하긴 했던 모양이다.

아니, 정말 고양이를 좋아한다고 말하기엔 어딘가 조금 미심쩍은 구석이 있었다. 노파는 우리를 딸이나 아들, 손주처럼 여기며 일방적으로 말을 걸었고, 쓰레기로 가득한 집 안으로 우리를 억지로 끌어들이곤 했다. 그게 정상적인 행동이었다고는 지금도 도무지 생각되지 않는다. 이웃들이 노파를 제대로 상대하지 않은 것도 어쩌면 당연한 일이었다.

인간에게도 동족에게도 기대를 품지 않고 체념한 채 살

아가던 나는 그 노파에게도 별다른 감정이 없었다. 아직 몸집이 작은 새끼였지만, 스스로 걸어 다닐 기운조차 없어서 노파가 내미는 먹이에 의지한 채 하루 종일 무기력하게 시간을 흘려보냈다.

혹시 우리에게 환영이라도 본 걸까. 노파는 고양이 하나하나를 마치 자식이나 손주인 양 정성껏 보살폈고, 나는 속으로 그런 인간을 비웃는 척하며 깔보기도 했지만, 그 따뜻한 손길 앞에서 도망치지는 않았다.

기대하지 않으면 상처받을 일도 없다. 욕심내지 않으면 잃을 것도 없다. 그저 살아남기 위해 잠시 이용할 뿐.

그거면 충분했을 텐데…….

해가 바뀌고 얼마 지나지 않아 노파는 더 이상 이불에서 일어나지 않게 되었다.

며칠이 지나자, 서서히 썩은 냄새가 집 안에 퍼지기 시작했다. 배고픔을 견디지 못한 몇몇 고양이들은 노파의 살을 뜯어먹었다. 나는 왠지 그럴 마음이 들지 않아 마루 밑에 숨어 쥐를 잡아먹으며 버텼지만 허기를 완전히 채울 수는 없었다.

먹을 것이 완전히 바닥나자 고양이들이 하나둘 울기 시작했다. 그 울음소리가 민원이 되었는지, 마침내 누군가가 집을 찾아왔다. 그렇게 노파의 죽음은 뒤늦게야 세상에 알려졌다.

그리고 우리는 보호받게 되었다. 하지만 우리는 쓰레기로 가득한 그 집에서 살아온 고양이들이었다. 너무 오랫동안 방치된 끝에 사람과의 접점조차 희미해진 존재들이었다. 보호소조차 우리를 감당하기 버거워했고, 입양하겠다는 사람은 좀처럼 나타나지 않았다.

이제 나에게도 마지막 순간이 다가온 것일까, 그렇게 체념하려던 즈음, 그 일이 일어났다.

3월. 아직 바람이 매서웠던 동북 지방에서 지진과 쓰나미가 순식간에 모든 것을 집어삼켰다.

무너진 철장 안에서 고양이들과 개들이 울부짖고 비명을 질렀다. 직원들은 끝까지 우리를 포기하지 않으려 애썼다. 하지만 멀리서 경보음이 울리기 시작하자, 한 사람, 또 한 사람씩 자리를 떠났다. 어쩔 수 없는 일이었다. 그건 이해한다. 그러나 우리는 결국 남겨졌고, 이대로 죽을 수밖에 없다는 사실을 본능적으로 직감했다. 그래서 우리는 필사적으로 울부짖었다. 제발 누군가 여기 좀 와달라고, 살고 싶다고.

아무도 듣지 않는 세상을 향해 우리는 목이 터져라, 마지막까지 절박하게 외쳤다.

물이 쉼 없이 밀려드는 보건소 안, 그 안에 단 한 사람이 있었다. 눈물로 범벅이 된 얼굴을 하고서도 도망치지 않고 머리를 감싸 안은 채 울고 있는 여자가 있었다.

젊은 여자였다. 아마 부임한 지 얼마 되지 않았을 것이다. 이 갑작스러운 재난 앞에 어떻게 해야 할지 전혀 감을 잡지 못한 채 완전히 혼란에 빠진 모습이었다. 그녀는 어쩔 줄 몰라 눈물과 콧물을 쏟아내면서도 무너진 우리를 세우고, 날뛰는 짐승들을 진정시키려 애썼다.

하지만 모든 철장의 자물쇠를 열어 우리를 밖으로 내보내기엔 그녀는 너무도 무력했다. 안절부절못하며 그저 흐느끼고 발만 동동 구를 뿐, 아무것도 하지 못했다. 차라리 진작 도망쳤더라면 좋았을 것이다. 그랬다면 훨씬 쉽게 빠져나갈 수 있었을 텐데. 그런데도 여자는 전혀 움직이지 않았다. 망설이는 사이 물은 계속 차올랐고, 수위는 어느새 무릎 위를 넘겨 발조차 제대로 뗄 수 없게 되었다.

사태가 그 지경에 이르고 나서야 그녀는 마침내 망설임을 떨치고 케이지를 열려고 했다. 하지만 떨리는 손으로는 열쇠를 제대로 꽂을 수조차 없었다. 이미 너무 늦었다는 것을 그녀도 알고 있었다.

미안해. 미안해. 제발 용서해줘. 미안해…….

그녀는 인간의 언어로 짐승들만 들을 수 있는 사죄의 말을 몇 번이고 되뇌었다. 그리고 마침내 옥상으로 향하기 위해 사육실 문을 열고…… 우리만 남겨둔 채 떠났다.

그녀가 사라진 자리엔 곧 무너진 잔해와 쏟아져 들어온 토사가 뒤섞인 새까만 물이 끝도 없이 밀려들기 시작했다. 물은 빠르게 차올랐고, 우리 동물들은 하나씩 차례로 그 안으로 잠겨갔다. 그 광경을 바라보며 나는 겁에 질린 채 울부짖었다. 그리고 이제까지 살아온 일곱 번의 생, 그 안에 켜켜이 쌓인 기억들을 되짚었다.

인간이란 존재는 참으로 제멋대로다. 일방적으로 애정 비슷한 것을 쏟아놓고는 스스로 다정한 존재라고 믿는다. 하지만 그 마음이 식는 순간은 늘 허망하기 짝이 없다. 아무리 앞발을 뻗어도 손쉽게 뿌리치고는 금세 잊는다. 어느 날은 우리를 물건처럼 대하다가도, 또 어느 날은 진심처럼 보이는 애정을 건네려 한다.

짐승은 언제까지나 인간과 동등한 존재가 될 수 없다.

만약 인간의 말을 할 줄 안다면, 의사소통이 가능하다면 뭔가 달라질 수 있었을까.

──하지만 어떤 경우라도 지금의 나에겐 모든 것이 그

저 고통스러울 뿐이다.

인간도, 운명이라는 것도 너무나 쉽게 나와의 관계를 끊어버렸다.

그렇다면 처음부터 소망 따위는 버리고 살아가는 편이 훨씬 나았다.

이제 다시는 누구에게도 기대지 않겠다. 마지막 생, 나의 마지막 일생은 오직 나만을 믿고, 나만이 주도권을 쥔 채 내 뜻대로 살아갈 것이다. 누군가에게 다가가거나 서로를 돕는 일 따위 다시는 하지 않겠다……

그것이 검은 물속으로 가라앉는 케이지 안에서 '여덟 번째' 생을 마감하며 다짐한 나의 맹세였다.

"편지를 써보는 건 어때?"

키누의 바보 같은 제안을 결국 따르기로 했다. 하지만 내가 마도카에게 쓰고 싶은 건 편지가 아니라 이야기다.

내 말에 가장 크게 동요한 건 기타호시였다.

"나더러…… 책을 쓰라고?"

"그래. 그 아이에게 이야기를 써줘. 글을 쓸 수 있는 건

너밖에 없잖아."

우리가 얼마나 그 아이를 생각하고 그리워하고 그 아이의 행복과 성공을 진심으로 바라고 있는지, 그 마음을 전하고 진심을 흔들 수 있는 건 이야기밖에 없다고 나는 믿었다.

그 아이에게 용기를 북돋아줄 이야기를 기타호시가 써야 한다.

죄수처럼 갇힌 마녀가 아니라, 당당한 고서점의 점주로서. 그리고 무엇보다 그 아이의 친구로서.

기타호시의 눈동자가 크게 흔들렸다. 나와 치비, 지이노의 시선을 피하려는 듯 고개를 푹 숙였고, 겨울인데도 이마 위로 굵은 땀방울이 맺혔다. 입술을 달달 떨던 그녀는 마침내 쥐어짜듯 작은 목소리로 말했다.

"무, 무리야. 나한테⋯⋯ 이야기라니, 글이라니, 좋은 생각이 날 리가 없어. 나는 벌을 받고 있는 몸이야. 그런 건 허락될 리 없어⋯⋯. 절대 안 돼."

그 말은 나를 향한 변명이라기보다는, 스스로를 납득시키려는 중얼거림처럼 느껴졌다.

하지만 나는 알고 있다. 아무리 나나 치비가 그 아이를 격려하려 해도 고양이 몸으로는 그 마음을 전할 수 없다는 걸. 그 아이가 다시 펜을 들 수 있게 하려면 기타호시가 직접 나서야 한다.

"이야기를 그저 지켜보기만 하라는 벌을 아직도 순순히 받아들이고 있는 거야?"

분노가 섞인 목소리로 내가 묻자, 기타호시는 필사적으로 고개를 저었다.

"인간으로 추락한 나는 더 이상 이야기를 더럽혀선 안 돼. 그 아이에겐 그 아이만의 이야기가 있어. 내가 감히 그 마음에 손을 댈 수는 없어. 그 위대한 영혼을 어루만지는 건 이렇게 추한 마음을 지닌 나에겐 불가능한 일이야. 그 아이를 북돋아줄 이야기를 쓰는 것도 나는 할 수 없어……."

"이야기를 짓는 건 내가 할게……."

너무도 자연스럽게 그 말이 입에서 흘러나왔다.
"뭐?"

자기도 모르게 소리친 기타호시가 얼굴을 들었다. 치비와 지이노도 눈을 동그랗게 뜨고 나를 바라보았다.

하지만 나는 조금도 망설이지 않았다.

나는 어떻게 되어도 상관없다. 마도카가 다시 한번 자기 자신을 위해 펜을 들 수 있다면, 내 하찮은 자존심쯤은 기꺼이 버릴 수 있다.

나는 그렇게 스스로에게 다짐했다.

낮에는 가게를 보면서 카운터에서, 밤에는 늦게 잠들 때까지, 나는 노트북 키보드를 두드리는 마녀 옆에 앉아 이야기를 들려주었다.

고양이와 문학을 사랑한 한 소녀의 이야기였다. 소녀는 어릴 적부터 소설을 좋아했고 만화와 영화도 즐겨보다가, 언젠가부터 자신도 이야기를 만들어보고 싶다는 간절한 꿈을 품게 된다. 자신의 재능, 주변 환경, 친구와 가족 등 인생에 주어진 과제를 풀어나가며 한 번은 좌절을 맛보지만 끝내 다시 일어서는 이야기였다.

그 이야기는 소녀가 아끼는 고양이를 화자로 한 1인칭 시점으로 쓰였다.

소녀가 얼마나 노력했는지, 얼마나 자주 웃었고, 기뻐했고, 울었고, 상처받았는지, ……그리고 얼마나 강한 마음을 품고 있었는지. 그 모든 것을 셀 수 없이 많은 말로 이야기하고, 격려하고, 찬미했다.

나는 고양이의 눈으로 세상을 보고 그 시선을 따라 이야기를 풀어냈고, 기타호시는 그 말들을 그대로 받아적었다.

솔직히 말해 줄거리 자체는 흔하디흔한 이야기일지 모른다. 어디선가, 누군가가 비슷한 소설을 썼다 해도 이상하지 않다. 현실을 너무 그대로 담아냈기에 문학으로서의 완성도는 부족할지도 모른다.

하지만 상관없다. 이건 그 누구도 아닌 간자키 마도카라는 오직 한 소녀에게 바치는 이야기다. 이야기의 모델은 물론 그 아이이자, 동시에 나 자신이기도 하다. 결코 어설픈 복제품 따위로 끝나지는 않을 것이다.

대중 소설로서 미숙하거나 부족해도 괜찮다. 그저 진심으로 응원하고 싶은 사람이 있다, 그 마음 하나만은 전하고 싶었다.

대필 작가가 된 마녀 기타호시는 중간에 몇 번이나 좌절할 뻔했다. 과연 자신이 이 이야기를 맡을 자격이 있는지, 고작 내 이야기를 대신 옮겨 적는 일이 자신에게 과연 어떤 의미나 가치가 있는지 스스로에게 수없이 되묻고 또 되물었다.

"이야기를 쓰고 있는 건 내가 아니야. 쿠로, 너야……. 네 이야기를 들으면서 나도 어떻게든 줄거리를 생각해보려고 하는데, 정말 한마디도 한 글자도 떠오르지 않아. 어떤 말이 맞는지, 어떻게 표현해야 그 아이 마음에 닿을 수 있을지 전혀 모르겠어. 이렇게 형편없는 내가 감히 이야기를 쓰다니……."

마녀가 떨리는 목소리로 괴로워하며 손바닥으로 몇 번이고 자신의 머리를 두드릴 때, 나는 그럴 때마다 똑똑히 말해주었다.

"나한텐 글을 쓰는 재주는 없어. 그저 전생의 일을 조금 각색해서 그럴듯하게 들려줄 뿐이야. 어떤 단어를 고를지, 어떤 기법으로 풀어낼지, 어떤 장면을 어떻게 연출할지는 모두 네가 선택하는 거야. 내 흐릿한 기억과 어렴풋한 환상을 구체적인 이야기로 승화시키고, 그 아이의 마음 깊숙이 닿도록 숨결을 불어넣을 수 있는 건 너뿐이야. 착각하지 마. 이건 자서전도 르포도 아니야. ……엄연한 이야기라고. 그리고 우리 중에 이 이야기를 쓸 수 있는 건 너 하나뿐이야."

진심이었다. 진지하게 그 마음을 전했다. 몇 번이고, 몇 번이고.

기타호시는 그때마다 눈물을 훔치고 다시 키보드 앞으로 돌아갔다. 그 짧은 시간 동안 안경 렌즈를 몇 번이나 닦

앉는지 셀 수 없을 정도다.

자신 없어 하던 넋두리도 점점 줄어들고, 타자 속도는 점점 빨라졌다. 문장이 이어지고 단어가 차례차례 엮여나갔다.

나와 기타호시의 마음속 깊이 묻어두었던 생각들이 서서히 하나의 형태를 이루어갔다.

……그리고 매화가 피어날 무렵, 하나의 이야기가 완성되었다.

원고지 200매 남짓. 그해 겨울을 전부 쏟아부어 완성한 한 소녀의 반생을 담은 이야기. 짧은 듯하면서도 어쩐지 긴 듯한 그것은 분명 소설이었다.

'끝'이라는 두 글자를 찍은 직후, 기타호시는 의자 위에서 완전히 탈진했다.

"수고했어."

나는 짧게 그렇게 말했다. 그러나 지칠 대로 지친 마녀는 곧바로 대답하지 못했다. 은은한 봄바람이 창문을 타고 들이치고, 꽃향기가 코끝을 간질인다. 계절이 어느새 우리 곁을 지나갔음을 느끼며 기타호시는 조용히 중얼거렸다.

"그 아이에게 제대로 닿으려나."

"그러면 좋을 텐데."

"불안하지 않아?"

"뭐가?"

내가 태연하게 묻자 기타호시는 의아한 얼굴로 나를 바라보았다.

"온 마음을 다해 만든 게 상대에게 닿지 않으면 어쩌지, 시시하다고 하면 어쩌지, 가치 없는 것처럼 흘러가버리면 어쩌지……. 그런 생각 안 해봤어?"

그 말은 어딘가 묘하게 마도카가 품고 있던 의심이나 두려움과도 닮아 있었다. 나는 조금 우스워져서 흐흥, 하고 코웃음을 쳤다.

"지금, 자기 얘기 하는 거냐?"

나는 대답을 하는 대신 질문으로 받아쳤다. 처음엔 부정하려던 기타호시는 입을 다물고 한참을 침묵하더니 조금 무거운 어조로 고개를 끄덕였다.

"그렇네. 내가 동경했던 인간이 만들어내는 이야기는, 시간이 흐를수록 점점 더 힘을 더해갔어. 그걸 전달하는 수단도, 닿는 범위도 인터넷 덕분에 훨씬 넓어졌고. 그런 세상에서, 아직도 종이책을 다루는 서점 주인이 쓰는 이야기는 어쩌면 시대에 뒤처진 걸지도 모르지. 언젠가 시간과 시대가 날 앞질러버릴까봐 두려웠어……. 그래서 노력하는 게 결국 헛수고가 되는 순간이 올지도 모른다는 생각이 들었고. 그때 내 마음은 꺾이고 말았어. 그리고 나는 더 이상 신이 아니게 되었지."

그렇게 말하며 기타호시는 노트북에서 소설 원고가 담긴 USB 메모리를 뽑았다.

"혹시 이 이야기가 그 아이의 마음에 닿는다 해도, 그 애가 다시 책을 쓰게 될지는 모르는 일이고, 결국 모든 게 헛수고로 끝나버릴 수도 있어."

그런 나약한 소리를 하다니, 나는 단호히 부정했다.

"헛수고는 아닐 거야."

"그럴까."

"응. 애초에 나는 그 이야기 속에서 모든 걸 던져서라도 반드시 작가가 되라고 말한 적 없어. 그저 포기하지 않고 계속해달라고, 그렇게 전하고 싶었을 뿐이야."

자기 자신과 가족 그리고 미래를 다 따져가며 계획을 세우고 무언가를 희생하면서까지 꿈 하나만 좇으라고 말하고 싶진 않다.

지금 당장 펜을 들 필요는 없다. 지금 모든 걸 포기할 필요도 없다. 지금은 잠시 펜을 내려놓아도 괜찮다.

하지만 언제든지 다시 펜을 들어도 좋다. 실패해도 괜찮다.

——그저 끝까지 포기하지 않고 계속해주었으면 했다.

이야기 속에서도 현실에서도, 내가 바라는 건 오직 그것뿐이었다.

입시가 끝난 뒤 다시 시작해도 좋고, 취직을 위해 잠시 펜을 내려놨다가도, 시간이 오래 걸리더라도 다시 이야기를 쓸 수 있다면 그걸로 충분하다.

포기하지 않는다면, 계속 쓰기만 한다면, 꾸준히 나아가다 보면 결코 쓰러지는 일은 없을 것이다.

비록 끝이 보이지 않는 싸움일지라도 지는 일은 없다. 그걸로 충분하다.

나는 그 마음을 그저 담담하게 거짓 없는 말들로 조용히 이야기 속에 담아냈다.

USB 메모리가 달린 목걸이를 걸고, 나는 오랜만에 마도카의 집 앞에서 그 아이를 기다렸다. 조금 떨어진 공원에서 매화 향이 날리기 시작했고, 그 향기는 밤바람을 타고 은은히 번져왔다.

마도카도 이제 곧 고3이 된다고 했다. 본격적으로 수험 공부에 들어갔는지, 요즘은 늘 그 아이보다 어머니가 먼저 귀가하곤 했다. 밖에서 집 안 불이 켜지는 모습을 바라보는 일은 조금 쓸쓸했다.

한참이 지나 마도카의 발소리가 들려왔다. 나는 언제나처럼 담에서 가볍게 뛰어내려, 현관 앞에서 그 아이를 기다렸다. 이윽고 모퉁이를 돌아 나타난 마도카. 머리카락은 어느새 허리께까지 자라 있었고, 귀 뒤로 넘긴 머리카락 사이로 눈에 잘 띄지 않는 작은 피어싱이 양쪽 귀에 하나씩 반짝이고 있었다.

마도카는 나를 발견하자 깜짝 놀란 표정을 지었지만, 곧 환하게 웃으며 달려왔다.

"쿠로! 다행이다······. 지난번엔 미안했어."

지난번에 어떻게 헤어졌는지는 나도 가물가물했지만, 듣고보니 꽤 불안하게 했을 수도 있겠다는 생각에 조금 미안한 마음이 들었다.

마도카가 두 손으로 내 머리와 뺨을 쓰다듬는다. 나는 말없이 고개를 젖혀 목걸이 끝에 달린 USB 메모리를 보여주었다. 마도카는 조심스럽게 손을 뻗어 목걸이에서 메모리를 떼어냈다.

이걸로 내 일은 끝났다. 이제 돌아가 화롯불이나 쬐어야지.

슬며시 그녀의 품에서 벗어나 돌아서려는데 마도카가 나를 껴안았다. 어이, 뭐 하는 거야?

"오늘만 자고 가. 이번이 마지막이라고 생각하고……."

마도카가 쓸쓸한 목소리로 그렇게 말했다.

하는 수 없지. 나는 저항을 멈추고 마도카의 교복 스웨터 속으로 얌전히 파고들었다. 불룩해진 배를 가방으로 가린 마도카는 어머니에게 들키지 않도록 재빨리 2층으로 올라갔다. 나는 스웨터 속에서 그 아이의 얼굴을 올려다보았다.

10년 전, 매일같이 북두당을 드나들던 그 시절처럼 마도카는 웃고 있었다.

그 후 저녁을 먹고 목욕까지 마친 마도카는 먼지가 수북이 쌓인 노트북을 꺼내 전원을 연결하고 내가 건넨 USB 메모리를 꽂았다. 나는 그 모습을 지켜보며 침대 머리맡에 몸을 둥글게 말고 눈을 감았다.

자신의 속마음을 있는 그대로 적나라하게 드러낸 편지를 누군가가 읽는다는 건 조금은 부끄럽다. 이 소녀도, 그리고 그 사내도 이런 걸 당연한 일처럼 여기고 살아온 걸까. 그 점은 새삼 감탄스럽기도 했다.

하지만 나는 이야기를 짓는 걸 고통이라고 생각해본 적은 없다. 그 점에 있어서 작가라는 존재에 대해 내가 조금은 오해하고 있었는지도 모르겠다. 오히려 그들은 보통 사람들에게는 고통스럽게만 보이는 그 작업을 즐겁게 해내고 있었던 게 분명하다.

지금의 나는 어떨까.

가끔 마도카가 책상 위에서 손을 뻗어 손바닥 위에 올린 멸치를 건네주면, 나는 조용히 그것을 받아먹었다. 점점 배가 불러오고 그 따스함에 안긴 채 나는 잠에 들었다.

꿈을 꾸었다.

나는 어딘가 모든 윤곽이 희미하게 흐릿한 장소에 있었다. 실내처럼 보이지만 확실하진 않았다. 길고 좁은 그 공간은 마치 뒷골목의 샛길 같기도 했다.

자세히 살펴보니 그 길을 이룬 벽은 책을 높이 쌓아 만든 것이었다.

《고사기》,《일본서기》,《고금화가집》을 시작으로,《겐지 이야기》,《다케토리 이야기》,《도사 일기》,《마쿠라노소시》,《무쓰 이야기》,《간킨슈》,《우지슈이 이야기》,《도카이도추 히자쿠리게》,《조루리슈》,《우게쓰 이야기》,《근세설 미소년록》,《떠다니는 구름》,《눈 오는 날》,《무사시노》,《흩날린 머리카락》,《아Q정전》,《화성의 연극》,《라쇼몬》,《은원의 저편에》,《은하철도의 밤》…….

수백 권, 수천 권에 이르는 문호들의 책이 쌓여 벽을 이루고, 그 벽들이 길이 되어 있었다. 그게 무엇을 뜻하는지는 알 수 없었지만, 나는 천천히 그 길을 따라 걸었다.

안개 자욱한 그 통로를 빠져나가자 푸르고 파란 세계가 눈앞에 펼쳐졌다.

봄바람이 살랑이고 있었다. 초록의 대지와 푸른 하늘이 마치 하나의 물감으로 칠해진 듯 끝도 없이 펼쳐지고 있었다. 확실히 아름다운 색조였다. 그러나 그 아름다움은 어딘가 공허했고, 따스함도 아늑함도 느껴지지 않았다.

"…………."

누군가가 내 이름을 부른 것 같았다.

기분이 좋으면서도 불쾌했다. 왜 그 목소리에 그런 상반된 감정이 뒤섞여 있었는지, 나는 알 수 없었다. 주위를 둘러보았지만 초록과 파랑 두 가지 색으로 덧칠된 이 세계엔 나 말고는 아무도 없었다. 그런데도 목소리는 여전히 나를 부르고 있었다.

그리고 이윽고 그 목소리에 불쾌함을 느낀 이유를 나는 깨달았다. 그 목소리는 나를 진명으로 부르고 있었다.

"긴노스케, 긴노스케."

하지만 그 목소리는 그 사내의 것이 아니었다. 물론 나는 그 사내가 내 진명을 불러주길 바랐던 적이 있다. 그러나 그것은 어디까지나 그 사람이기에 바랐던 것이다. 정체도 알 수 없고 심지어 모습을 드러내지 않는 누군가에게 진명을 불린다는 건 매우 불쾌한 일이었다.

그때 내 눈앞의 공간이 뒤틀리기 시작했다. 정확히 말하자면, 일그러지고 있었다. 사람의 형체로.

누군가가 있다.

나는 몸을 낮추고, 경계 태세를 취했다. 그런 나의 움직임을 감지하기라도 한 듯, 일그러진 공간 너머에서 목소리가 들려왔다. 이번에는 확실하게 들렸다.

"좀 일렀나?"

그 말과 동시에 물결처럼 일렁이던 왜곡은 서서히 가라앉기 시작했고, 그 흐름은 고요를 되찾으며 다시 초록과 파랑으로만 이루어진 단색의 세계로 돌아갔다.

지금 그건 대체 무엇이었을까.

그렇게 생각하던 찰나, 문득 "꿈을 꾸었다"고 말하던 북두당의 고양이들이 떠올랐다.

그건 혹시…….

어디선가 새어 나오는 작은 소리에 나는 살짝 눈을 떴다.

내가 잠든 사이에 전등을 껐는지, 방 안은 어둠에 잠겨 있었다. 책상 위 스탠드의 불빛은 내 얼굴에 닿지 않도록 반대쪽을 향해 있었고, 그 빛 너머로 마도카의 얼굴이 보였다.

스탠드의 하얀 불빛 아래서 마도카는 울고 있었다. 노트북을 앞에 두고 두 손으로 눈을 감싼 채 말없이 눈물을 흘리고 있었다.

나는 그 모습을 확인하고 다시 살며시 눈을 감았다.

이 녀석, 하룻밤 사이에 어디까지 읽을 셈일까. 지금쯤 어디까지 읽었을까.

서두르지 않아도 돼. 단숨에 끝까지 읽어버리면, 나는 부끄러워서 도저히 견딜 수 없을 테니까.

——부디 전해졌으면 좋겠다.

마지막으로 그런 생각을 떠올리며, 나는 다시금 잠에 빠져들었다.

요즘 나는 꽤 잘 잔다. 창작을 너무 열심히 해서 그런지

금세 피곤해지는 모양이다.

아침에 눈을 떴을 때 이 아이가 어떤 표정을 지을지, 벌써부터 기대된다.

그러니 난 이만 잘게.

슬슬 잠이 쏟아졌다.

[9장]

해빙 : 이야기의 끝과 시작

"고양이는 신이 빚어낸 가장 완벽한 걸작이다."

―레오나르도 다 빈치

치비는 어쨌든 나보다 생물학적으로는 나이가 더 많을 터였다. 그런데도 여전히 기운이 팔팔해서 서점 앞 공터에 나타난 힘 빠진 도마뱀을 쫓아다니며 놀고 있다.

나로 말할 것 같으면 이제 육체적인 피로를 부쩍 느끼게 되었다.

1년 남짓 전부터 눈이 점점 침침해지기 시작했다.

그토록 기다려지던 밥조차 최근에는 먹는 양이 줄었다.

밤마다 하던 서고 정리는 이제 완전히 마녀의 업무가 되었다. 그래도 한 달에 하루, 날을 잡고, 휴무일을 이용해 작업하고 있어서 부담은 그리 크지 않은 모양이다. 육체적 노화를 모르는 몸이라는 건 참으로 편리해 보인다.

오늘도 서고 정리를 마친 기타호시는 손을 씻자마자 곧장 컴퓨터를 켰다. 절전 모드에서 깨어난 노트북은 낮게 윙— 하는 불쾌한 소음을 내며 눈이 부실 정도로 밝은 화면을 띄웠다.

기타호시는 열어둔 브라우저를 새로고침하고, 오늘만

해도 몇 번째인지 모를 새 글 내역을 또다시 확인했다.

새로 올라온 것은 없었다.

"휴우."

기타호시는 한숨을 내쉬며 책 사이에 끼워두었던 책갈피를 꺼내 다시 독서를 시작했다.

"신경 쓴다고 달라질 것도 없잖아."

나는 눈을 감은 채 나직이 중얼거렸다.

"그래도 결과가 궁금하잖아."

기타호시는 투덜거리듯 말했다.

"뭐, 그렇긴 하지."

나는 다시 밀려오는 졸음에 순순히 굴복했고 그걸로 대화는 끝났다. 나는 봄날의 나른함에 굳이 저항할 생각이 없었다.

인간들도 이 좋은 날씨에 그냥 몸을 맡기고 푹 쉬면 좋으련만. 그들은 굳이 일을 하거나 책을 읽거나 글을 쓰려 했다.

참 이상한 존재들이다.

1년 전보다 잠자는 시간이 부쩍 늘었다.

냐옹, 하고 우는 것도 귀찮아지고, 기타호시에게 뭔가를 조르는 일도 드물어졌다. 이젠 고양이 장난감이 눈앞에서 폴짝거려도 쫓아갈 기운이 없다.

서점 앞에 세워둔 폐차의 번호판 글씨도 이제는 잘 보이지 않는다.

예전엔 화로나 전기난로, 탁상 난로만 있으면 따뜻하게 겨울을 보낼 수 있었는데, 올해는 조금 버거웠다. 요즘은 기타호시의 무릎 위가 따뜻해서, 거기서 잠드는 걸 좋아하게 되었다.

기타호시는 그런 나를 예전보다 조심스레 쓰다듬는다. 이젠 더 이상 간지러운 데를 박박 긁어주지 않는다. 그저 살살 부드럽게 어루만질 뿐이다.

요즘은 서점 밖도 조용하네.

그렇게 생각했지만, 어쩐지 자잘한 소리가 잘 들리지 않게 된 것 같다.

그래도 잡목숲에 핀 매화나무에서 풍겨오는 향기만은 여전히 내 코에 또렷이 닿는다.

……자극이, 감각이, 점점 둔해져 간다.

그렇게 되자 이상하게도 예전 일들이 자주 떠오르기 시작했다.

몇 년 전까지만 해도 언제나 그 사내와의 기억만 생각났다. 이런저런 일상의 자잘한 장면들, 일에 몰두할 때의 뒷모습. "어이" 하고 나를 불러서는 괜히 무슨 재주를 시키려 장난치던 얼굴. 심한 위통에 시달려 인상을 찌푸리며 바닥에 드러누워 책을 읽던 모습. 잘난 체하며 몸을 젖히고 앉아 있으면서도, 책상다리를 한 무릎 위에 앉은 나를 자주 쓰다듬어 주던 손길. 문하생들을 불러다놓고는 호통을 치거나, 신랄한 말들을 주고받으며 작품의 비평이나 강평에 열중하던 모습들.

하지만 지금은.

그 사내가 아닌, 다른 이들의 모습과 일상을 추억하고 회상하는 일이 늘었다.

서점 한켠에 걸려 있는 죽자의 그림이 문득 시야에 들어왔다.

……그래서였을까. 나는 막 떠오른 생각을, 마녀의 무릎 위에서 몸을 둥글게 만 채 아무렇지도 않은 듯한 말투로 가볍게 꺼내놓았다.

"이봐."

"응?"

"결과 나오기 전까진 시간이 많잖아. 다시 글을 써보는 건 어때?"

갑작스러운 제안에 마녀는 잠시 당황한 눈치였다. 잠시 말의 뜻을 곱씹더니, 그래도 이해가 가지 않는다는 듯 되물었다.

"그러니까……, 마도카를 위해서?"

"아니."

"그럼, 누구를 위해서?"

변덕이야, 하고 대답하려다 멈췄다.

그건 지금 내 마음에 정직하지 못한 대답이었다.

그래서 나는 솔직하게 말했다.

"너를 위해서."

"뭐?"

기타호시는 순간 할 말을 잃은 표정이었다. 나는 심드렁하게 고개를 들어 그녀를 바라보다가 이내 말을 이었다.

"아마테라스니 신들이니 그들이 뭐라 했는지는 모르겠지만, 나는 말이지……, 이제 넌 충분히 벌을 받았다고 생각해. 결국 너는 자존심을 위해서가 아니라, 누군가를 위해 너 스스로를 갈아 넣어서 글을 썼잖아. 서툴든 시시하든 글은 글이야. 누군가를 깎아내리기 위한 게 아니라, 누군가를 위해 쓴 글이라면……, 이제 더 이상 네가 그렇게 괴로워할 필요는 없지 않을까?"

나는 조용히 물었다. 하지만 기타호시는 망연자실한 얼굴로 고개를 떨군 채 나지막이 중얼거렸다.

"나는 모르겠어……."

풀이 죽었군.

한없이 약해진 기타호시를 향해, 나는 다시 말을 이었다.

"나는 네가 글을 써야 하는 이유도, 그 안에 담긴 가치도 분명히 있다고 생각해. 이야기라면 뭐, 또 나랑 얘기한 걸 쓰면 되잖아. 십수 년 동안 한 번도 꺼내지 않았던 내 얘기 말이야. 그냥 즐겁게 들어주기만 해도 돼."

"뭐?"

기타호시는 놀란 듯 눈을 동그랗게 뜨더니, 기대 섞인 미소를 지었다. 하지만 나는 코웃음을 치며 단호하게 잘랐다.

"착각하지 마. 내가 전생에 만났던 작가 이야기를 해봤자, 그건 그냥 전기나 회고록일 뿐이지. 그걸 이야기라고 부를 순 없고, 애초에 너한테 알려줄 생각도 없어."

"쳇. 그럼, 대체 무슨 얘길 해주겠다는 건데?"

"작가 이야기."

"방금 전이랑 말이 다르잖아. 겨우 3초 전에."

기타호시는 어이없다는 듯 한숨을 쉬며 안경을 벗었다. 그런 그녀를 향해 나는 조용하지만 분명하게 "아니, 다르지 않아" 하고 말했다.

"내가 말하는 작가는…… 바로 너야."

……잠시 침묵이 흘렀다.

멍하니 얼빠진 얼굴로 굳어버린 기타호시는 무릎 위에 앉아 있는 나를 한참 동안 말없이 바라보았다.

잠시 후, 기타호시는 무언가 말하려 입을 뗐지만, 말은 끝내 입 밖으로 나오지 않았다. 대신 그녀의 두 눈에서 눈물이 뚝뚝 흘러내리기 시작하더니, 이내 참지 못하고 "으아앙" 아이처럼 울음을 터뜨렸다.

참, 너란 여자. 정말이지, 어쩌면 그렇게도 잘도 우는지.

자기 브로마이드를 두 장이나 서점에 걸어두는 주제에. 좀 더 당당하게 굴면 안 되겠어?

자, 그만 울어.

내가 있잖아?

그리고 다음 날부터 나는 하나씩 내 이야기를 풀어놓았다. '아홉 번째' 생을 받고 이 거리로, 그리고 북두당으로 오기까지의 이야기.

'첫 번째' 생의 기억.

마도카와 처음으로 길을 함께 걸었던 날의 기억.

'두 번째' 생의 이야기.

아주 조금이지만, '세 번째' 생의 조각들.

기무라에 대해서.

카아에 대해서.

루루에 대해서.

'네 번째' 생의 이야기.

치비와 지이노에 대해서.

키누에 대해서.

그리고 다시 마도카에 대한 이야기.

'다섯 번째', '여섯 번째', '일곱 번째' 그리고 '여덟 번째' 생에 있었던 일들까지.

하나하나, 내가 보고, 겪고, 살아낸 것들을 나는 천천히 이야기로 꺼내놓았다.

그런 내가 17년이라는 세월 동안, 줄곧 함께하며 살아온 한 여자에 대해서도 들려주었다.

그녀가 이야기를, 그리고 그 이야기를 짓는 인간이라는 존재를 얼마나 애틋하게 여기고, 또 얼마나 그로 인해 괴로워해왔는지를.

나는 내 눈에 비친, 있는 그대로의 그녀의 모습을 진심을 담아 전하고자 했다.

내가 원작을 맡은 두 번째 작품이기도 했으니 이번엔 집필도 비교적 수월하게 진행될 줄 알았다. 그런데 웬걸. 기타호시가 툭하면 울어대는 바람에 작업은 도무지 속도를 내지 못했다.

그녀가 울음을 멈출 때까지 묵묵히 기다리는 상황이 자주 발생했지만, 이상하게도 그 긴 기다림조차 나에겐 왠지 편안하게 느껴졌다.

……그렇게 원고가 거의 70퍼센트쯤 완성되었을 무렵, 기다리던 소식이 전해졌다.

마도카가 어느 웹소설 공모전에 응모했던 작품이 대상을 받았다는 발표였다.

작은 상이었다. 상금도 없었다. 그래도 상업 잡지에 연재가 확정된 상이었다. 이제 그 아이의 이야기는 종이책이 되고 전자책이 되어 많은 사람들의 손에 닿고, 눈에 닿게 될 것이다. 그 사실이 무엇보다도 기뻤다.

주인공은 만화가를 꿈꾸는 한 소녀다. 그 소녀의 친구와 가족, 주변 사람들 그리고 그 소녀가 소중히 여기는 반려 고양이 등 여러 인물의 시점을 통해 소녀가 내면적으로 점차 성장해가는 이야기다. 그 작품 속에는 소녀가 사는 동네의 한 찻집 여주인이 등장하는데, 그 별명이 '마녀'인 것을 보면 이건 아무리 봐도 기타호시를 모델로 삼은 게 분명했다. 게다가 이야기 속 고양이들은 말을 하며 소녀를 곁에서 지켜보는 존재로 나온다. 이건 웃지 않을 수 없었다. 하지만 정말 즐거웠다. 누가 이 이야기가 현실을 바탕으로 쓴 것이라 생각하겠는가. 그 점이 우습고, 묘하게 통쾌했다.

마녀는 나와의 집필을 잠시 멈추고, 웹에 공개된 그 소설을 나와 치비 그리고 지이노에게 읽어주었다. 우리는 그 이야기를 얌전히 귀 기울여 들었다.

다정한 이야기였다. 수많은 시련 속에서 꿈을 포기할 뻔하면서도, 다시금 스스로를 다독이며 펜을 드는 소녀의 이야기. 그건 분명히 한때의 마도카 자신과 겹쳐 보였다.

자전적인 요소가 짙게 배어 있어 지금까지 마도카가 써왔던 작품들과는 분위기가 사뭇 달랐다. 뭐, 딱히 문제될 일은 없겠지.

생각해보면, 그 사내도 고양이인 내가 없었다면, 그 유명한 한 문장(《나는 고양이로소이다》의 첫 구절, "나는 고양이다. 이름은 아직 없다"를 말한다.)으로 시작하는 이야기는 쓰지 못했을 테니까.

게다가 마도카는 이 한 작품만으로 만족하고 멈출 아이가 아니다.

이야기는 이제 막 시작되었을 뿐이다. 그 아이는 분명 계속 써나갈 것이다. 이야기를 만들고, 말의 실을 잇고, 또 누군가에게 닿는 문장을 쓰게 될 것이다. 부러진 날개를 치유하고, 미지의 하늘을 동경하며 높이 날아오른 한 마리 까마귀처럼.

그것이야말로 그날의 우리가 누구보다도 간절히 바랐던 일이었다.

수상 결과가 발표된 다음 날, 마도카는 북두당을 찾아왔다. 사회인이 된 지도 어느덧 3년 차에 접어들었다고 한다. 한때 귀를 요란하게 장식하던 피어싱 자국들은 거의 다 막혀 있었고, 이제는 조용히 빛나는 작은 귀걸이 한두 개만 살짝 흔들리고 있을 뿐이다. 얼굴빛도 한결 밝아 보였다.

기쁜 얼굴로 기타호시에게 몇 번이나 고개 숙여 인사하며 이야기를 나누는 마도카의 말에는, 솔직히 그다지 흥미는 생기지 않았다. 하지만 그 아이는 틈틈이 나를 향해 손을 뻗어, 부드러운 손길로 내 머리를 쓰다듬었다. 그 손길이 너무도 편안해서, 나는 그저 아무 저항 없이 몸을 맡기고 있었다.

이야기 도중, 기타호시는 자신이 다시 글을 쓰고 있다는 사실은 끝내 입에 올리지 않았다. 아마 부끄러웠던 거겠지.

마도카가 내 앞에서 내 이야기를 읽는 게 부끄러웠던 것처럼, 기타호시도 자신을 소재로 한 소설을 누군가 읽는 게 어딘가 조금은 쑥스러웠던 것이다.

하지만 마도카는 그걸 해냈다.

세상을 향해 자신이 쓴 이야기를 발표하고 인정받았다.

──그러니까 너도 할 수 있을 거야.

나는 마음속으로 기타호시에게 그렇게 속삭이고, 그대로 잠에 빠져들었다.

꿈을 꾸었다.

전생에 목숨을 잃었던 기억의 꿈은 아니었다. 그렇다고 현실과 이어진 꿈도 아니었다.

나는 책으로 만들어진, 좁은 길 위에 서 있었다.

모르타르 바닥은 색이 바래고 군데군데 곰팡이가 피어 있었다. 그런 바닥 위에 형성된 통로는 좁고 굽이져, 앞이 잘 보이지 않았다. 사람 아이 하나가 간신히 지나갈 수 있을 정도의 폭이었다. 예전에 그 사내와 함께 살던 시절 자주 보았던, 번화가의 복잡한 뒷골목 연상케 했다. 천장은 북두당과 똑같은 색을 띤 목재로 되어 있었다.

언젠가 어렴풋이 본 적 있는 것만 같은, 윤곽마저 희미했던 꿈. 그 꿈이 지금 또렷한 형태를 갖추고 내 눈앞에 다시 펼쳐진 것이다.

가장 기묘했던 건 이 통로의 양옆을 이루고 있는 벽이었다. 길을 사이에 두고 양쪽 벽을 형성한 것은 책이었다. 차곡차곡 쌓인 책 더미들이 그대로 벽이 되어 있었다.

《고사기》,《일본서기》,《고금화가집》으로 시작해,《겐지 이야기》,《다케토리 이야기》,《도사 일기》,《마쿠라노소시》,《무쓰 이야기》,《간킨슈》,《우지슈이 이야기》,《도카이도추 히자쿠리게》,《조루리슈》,《우게쓰 이야기》,《근세설 미소년록》,《떠다니는 구름》,《눈 오는 날》,《무사시노》,《흩날린 머리카락》,《아Q정전》,《화성의 연극》,《라쇼몬》,《은원의 저편에》,《은하철도의 밤》……. 그리고─.

《나는 고양이로소이다》.

이야기라는, 응축된 세계들이 이곳에 모여 있었다. 어수선하게 쌓인 책들로 이루어진 그 공간은 은은하게 빛나고 있었다.

 언젠가 이런 꿈을 꾼 적이 있는 것 같기도 하다. 하지만 정확히는 기억나지 않는다. 되돌아갈 길도 보이지 않아, 나는 터벅터벅 앞으로 나아갔다. 이토록 몸이 가볍다니, 최근엔 거의 느껴보지 못한 그런 가벼움이었다. 아니, 이건 분명 꿈일 테니, 당연한 일일지도 모른다. 꿈속에서까지 노쇠한 몸을 끌고 다닌다면, 그건 너무 억울하지 않은가.

 책으로 이루어진 길을 얼마나 걸어갔을까. 마침내 길의 끝이 보였고, 그곳엔 북두당의 미닫이문이 있었다. 익숙한 쇼와풍의 유리가 끼워진 낡은 문. 돌려 잠그는 옛날식 잠금장치까지 그대로였다. 나는 앞발을 문틈에 밀어넣어 머리가 간신히 빠져나갈 만한 틈을 만들고는 "영차" 하고 몸을 밀어냈다. 하지만 눈앞에 펼쳐진 건 내가 아는 북두당의 가게 앞이 아니었다.

 초원이 펼쳐져 있었다.

 크고 작은 언덕이 끝도 없이 이어져 있는 것처럼 보였다. 적어도 내 키로 둘러볼 수 있는 풍경에는 두 가지 색밖에 없었다. 하늘의 푸른색과 풀밭의 초록. 마치 이 세상 전부가 그 두 가지 색으로만 이루어져 있는 듯했다.

 뒤를 돌아보니, 가로막는 것 하나 없이 끝없이 펼쳐진

초원 위에 북두당이 덩그러니 서 있었다. 나는 방금 그 건물에서 막 걸어나온 모양이었다. 그런데 어딘가 이상했다. 허름하고 오래된 그 고서점의 외관이 어딘지 조금 깨끗해진 느낌이었다.

"대의를 위해서였어."

갑작스레 여자의 목소리가 들려왔다. 북두당을 멍하니 바라보고 있던 나는 깜짝 놀라 정면을 향해 몸을 돌렸다.

거기엔 몇 초 전까지만 해도 없었던 여자가 서 있었다.

시원스러운 인상을 한 여자였다. 젊어보이기도 하고 나이가 들어 보이기도 했다. 스무 살이라 해도 쉰 살이라 해도 고개가 끄덕여질 정도로, 이상하리만치 나이를 가늠할 수 없는 여자였다.

"넌 누구지?"

내가 묻자, 여자는 여전히 나른한 얼굴로 대답했다.

"너에게는 아직 아무도 아니지. ……혹시 좀 더 말 걸기 쉬운 모습이 편하겠나?"

말이 끝나자마자 여자의 얼굴이 일그러지기 시작했다. 뼈대가 휘고 차림이 물결치듯 바뀌었다. 정교하게 빚은 점토 인형을 누군가 손으로 주무르듯 형태가 뒤섞였다. 그리고 서서히 그 얼굴과 몸매가 전혀 다른 무언가로 변해갔다.

마침내 그 형체가 분명한 모습을 드러냈을 때, 나는 눈을 크게 뜨고 경악했다.

──그 사내가 서 있었다.

입가에 붙은 콧수염이며 무뚝뚝한 표정, 유카타 위에 느슨하게 겉옷을 걸친 차림새, 책 냄새가 밴 그 특유의 체취까지. 모든 것이 내가 함께 지낸 그 사내와 똑같았다.

나는 본능적으로 온몸의 털을 곤두세운 채 한 걸음, 또 한 걸음 뒷걸음질쳤다.

모든 게 너무도 완벽하게 그 사내였기에. 그래서 더더욱…….

"이 편이 네가 좀 더 말하기 편할 것 같아서……."

"그 사람을 모욕하지 마!"

그 사내를 흉내 낸다고 해도, 너는 절대로 그 사람이 될 수 없어. 그것은 세상에 둘도 없는 모욕이었다. 나와 그 녀석의 기억과 추억 전부를 흙발로 짓밟는 것과 같았다. 그래서 나는 있는 힘껏 으르렁거렸다. 마치 화가 나면 그 사내가 그랬듯이.

"흠."

짧게 숨을 내쉰 그 사내의 형상을 한 존재는 곧 다시 회반죽처럼 그 모습을 일그러뜨려 이전의 여자의 모습으로 되돌아갔다.

"실례했군. 다른 고양이들은 무척 기뻐했는데. 넌 확실히 다른 고양이들과는 사뭇 다르군."

"넌 대체 누구야."

다시 묻자, 여자는 여전히 나른한 표정을 한 채 담담하게 말했다.

"책을 모독한 책의 신을 인간의 몸으로 추락시킨 책임자다."

"뭐라고?"

"인간들은 나를 '아마테라스'라 부르지."

아마테라스⋯⋯. 분명히 그 여자는 그렇게 말했다.

인간들의 이야기를 우습게 여긴 기타호시를 인간으로 만들어 벌을 내린 장본인. 그가 지금 내 눈앞에 있다. 이게 정말 꿈이라면 세상에 이보다 더 웃기는 조롱도 없을 것이다.

그런 내 속내를 읽기라도 한 건지, 그 여자는 도무지 앞뒤가 맞지 않는 소리를 늘어놓았다.

"꿈이긴 하지만, 꿈만은 아니야."

그러고는 마치 처음부터 그 자리에 있었던 양, 갑자기

나타난 나무 그루터기에 털썩 앉는다. 그건 분명 단 2초 전만 해도 존재하지 않았던 그루터기였다.

이 그루터기는…… 이 꿈속 세계에서 저 여자가 지금 막 만들어낸 건가?

그런 의문을 품는 내 마음은 아랑곳하지 않고, 여자는 입을 열었다.

"북두당에 머물던 역대 고양이들에게 우리는 상을 주고 있지. 괴성에게 벌을 내리는 그 사명을 다한 자들에 대한 포상이야. 대개는 자신에게 진명을 붙여준 주인의 모습으로 내가 나타나면 무척 기뻐하더군……. 화를 낸 건 쿠로, 네가 처음이야."

제멋대로 떠들어대던 여자가 그제야 처음으로 미소를 지었다.

"괴성에게 글 쓰는 흉내까지 시키는 괴짜라면, 뭐 이해 못 할 일도 아니겠지."

"헛소리 집어치워. 나는 나야. 아무 말이나 들어줄 생각도, 네 말에 따를 생각도 없어."

점점 짜증이 치밀어올랐다. 방금 전까지만 해도 나를 향해 보였던 최소한의 존중마저 결국은 껍데기에 불과했다는 걸 알아차렸다. 이 여자는 기무라와 똑같다. 자신의 목적을 위해 그럴싸한 말을 늘어놓고, 겉모습만 그럴듯하게 보인다. 하지만 그 속엔 진심 따위는 없다. 오직 목적을 달성하기 위한 의무만 있을 뿐.

"후우."

여자는 짧게 한숨을 내쉬곤 아무렇지 않게 말을 이었다.

"불가능해. 너희도, 괴성도, 우리와 북두당으로부터 결코 도망칠 수 없어. 고양이들은 각자 문호들과 함께한 삶을 말하고, 괴성을 괴롭게 하는 사명을 계속 짊어져야 해. 그리고 그 죄인은 이 작은 인간 세상이 만들어낸 하찮은 성과조차 자신의 손이 더는 닿지 않는 위치에 있다는 것을 뼈저리게 깨닫게 되지. 자신이 얼마나 미미한 존재인지 자각하면서."

그 말에 나는 숨을 들이켰다.

"그를 벌한 이유가 인간을 업신여겼기 때문 아니었나."

"결과적으로는 그렇지. 하지만 진짜 허물은 따로 있어. 그 녀석은 신성을 깨뜨리고 넘지 말아야 할 선을 넘었다는 데 있지. 우리는 그를 어디까지나 신으로서 벌한 거야. 인간의 상상력과 창조력 따위에 겁을 먹고, 그 세계를 부수려 하다니. 신으로서 해서는 안 될 나약한 행동이지. 그래서 추락시켰다."

여자는 지루하다는 듯 다리를 꼬고, 마치 이런 사소한 일을 설명하게 만들지 말라는 듯 한쪽 다리를 느긋하게 흔들었다.

내 몸이 떨렸다. 두려움 때문이 아니었다. 불처럼 타오르는, 격렬한 분노 때문이었다.

후우, 여자는 표정을 누그러뜨리고는 부드러운 음성으로 말했다.

"뭐, 형태는 달랐다고 해도, 너도 다른 고양이들과 마찬가지로 역할은 완수했어. 괴성에게 인간 흉내를 시키고, 대단히 고맙게도 짐승이 들려준 이야기를 귀하게 받아적게 했으니 말이야. 바보 같은 짓이지. 하지만 그 녀석도 곧 깨닫게 되겠지. 자신은 결국 아무것도 이루지 못했다는 걸. 그러니 이번에도 충분히 벌이 되었지. 자, 이제 네게도 상을 내려야겠는데……."

"필요 없어."

나는 말을 끝까지 듣지 않고 단호히 잘라 말했다. 여자는 예상치 못한 반응에 잠시 말을 잃고 당황한 듯한 얼굴을 했다.

"뭐라고?"

"네놈의 자비 따윈 필요 없어."

내가 딱 잘라 말하자, 여자는 불쾌한 얼굴로 혀를 쳤다. 신이란 존재도, 품격은 그리 대단치 않은 모양이다.

"이봐. 천조대신 아마테라스가 직접 너를 축생의 길에서 해탈시켜주겠다는데, 감히 십만억토와 영원한 평안을 마다하겠다고? 다른 고양이들은 다들 나에게 감사를 표했지. '아홉 번째' 생을 마치면 저세상에서 안락하게 살 수 있으니까."

나른한 어조로 떠드는 여자의 말을 나는 더 이상 듣지 않았다.

나를 깎아내리더라도 뭐, 상관없다. 그딴 건 내 삶과는 무관한 일이니까.

하지만 이 여자는 이야기를 엮어온 수많은 인간들과 그들이 만들어낸 산물들을 우습게 여겼다. 그 사내도, 마녀도, 마도카도, 전부 다.

네가 과연 가정 형편 때문에 끝내 펜을 놓을 수밖에 없었던 작가의 고통을 이해할 수 있을까? 가슴 깊은 곳에서 솟아오르는 이야기를 어떻게든 쓰고 싶어 하면서도 그 꿈에 도달할 수 없는 작가의 원통함과 절망을, 정말 네가 짐작이라도 할 수 있을까?

너에겐 그들이 만들어낸 것들이 그저 티끌과 다름없이

보이겠지. 그들이 일생을 바쳐 이룰 수 있는 건 이 정도가 전부라고, 그렇게 단정하고 있을 테지.

그럴 리가 있나.

그들은 틀림없이 아득한 옛날부터 이어져온 수많은 작가들의 계보 속에 자신의 이름을 나란히 남기게 될 거야. 지금이 아니더라도 언젠가는 반드시.

그 가능성을 믿지 못하는 자가 어떻게 감히 인간을 판단하려 드는가. ……신을 자처하지 마라.

그들이 그리고자 하는 이야기, 그 상상 너머에 펼쳐질 세계가 얼마나 큰 가치를 품고 있는지를, 너 따위가 무슨 수로 이해하겠는가.

나는 더는 저 여자의 오만한 태도를 참을 수 없었다. 그래서 더 이야기를 이어갈 이유도 없었다.

나는 몸을 돌려 북두당을 노려보았다. 바람이 살랑이는 초원 위에서, 그 건물은 마치 웅크린 괴물처럼 위압적으로 서 있었다. 자신들이 붙잡은 그 무엇도 절대 놓아주지 않겠다는 듯, 단단하고 견고한 감옥처럼.

살풍경한 초원 한가운데 우뚝 솟아 있는 그 건물은, 꿈속에서조차 분명히 신들에 의해 설계된 개념이었다. 이 감옥은 마녀를 가둬놓고 있다. 그리고 이제 내 영혼마저 가 두려 하고 있었다.

하지만 잊지 마라.

여긴 내 세계다―.

나는 마음속으로 단호하게 그렇게 선언했다. 바로 그 순간, 대지가 요동쳤다.

점점 커져가는 굉음과 함께 끝없이 펼쳐질 것만 같던 초원이 여기저기서 들썩이기 시작했다.

쾅―!

산이 불을 뿜듯, 초원의 곳곳에서 용암처럼 끓어오른 진흙이 분출되더니, 거대한 용처럼 맹렬하게 날뛰었다.

"뭐야, 너……. 지금 무슨 짓을 하는 거지?"

여자가 위협적으로 소리쳤지만, 고양이인 나는 그 말을 태연히 흘려듣고 이 꿈의 세계를 하나씩 차례차례 다시 만들어가기 시작했다.

신이든 뭐든 알 바 아니지만, 이 여자는 참으로 지루한 존재다. 쓸모없는 것을 모조리 배제한 이 꿈은 너무도 따분하다. 북두당 말고는 온 땅을 뒤덮은 풀과 어떤 농담의 정서도 느껴지지 않는 단조로운 파란 하늘뿐이다. 구름조차 없다.

세계는 더 자유로워야 한다.

거대한 나무들이 자라난 장엄한 숲도 괜찮고, 계절을 거스른 채 천 가지 꽃들이 만개한 아름다운 언덕이어도 좋다. 머리 위로 고래가 날아다니는 도시도, 구름 위에 세워진 왕국도, 바닷속에 영토를 둔 나라도, 설인이 사는 혹독한 설산 골짜기의 오두막도 재미있지 않겠는가.

상상만 해도 가슴이 두근거리지 않나?

그렇게 무한한 상상력의 끝에서 태어나는 세계를 이 자는 왜 우습게 여기는 걸까.

뼈저리게 깨달아라. 나는 그렇게 중얼거리며 용처럼 날뛰는 진흙에 의식을 집중했다.

진흙의 급류는 나라는 한 마리 고양이의 기억을 거슬러 올라가, 나를 이루는 모든 것들을 형상화하기 시작했다. 그리고 상상의 급류가 폭풍처럼 몰아쳐 이 단조로운 세계를 바꿔나갔다.

초원은 여기저기서 갈라지고, 대지는 솟아오르며, 무한히 쏟아져 나오는 용은 온몸에 내 기억 전부를 휘감고 사납게 날뛰었다.

거목이, 풀과 나무가, 꽃들이, 책이, 마차가, 경트럭이, 일본도가, 벌레가, 술잔이, 녹슨 자동차가, 폭탄이, B-29가,

빌딩이, 까마귀가, 케이지가, 페리가, 기차역이, 개다래나무가, 전철이, 먹통이, 화로가, 탁상 난로가.

차례차례 대지에서 솟아올라 하늘에서 쏟아지고, 결국 이 지루한 세계를 통째로 삼켜버렸다.

그리고 작은 산처럼 솟구쳐 시야를 완전히 가린 그 압도적인 물량은, 거대한 눈사태 같은 굉음을 내며 한순간에 무너져 내렸고, 그대로 검은 파도가 되어 북두당을 향해 돌진했다.

여자가 핏기 없는 얼굴로 소리쳤다.

"무슨 짓이야, 쿠로……! 그만둬!"

물론, 나는 멈추지 않았다.

왜냐고? 그야 당연하지 않은가.

기타호시를 얽어맨 저주를 건 것은 다름 아닌 이 북두당이니까. 지금 그걸 부수지 않고 도대체 무엇을 할 수 있겠는가.

신이라는 자여, 묻고 싶다. 너 따위가 재치 있는 고양이가 인간 사회를 익살스럽게 풍자하는 이야기를 쓸 수 있겠는가?(나쓰메 소세키의 《나는 고양이로소이다》를 가리킨다.) 수없이 번민하다 끝내 호랑이가 되어버린 인간의 고뇌를 그릴 수 있겠느냐?(나카지마 아쓰시의 《산월기》를 가리킨다.) 무한한

우주를 달리는 은하철도의 여정 위에, 인간의 생과 사를 겹쳐 엮어낼 수는 있겠느냔 말이야!(《은하철도 999》의 원작이기도 한 미야자와 겐지의 《은하철도의 밤》을 가리킨다.)

네 상상력은 고작 이 정도인가? 풀만 무성한 이 따분한 초원과 명암 하나 없이 밋밋한 파란 하늘뿐인 이 세계가?

신이라니, 듣고 있자니 어처구니가 없군.

인간은 그런 한계 따윈 가볍게 넘어설 존재지.

앞으로 분명, 그 아이도 마녀도 그렇게 될 거야.

설마 너는 그 둘이 고작 자전적인 이야기나 남한테서 들은 사연 몇 개 쓰다가 말 거라고 생각하고 무시한 건 건가. 웃기지 마라. 그럴 리가 없지.

저 둘은 반드시 상상의 저편으로 나아갈 거야. 아무도 본 적 없는 세계, 아무도 닿지 못한 지평을 스스로의 힘으로 열어낼 거야.

그러니까 두 눈 똑바로 뜨고 지켜봐.

내가 여자를 비웃는 그 순간, 상상의 잔재들이 탁류가 되어 북두당을 압도했고, 그 모든 것을 흔적도 남기지 않고 삼켜버렸다.

진흙의 급류는 북두당을 짓뭉개는 동시에 유연하게 흐름을 틀며, 초원을 멀리 너머로 밀어냈다. 구름이 흘러가는 하늘을 배경으로, 흙빛의 격류는 귀를 찢는 굉음과 배를 울리는 진동을 동반하며, 이 지루한 세계를 갈아엎었다.

한참이 지나고서야 그 탁류의 기세는 서서히 잦아들기 시작했고……, 마침내 멈췄다.

고요가 찾아왔을 때, 눈앞의 풍경은 내가 태어난 숲속 신사로 바뀌어 있었다. 물론, 동물을 싫어하던 그 남자도, 나를 낳아준 어미도, 형제자매도 없다. 현실의 나는 이미 있어야 할 자리를 갖고 있으니, 지금은 그저 그리운 마음에 이 신사를 떠올리고 재현했을 뿐이다.

나에게는 추억이면 충분하다. 기호로 남은 사실 따위는 성가시기만 할 뿐이다.

매미들이 합창을 시작한 6월의 숲속. 그 초여름의 공기를 수염 끝으로 느끼며, 나는 천천히 몸을 일으켜 신사 쪽으로 발걸음을 옮겼다. 그리고 여전히 넋이 나간 얼굴로 서 있는 여자를 무시한 채 신사의 처마 밑 툇마루 위에 뒹굴거리며 몸을 둥글게 말았다.

"휴우."

한바탕 소란을 치르고 나니, 이 늙은 몸엔 좀 무리가 갔군.

그때 여자가 분노와 절망이 뒤섞인 떨리는 목소리로 내뱉었다.

"신을 모독하는 자여······. 너의 영혼은 이제 황천에 가지 못할 것이다!"

"그래서?"

"어리석은 놈! 쿠로, 너는 이제 죽는 거다! '열 번째'는 없어. 이번이 진짜 끝이다! 네 영혼엔 앞으로 영원토록, 두 번 다시 안식도 구원도 찾아오지 않을 테니까······!"

흥, 나는 여자의 말을 코웃음으로 흘려넘겼다.

"고작 그거냐. 할 말 다 했으면, 어서 꺼져라. 그리고 하나 더······. 내 이름은 긴노스케다. 헷갈리지 마라, 신 따위가."

그 말에 여자는 아직도 무언가 더 말하고 싶다는 듯 우두커니 서 있었다. 그러나 안개가 걷히듯, 그 형체는 점점 옅어지다 이내 완전히 사라졌다.

휴우, 이제야 드디어 조용해졌군.

마도카와 마녀가 무사하다면, 난 그걸로 충분하다. 저 여자와 더 말을 섞는 건 그야말로 시간 낭비다.

나는 나무 사이로 스며드는 낯익은 잎사귀 소리, 새와 매미의 울음소리에 귀를 기울이며, 조용히 눈을 감았다.

스르륵, 꽃향기가 은은히 스며들고, 나는 감고 있던 눈을 천천히 떴다.

　흐릿했던 시야가 점차 초점이 맞춰지자, 눈앞에는 언제나와 다름없는 북두당 서점 앞 풍경이 펼쳐져 있었다. 작고 세련된 검은 간판, 우리 고양이들을 위한 물그릇 그리고 이제 막 흩날리기 시작한 벚꽃잎들.

　"흠."

　별 뜻도 없이 소리를 내고, 살짝 몸을 늘이며 기지개를 켠다. 그러다 중심을 잃고 미끄러질 뻔했다. 그도 그럴 것이, 내가 자고 있던 곳은 다름 아닌, 기타호시의 무릎 위였다.

　"어머, 왜 그래?"

　기타호시가 묻자, 나는 고개를 갸웃하며 대답했다.

　"아니, 이젠 거의 다 잊었지만……, 꿈을 꿨던 것 같아."

　서점 앞을 바라보며 멍하니 그렇게 말하자, 머리 위에서 기타호시가 숨을 삼키는 기척이 느껴졌다. 내 등을 어루만지던 손길이 멈춘다.

　"왜 그래?"

　"……아니야, 아무것도. 어떤 꿈이었는지는 정말 기억

안 나?"

"응. 그래도 꽤 기분 좋은 꿈이었어."

"그래……, 다행이네."

"그런데 이상하게도 괜히 좀 화가 나기도 했어."

"뭐?"

웬일로 마녀가 얼빠진 소리를 내자, 나는 고개를 들어 그녀의 얼굴을 바라보았다. 슬픔이 어른거리던 얼굴에 놀란 기색이 겹쳐 있었고, 그 표정은 정말이지 불가사의했다.

"뭐야, 그 표정은."

멍하니 굳어 있던 마녀의 얼굴이 서서히 부드러워지더니, 금방이라도 눈물이 흐를 듯 촉촉해진 눈으로 나를 조용히 바라보며 말했다.

"……아니야, 아무것도."

그러고는 기타호시는 다시 내 등을 부드럽게 쓰다듬기 시작했다.

……아아, 기분 좋다.

나는 다시 기타호시의 무릎 위에 턱을 얹고, 한동안 사색에 잠겼다.

벚꽃이 흩날리고 있다. 다가오는 여름이 지나면, 내가

이 서점에 머문 지도 어느덧 열일곱 해가 된다. 그 무렵이면 원고도 마무리돼 있겠지.

하지만 내가 과연 열일곱을 맞이할 수 있을까. 솔직히 잘 모르겠다.

요즘 들어 부쩍 잠이 많아졌고, 밥도 거의 먹지 못한다.

그저 마녀의 무릎 위가 가장 포근하다.

"마도카가 그러더라. 곧 독립해서 고양이를 키우겠대."

내가 대답할 틈도 주지 않고, 마녀는 혼잣말처럼 중얼거린다. 내 머리와 등을 쓰다듬는 손길은 한없이 다정했다.

이렇게도 아름다운 하루인데, 왜일까. 요즘 들어 다시금 그 사내의 기억이 자주 떠오른다.

"분명 멋질 거야. 그 아이는 작가가 될 테니까."

굳이 그러지 않아도 살아가는 데는 아무 지장이 없었을 텐데, 그 사내는 왜 그렇게까지 해서 펜을 들었던 걸까. 하지만 그것은 결코 가시밭길만은 아니었다. 그에게 있어 글을 쓴다는 건 스스로를 구원하고 하루하루를 살아가기 위해 꼭 필요했던 여정이었다. 지금은 그 마음을 조금은 이해할 수 있을 것 같다.

……그러고 보면 이 세상은 이상하면서도 재미있다.

"작가가 키우는 고양이라니, 참 근사하지 않아?"

그 사내처럼 자기 마음을 치유하고 구원을 얻기 위해 허구의 세계 속에서 빛과 꿈을 찾아 이야기를 짓는 이들이 있다. 또 마도카처럼 마음 깊은 곳의 감정을 형태로 남기기 위해 자신의 삶을 고스란히 이야기 속에 담아내는 이들도 있다.

하지만 이야기를 만든다는 건 그런 이유만으로 다 설명되지는 않을 것이다.

내면 깊은 곳에서 솟구치는 충동을 타인의 마음에 정면으로 부딪쳐 평생 지워지지 않을 깊고 선명한 흔적으로 남기는 일. 그런 공격성마저 내포한 표현 방식에 매료되어 기꺼이 그 가시밭길을 선택하는 바보 중의 바보들. 글을 쓴다는 건 어쩌면 그런 일인지도 모른다.

"10년이든 15년이든 오랜 시간을 함께하고 나면, 그 아이의 고양이는 말이지……."

이성도 논리도 통하지 않는다. 주체할 수 없는 감정과 충동을 마음속에만 머물게 두지 않고, 상상의 끝자락, 지평 너머에 어렴풋이 보이는 세계를 누군가에게 보여주고 싶어진다. 그런 궁극의 참견과 충동적인 본능이 표현이라는 힘을 얻는 순간, 작가라는 이 우스운 생물은 폭주하기 시작한다. 자신의 마음에서 흘러넘치는 것을 주춧돌 삼아,

고작 수십만 자의 언어 속에 그 모든 것을 응축해 담으려는 기이하고도 집요한 열의.

이것이 저주가 아니면 도대체 무엇이란 말인가.

문자에 홀린 저주받은 바보 중의 바보에게 내려진 벌……. 그것이 바로 글을 쓴다는 일이다.

"슬픔 속에서 살아온 고양이라면, 다음 생에는 반드시 북두당에 오게 될 거야."

그저 살아남는 게 목적이라면 고양이처럼 되는 대로 살아가면 된다. 하지만 우리와는 달리, 어떤 인간들은 스스로 고난의 길을 택해 자신을 언어로 표현하려 한다. 그렇게 해야만 비로소 행복해질 수 있다고 믿어버릴 만큼 그들은 문장에, 그리고 이야기라는 세계에 미쳐 있다.

평생 인생의 샛길만을 고집하는 기묘한 생물들.

그들은 과연 인생의 끝자락에서도 여전히 이야기를 써야만 하는 이유와 그 의미 그리고 가치를 찾아낼 수 있을까?

——나는 찾아냈다.

"왜냐하면 나는 작가의 고양이니까."

생각해보면 길고 긴 생명의 등불이었다.

무슨 운명이었는지, 문호라 불리던 한 사내와 함께 살게 되었고, 나는 그를 친애하며 정을 주었다. 그리고 또 다른 운명으로, 이야기를 짓는 것이 금지된 신과 살게 되었고, 결국 그녀의 손에 다시 펜을 쥐게 했다.

아홉 번의 생을 지나 내가 기타호시에게 건넨 것은······. 이야기가 가져다주는 구원이었다. 단 한 사람의 마음을 치유하기 위한, 아주 작지만 결코 사소하지 않은 기적.

이게 정말 아무 의미 없는 일이었을까? 설마, 그럴 리가.

"그 고양이가 오게 되면, 나나 너희들의 이야기를 들려줄 거야. 벌써부터 너무 기대돼."

어쩌면 나는 이 생을 마녀를 위해 그 사내와 함께 살아왔던 것인지도 모른다. 그렇게 믿고 싶을 만큼 내 안에서 그 사내의 존재는 여전히 크고 따스했다.

신경질적이고 까칠했던 그 사내와의 추억은 아직도 내 안에서 또렷이 숨 쉬고 있다. ······그렇다고 해두자. 그렇게 믿기로 하면 하나의 이야기로서는 나름 그럴듯한 결말이 될 테니까.

그래서 나는 그 이상을 마녀에게 말하지 않을 것이다.

내 진명 역시 끝내 그녀에게는 알려주지 않았다.

그 이름은 나와 오직 그 사내만의 것이니까.

기타호시는 말없이 내 머리를 쓰다듬었다. 몇 번이고, 몇 번이고.

나는 그 손길에 오래전 그 사내의 손을 떠올렸고, 한동안 마녀의 손에서 전해지는 따스한 온기를 느꼈다.

그리고 이윽고, 서서히 봄잠에 빠져들었다.

[서평]

끝없이 되살아나는
이야기의 마법

히가시 마사오 (문학평론가/앤솔로지스트)
Commentary ⓒ HIGASHI Masao

사람이 사람을 죽인다면 사회는 그를 흉악범으로 낙인찍고, 분명 '엽기 범죄'라는 이름 아래 사회적 공분을 살 것이다. 하지만 사람이 거리를 떠도는 고양이를 아무 이유 없이 죽였을 경우는 어떨까. 단지 "기분이 안 좋아서", "분노의 배출구가 필요해서"라는 이유만으로 무고한 고양이의 목숨을 빼앗아도, 그 범행이 반드시 죄로 규정되지는 않는다. 물론 요즘 들어 동물보호 인식이 높아지며 사회적 비난은 늘고 있지만, 고양이를 죽인 죄로 실형을 선고받거나 사형에 처해진 이는 아마 없었을 것이다.

고양이의 시점에서 본다면, 이처럼 불합리하고 끔찍하며 일방적인 폭력은 공포 그 자체일 것이다. 이 작품의 주인공인 고양이 쿠로(진명 긴노스케) 역시 수차례 죽음의 위기를 넘기다가, 결국 인간의 이기심으로 비참하게 생을 잃고, 그 충격으로 깊은 인간불신에 빠진다. 심지어는 같은 종족인 다른 고양이들조차 믿지 못할 정도로 경계심이 깊다.

서양에 "고양이는 아홉 생을 산다"는 속담이 있듯 《고양이서점 북두당》에 등장하는 고양이들 역시 환생을 거듭한다. 주인공 쿠로는 에도 시대의 대기근을 시작으로, 메이지, 다이쇼, 쇼와에 이르기까지 격동의 시간을 여덟 번이나 살아내며, 그때마다 환생하며 비참한 인생, 아니 묘생猫生을 목도해왔다. 이쯤 되면 쿠로가 인간을 불신하게 된 것도 당연하지 않겠느냐고 고개를 끄덕이게 된다.

흥미로운 점은 그런 쿠로에게도 마음 깊이 흠모한 주인이 있었다는 사실이다. 바로 일본의 대문호 '나쓰메 긴노스케(나쓰메 소세키의 본명)'다. 그렇다. 이 책의 주인공 쿠로는 사실 소세키의 출세작 《나는 고양이로소이다》에 등장하는, 이름 없는 검은 고양이의 환생이었던 것이다.

《나는 고양이로소이다》의 유명한 첫 구절 "나는 고양이로소이다. 이름은 아직 없다"에서 알 수 있듯, 쿠로의 진명 '긴노스케'는 어디까지나 고양이가 스스로 붙인 임시 이름이다.

쿠로는 '세 번째' 생을 받을 때 "나는 어떻게든 그 사내에게 이름을 받고 싶었다"고 말한다. 그 고백은 애틋하지만, 괴팍한 염세주의자였던 그 사내는 끝내 이름을 지어주지 않았다.

그리고 이야기는 쿠로가 긴 방랑 끝에 도착한 고서점 북두당을 무대로 펼쳐진다.

북두당은 책이 팔리면 어느샌가 다른 책으로 채워지는 신비로운 공간으로, '마녀' 기타호시 에리카와 네 마리의 고양이들이 함께 살아가는 유토피아이자 주술적 감옥이기도 하다.

다섯 번째 고양이로 북두당의 식구가 된 쿠로는, 이곳에서 '마도카'라는 소녀를 만나게 된다. 책을 사랑하고, 언젠가는 자신의 이야기를 쓰고자 결심한 순수한 아이. 쿠로는 순수한 그 아이에게서 오래전 자신이 존경해 마지않던 주인 소세키의 모습을 떠올린다.

이 소설에는 소세키 외에도 고양이를 사랑했던 여러 근현대 작가들이 스치듯 등장한다. 이케나미 쇼타로, 이나가키 다루호, 무로 사이세이……. 그 이름만으로도 고양이와 문학의 오랜 인연을 실감케 한다.

후반부에 이르러, 쿠로는 꿈인지 환상인지 알 수 없는 미궁 같은 세계에서 믿기 힘든 존재, 그야말로 "설마 여기서 그분이 등장하실 줄은!" 하고 외칠 만한 인물과 마주하게 되는데……, 그건 직접 확인하시기를 바란다.

덧붙이자면, 나는 이 작품의 작가와 각별한 인연이 있다. 예전에 도쿄소겐사가 주최한 호러 장편상 심사에서 처음 그의 원고를 접한 적이 있다. 당시 작품은 주저함 없는 정통 호러였고, 비록 수상에는 이르지 못했지만, 결과적으로 이 소설로 정식 데뷔하게 된 것은 어쩌면 더 큰 행운이었을지도 모른다. 왜냐하면 이 작품은 끝없이 변주되고 다시 태어나는 이야기의 힘에 마음을 빼앗긴 이들에게, 작가가 진심을 담아 건네는 깊은 공감의 서사이기 때문이다.

단언컨대, 지금껏 '일본 판타지소설 대상'이라는 이름에 이토록 잘 어울리는 작품은 없었다.

—《파波》 2024년 7월호

고양이서점 북두당

1판 1쇄 인쇄 2025년 8월 6일
1판 1쇄 발행 2025년 8월 15일

지은이 우쓰기 겐타로
옮긴이 이유라
펴낸이 이선희

책임편집 이선희
편집 이은
모니터링 박소연 김태희 김희숙
저작권 박지영 형소진 주은수 오서영 조경은
디자인 송윤형
마케팅 정민호 박치우 한민아 이민경 박진희 황승현 김경언
브랜딩 함유지 박민재 이송이 박다솔 조다현 배진성
제작 강신은 김동욱 이순호
제작처 영신사

펴낸곳 (주)나무의마음
출판등록 2016년 8월 25일 제406-2016-000107호
주소 10881 경기도 파주시 회동길 210
문의전화 031-955-2696(마케팅) 031-955-2643(편집) 031-955-8855(팩스)
전자우편 sunny@munhak.com
ISBN 979-11-90457-41-5 03830

- 나무의마음은 (주)문학동네의 계열사입니다.
- 잘못된 책은 구입하신 서점에서 교환해드립니다.
- 기타 교환 문의: 031-955-2661, 3580

www.munhak.com